天

Borderless

下

博稽古今　融汇天下

大律所

BIG LAW

A NOVEL

林赛·卡梅伦 Lindsay Cameron ——著
孙林 段静 ——译

法律出版社 LAW PRESS·CHINA

著作权合同登记号
图字：01-2016-7461

前　言

穿着灰色西服的人群随着旋转门的转动涌出了“死亡之星”，我揉了揉眼睛，告诉自己：“千万别慌。”

“哎哟！”一个穿着细条纹西服的胖子尖声抱怨道，他挥舞着满是油迹的棕色牛皮纸袋从我身边经过。午餐时间，城中心一直很拥挤，今天尤其如此。这些拥挤的人群使我忽然想起我在半个小时以前买的沙拉还原封不动，袋子都把手腕勒出了一圈红色印记。我抬起头注视着这栋五十二层的黑色钢铁大厦，它像极了重重叠叠的洞穴，而F&D（弗德曼与道恩斯）律所就在里面。我做了最后的思想准备，然后把沙拉扔进了人行道旁边的垃圾桶，推开门，我就要去聆听我的命运了。

“周二好！”我刚刷完卡，还在等待门禁的旋杆升起时，尤金就在保安桌后面迫不及待地大声向我打招呼。“周一过了，我们开始奔向周五咯。”我笑着回应他，尽量想表现得友善一点，不过因为太紧张，我一直觉得胃里像是翻江倒海一样。对于周五，我是真的每一分钟都在期待——那美妙的、魔法般的周五，终于能见到我心上人的周五！我甚至在今天早上还悄悄翘班去拉佩拉[1]为迎接即将到来的约会买内衣。“是什么场合呢？”涂着精致口红的销售小姐问我，她拿来两件蕾丝的胸衣挂在试衣间。“哦，普通约会而已。”我强装平静地说道，努力忍住嘴角的微笑。

我和其他六个穿着西服的人依次进了电梯。在电梯门就要关上的那一刹那，一个穿着大红色权力套装、看起来非常职业的中年女人挤上了电梯。她朝着电梯角落的方向点头致意，那儿站着一个满头银发的男人，戴着浮夸的紫色领带，明显是三十岁以下的人帮他挑选的，那可能是他第三任妻子吧。

“案子结了？”紫色领带问道。

“是呢，一个小时前结了。”

“客户还满意？”

“相当满意。”红色西服眉开眼笑地回答道。

满意。那是此刻我的血管里应该流动的感觉。我二十八岁，毕业于乔治敦法学院，通过了全国最难的司法考试，在纽约最顶尖的律所竭尽全力工作了两年之后，我终于迎来了新的里程碑：可能会被借调到声望极高的公司去。更好的是，我手机里有一条信息：“简直等不及周五要见你了。”发这信息的不是别人，而是那个每个吻都能让我所有毛孔渗出喜悦的男人。我应该找个向日葵地来跳舞，来释放最纯粹的愉悦。但并不是这种狂喜，而是突如其来的疲倦而又严重的压力，使我还能强迫自己正常呼吸（生物学课程的内容我可记得清

〔1〕 拉佩拉（La Perla）：意大利顶级奢侈品内衣品牌。

清楚楚呢）。

“吸气，呼气。”

踏出电梯，我拿出黑莓手机查看邮件。我多么希望午餐的时候就接收到召唤！——这种充满期待的开心的感觉让我很不自在，反而使我又回到熟悉的焦虑状态，是的，回到熟悉的状态里，就好像新生儿不习惯外面的世界，他们更愿意在襁褓中，找回被包裹的感觉。不过手机里还是一个小时前的邮件信息——发自：索尔·塞维；抄送：莎拉·克拉克。莎拉就像是挥之不去的噩梦，可她却是我的导师。不过她这个导师是我第一年入职律所的时候，人力资源部分配给我的。

“吸气，呼气。一步，再一步。”

我的秘书从她桌子后面跳出来，急切地挡住我进办公室的路。

“你去哪了?”她低声问道，显得特别焦急，同时她仔细打量着我，“你怎么看起来满头大汗的啊?”

我伸手擦了下额头：“就是吃个午饭。外面好热的。”当然，这是谎言。丽塔已经看起来为我们俩很不安了。

“麦肯茜，”她环顾走廊四周，确定没有人在看，她悄悄地说，“索尔都打了三次电话了。他听起来非常‘森’气。我是说，真的非常‘森’气”。丽塔用她长岛口音又强调了一次，然后继续说道：“他要你立刻到27 C会议室找他。他还要了你的个人文件。”说完，她的脸上露出了关切的神色。

我的胃彻底落到了谷底。我早就觉得这个会议势头不妙了，如果说直觉不够有说服力，那么要我的个人文件肯定就可以证实了。

"他不告诉我是什么会，不过我觉得可能不是什么好事情，小麦。"丽塔手指绞着，说，"如果他们要解雇你，我可不希望你什么都不争取，所以我已经打印了你工作的完成情况，你带去开会吧！"她冲回自己的桌子，不幸打翻了她那有限的地盘上摇摇欲坠的星巴克杯子。成堆的文件这下子都被咖啡给淋湿了。

"哦！糟糕！糟糕！糟糕！糟糕！"她发疯似的抽出一大堆纸巾开始擦拭。"还行吧！"她把擦完以后还印着咖啡迹的文件递到我手上，说："来来来，让他们看看你对律所作了多少贡献。"她的眼睛很坚定地凝视着我，就像拳击教练在开赛前对自己的拳手做赛前动员一样。

"啊，谢谢。"我嘟哝着，去办公室抓了一个法律便签本。顺便瞟了一眼电脑上的时钟，默默地希望时间停止那么一小会，那样我就能喘一口气了。

"还有什么我能做的吗？"丽塔一边走进我办公室，一边使劲拽她皮质的超短裙。

"没事，丽塔。"我侧身从她身边挤过去，走向电梯，丢下这句话给她。

"振作起来！麦肯茜。"我不停重复着，挥手按下了二十七楼的电梯。"千万别慌！"

就在昨天，我还在练习当我得知自己被选为少数律师代表获奖时的惊讶表情。世事就是这么难料，过去这二十四小时发生了这么巨大的转变。除非……

仿佛有一根丝带把我的肺越捆越紧。除非他们已经发现了我小小的违规行为。

电梯门开了。门外一大群人使我大吃一惊。六十个想要表现的法学院学生站在那里，他们穿着贴身的新套装，闻起来就像是崭新的牛皮公文包——这些公文包肯定是他们第一天开始做暑期律师的礼物。我瞬间回忆起我在 F&D 律所的第一天：我那会儿不是和现在的他们一样吗？眼睛里面还闪闪发光。我怎么可能不一样呢？我们都是最优秀的法学院里名列前茅的全优学生，好不容易用实力和运气抓住了大家梦寐以求的暑期律师的机会。暑期律师的选拔标准是十分严苛的。F&D 律所是纽约超大律所的精英团队，他们雇佣了超过 500 位的律师，他们的办公室简直就是小型城市。这样的律所被律师们称为“大律所”，能够入职就意味着刚出校园每年就能挣到二十万美元。在法学院二年级和三年级之间的那个暑假，如果被选为了暑期律师，通常毕业以后就能得到律所提供的律师职位。F&D 每年会收到数以千计的申请信，只有六十个人最终胜出。这就是梦想工作啊！

“我当时就像他们一样吗？”我很疑惑，饶有兴趣又略带烦躁地打量他们年轻的脸庞。没有长时间、心甘情愿地待在电脑屏幕前的呆滞眼睛，没有长时间被睡眠剥夺的种种迹象。甚至他们中有人有着夏天的晒痕。晒痕在大律所是坚决禁止的，因为它明显说明你可能还有户外爱好，在办公室外面待的时间太久了。他们根本就不知道前方等待他们的是什么，就和当年的我一样。在大律所工作，如同参与一场战争，只有你亲身体会以后，才能有最深刻的理解。

我从走廊的人群中挤了出来，另一个律师从我身边跑过。

没人在 F&D 里面用走的。大家都是用跑的。走，是给那些时间充足的人的。我认出了跑过去的那个律师，他是那个长期提着装有奶酪的公文包的律师——他的公文包装有奶酪，而且只有奶酪（而他经常像一个硕鼠那样啃着他公文包里的奶酪）。奶酪男可能在大律所之外的地方会显得比较奇怪，但是，在 F&D，他正好恰如其分地融入了集体。F&D 收集了太多有扭曲性格的人：有看色情影片成瘾的律师，聊天会自动入睡的律师，只要和女性说话就会紧张地抽动鼻子的合伙人，还有坚称自己是互联网发明者的人。在大律所，有奇怪行为这一条，简直成为了工作要求了。

“麦肯茜！”从走廊的尽头传来一个熟悉的尖锐声音嘶嘶喊着我的名字，听起来恶意满满。

奶酪男四下张望，找到了这充满愤怒的声音来源——莎拉。当他的眼睛和我的眼睛对视的几秒钟，我明显看出他既同情又害怕的神色。很显然，他才不愿意被卷入这种场合呢。

“赶紧给我过来！”莎拉低声说道，用手指了指房门。她脖子上全是红红的斑，拉直的长发贴着脸显得已经卷曲了，看上去就像是刚刚跑完了一场马拉松。我从来没见过她如此气急败坏。“就等你一个人了！”她说完就走进了会议室，身影很快就消失不见。

我能感觉到我腋下已经开始出汗了。呼出长长的一口气，我踏进了会议室的门，我要开始聆听我的命运了。

然而根本不需要我练习怎么假装吃惊的表情，因为眼前的一幕确实让我表现出自然的吃惊表情——站在我面前的男人，向我伸出了手：

“科贝特小姐，我是 SEC（美国证券交易委员会）的塔克·沙利文。我们发现一些不正常交易情况，需要跟你聊一聊。咱们坐下来谈好吗?”他轻快地走到我身后，关上了会议室的门。

1

七个月前

“各位，时间有变！这桩交易必须在明早开市前搞定！”一位高高的男子指着走廊尽头，“谁给我把那该死的披露时间表拿来！”他体格高大，颇像电影《捉鬼敢死队》里面的“棉花糖怪”，因此大家都这样叫他。

罗斯·托内里把头探入我的办公室，一边用纸巾擦拭额头：“麦肯茜，麦斯威尔要披露时间表，赶紧打印出来带到作战室。”

“罗斯，东西就在这儿呢。”我在一堆文件中搜寻，之后才想起我在每天晚上的例行清理时，把它们放入了抽屉里。公司的安全桌面政策要求对机密信息完全保密，因为那些信息可能会导致股票价值上百万美元的变动。我晚上九点就清理完桌面的做法明显是有点乐观了。我把订好的文件交到了罗斯急切的手里。

“我已经完成了重大合同部分，随时可以用了。现在刚刚开始写新闻稿。”

“很好，新闻稿得赶紧写好，这样交易一结束就能发出去。今天晚上会很辛苦，沉住气，卯足劲儿。”

我像一个服帖的步兵点了点头，罗斯迈着极快的步伐消失在走廊尽头。我长叹一口气，疲惫不堪。参与备受关注的大公司并购案而分泌的肾上腺素是有时效的，一般来说，当你听到“沉住气，卯足劲儿”的时候，它便过期失效了。我大口喝完剩下的那罐红牛，闭上眼睛，等待饮料中的咖啡因起作用。其实我现在真正想沉住气卯足劲儿做的，只是跟我亲爱的男友——我 F&D 的同事杰森一起，躺在温馨的床上，听着屋外的海浪声，床头最好再放上两杯香槟。

“麦肯茜！你在干吗?”一个盛怒的声音刺破了我眼前的幻象。

我猛地一睁眼，一位半秃、大腹便便的中年印度男人赫然耸立在我面前。当我第一次踏入自己在 F&D 的新办公室时，想起一个好朋友告诉过我，她和办公室同事关系融洽，亲如姐妹，于是后来还互相成了对方伴娘。所以我憧憬过和未来某幽默又迷人的同事在大律所并肩作战，在男女共用的卫生间肆意跳舞，彼此开怀大笑（就像电视剧《甜心俏佳人》的情节），然后再与其他衣冠楚楚的同事出去享受欢乐时光。或者，如果那同事是小伙子的话，我们可以像电影《当哈利遇上莎莉》里面那样，不过不用最后成为一对儿。可是，我的同事是萨帝尔。

“那是我最后一罐红牛了!”他指着我手里的饮料。

“对不起，”我急忙道歉，“我以为你晚上回家了，换我顶替呢”。

他谨慎地看着我说：“你知道的，麦肯茜，我一般愿意跟你分享我的存货。你不是周围那些竞争意识过度激烈的怪胎，所以我不介意。但是喝我最后一罐红牛这事儿做得过分了。”他哼了哼，“还有，我认为我回家不会比你早”。

这大概是真的。萨帝尔一直都在办公室——无论白天黑夜——无论手上工作是否要求他在那儿。别人问他时，他总会说：“会面时间。”如果你要找个人来扮演在办公室长待的角色，萨帝尔是不二人选。从外表很难看出他的年龄——二十八岁到四十岁都有可能。他稀疏的头发与额头的皱纹透露出苍老的感觉，但他胖乎乎花栗鼠似的双颊又使他显得年轻。他的双下巴开始显露，不合身的衬衫下可以看到松弛的胸部。他的眼镜片跟玻璃可乐瓶的瓶底一样厚，透过镜片是略微斜视的双眼，充满血丝和疲惫。萨帝尔并不是一个健康或活力型的人。

“我保证以后再也不会发生这种事了。”我给了他一个女童子军的敬礼。

萨帝尔可能不是我之前憧憬的同事类型，但我也渐渐开始喜欢他了。他不能算是温暖而贴心的人，不过他会给我建议——略有嘲讽但往往一针见血——且是在我需要的时候。我第一次遇到一位高年级律师在我桌上丢了一堆文件，要我告诉他这些内容是否有关联时，多亏了萨帝尔帮助我梳理了尽职调查[1]的来龙去脉。我在法学院花了三年时间，熟记有关证据的法规、无数的最高法院裁决和过失法的各种细节，却还是不幸在第一年上班时，对公司法律师的工作感到手足无措。记得我还在读大学时，乔治敦大学的法学学生意识到在低迷经济环境中自己缺乏实践技能，曾强烈要求大学提供更加实用的课程。教员的回复是：“我们是在教授法律，不是在培养律师。”最后象牙塔方占了上风。那时我理解老师的立场——法学院并不是职业学院。但在 F&D，我发现自己还是经常希望要是当初在学校所学的东西更有用一点就好了。

我把椅子拉到电脑前，手放在键盘上开始敲打，觉得眼皮越来越重。如果我要起草的新闻稿会在发布时引起公司股价翻倍，那我需要能量饮料提提神。我给杰森最好的朋友艾利克斯敲出一行即时信息：“需要更多咖啡因，你在吗?”我知道他一定也在这层楼的另一头加班。

我们现在是从事律师工作的第二年，在纽约顶级律所的日常生活与我们当暑期实习生时的体验大相径庭。那时我们胡吃海喝，天真愉悦，为期十一周的暑期工作日程更像是社交日历——纽约洋基队比赛，烹饪课程，百老汇演出，参观纽约布朗克斯动物园。有市里最高级餐厅的免费午餐，晚上还有公司赞助的鸡尾酒。就这样我们每两周还能收到四千五百美元的支票。任何角度来看那个暑假都棒

〔1〕 尽职调查，简称 DD（Due Diligence）：是指企业在并购（简称 M&A）时，买方企业对目标企业进行的经营现状调查。

极了，但同时那也是我陷入爱河的一个暑假。我其实并没打算找男朋友——我拼尽全力为了得到这份工作，不需要任何让我分心的事情——可是，当我瞥见杰森的微笑时，我深深陶醉了。

“这地方叫作死亡之星是有原因的。”这是他对我说的第一句话。当时是我们第一天站在 F&D 光亮的大理石大厅等电梯，我正在埋头认真阅读日程表，其实自从收到它以来，我已经看了不下百遍了。一会儿我才意识到他在跟我说话，我一抬头，一双最美的深棕色眼睛正盯着我。“噢，”我回答道，感觉脸已涨红。他个子高高，短短的深色卷发，身穿深蓝色布鲁克兄弟[1]西装，但从他小麦色皮肤和方下巴看来，他应该更适合在玛莎葡萄岛[2]，穿着纽扣衬衫和短裤，这种经典的新英格兰学生装扮让他全身散发活力。他腼腆地笑了笑，似乎知道自己很帅气的同时又对此略感害羞。

我默默在心里感谢了我在萨克斯百货[3]买的昂贵化妆品，女店员笃定地说那会呈现我最好的状态。嘿，没有人说我必须把三千美元的旅行津贴全都花在规定地方啊。全新的希尔瑞灰色套装，跟高大约一英寸的普拉达露跟单鞋，让一个不谙世事的法学院学生摇身一变，成了光鲜时髦的律师。

---

〔1〕 布鲁克兄弟（Brooks Brothers）：美国知名男士服饰品牌。

〔2〕 玛莎葡萄岛（Martha’s Vineyard）：美国著名度假胜地。

〔3〕 萨克斯第五大道精品百货店（Saks Fifth Avenue）：纽约著名的精品百货店，1824 年以来一直为纽约市民提供高品质的服饰及服务。

"他们给这地方起这个名字?"我咧嘴笑了。

"对啊，就是这栋楼，"他指了指大厅，"我觉得可能跟它不祥的、又大又黑的钢铁耸立在纽约帝国之上有关"。他强调"耸立"那个词时，眼里放光，非常讨喜。

"我叫杰森。"他伸出手。

一周后，他约我共进晚餐时，我简直无法相信自己的运气。我一直以为他会去追求菲奥娜，明显最漂亮的那位实习生。一头飘逸的长金发，闪亮的蓝眼睛，瑜伽教练的身材。不谦虚地说，我也漂亮，但我不是一直都好看。我妈妈曾经告诉过我终有一天我会成为美丽的天鹅，但她没有告诉我必须得忍受整个丑小鸭的过程。所有可能尴尬的阶段我都经历过：牙套，粉刺，失败的发型，糟糕的穿衣品味。读大学时，我终于不用戴牙套了，青春痘也消失不见，有了一头长发，男生们才开始注意到我，但他们的任何方面，不论是身材还是才华，都无法与杰森相提并论。

我们下班后就立马出发去西村区的牡蛎酒吧（当然是分开行动，以免引起谣言）。那地方门口没有雨篷，除非你是知情人士，不然你不会知道这么个地方。杰森自信但不自傲地拉起我的手，带我走到桌前。他替我拉开椅子时，俯下身跟我耳语——不，更像是嘟囔——对着我的耳朵说，你看起来真美。我开心得小鹿乱撞，不自觉地全身颤抖了一下。更重要的是，我相信了他。

那次就是纽约完美的晚餐之一，从面包搭配的黄油到甜点上的生奶油，每样食物都让你的味蕾放大了十倍。我们轻松地聊天，让我惊讶的是，尽管他有英俊的长相，受过良好私立寄宿学校的教育，但他很脚踏实地，甚至有那么一点傻傻的。“你为什么想要去公司法部门上班？”他问道，一边掰开一个贻贝送到嘴里。“你知道那是律所里强度最大的部门吧？”我心里默默挣扎了一番要告诉他哪个版本的答案，最后选择了我参加F&D校招面试时的回答——我喜欢把公司合同看作是填字游戏，找出合适的单词，我也喜欢填字游戏带来的挑战。他嘲笑了我书呆子式的答案，还笑道：“我真爱你有野心的样子。”我戏谑地翻了个白眼，然而满脑子都是“爱”那个字从他嘴里说出来的声音，其他什么都想不起了。

那个夏天就在爱情萌芽的幸福中飞快过去，杰森和我形影不离，我们轮流在对方的公寓里过夜，在实习生活动上偷偷亲吻，在回家的出租上亲热。律所的目的是在这两个月向我们介绍这里的生活，同时又避免我们对大律所的内部运作知道太多。F&D不惜一切代价，让我们雾里看花，认不清现实，这样毕业后我们就会回到那里乖乖为其卖命。“屠宰前先养肥。”一位律师如是说道。

暑期实习结束后，法学院最后一年我们保持远距离恋爱，甚至工作第一年的考验我们也都安然度过。那两年的记忆对我来说都有点模糊了。我们学会了适应大律所不可预测的时间表，任何时候只要工作允许，我们都会在一起——有时是在办公室附近的熟食店吃个简餐，其他时候去最新最火的餐厅享受周六的夜晚，让我们高额的工资派上用场。杰森在信托部门工作，所以时间不像我那么紧张。

在公司法部门上班，就意味着你要一天二十四小时、一周七天随时待命。而且在你的合伙人上司下班回家之前，你绝不能离开办公室。那可能是晚上八点，也可能是凌晨两点，但多数情况下，无法预知。有时我会狠下决心，八点前偷偷溜走。偷偷溜走是一项需要精心磨炼的生存技能，得有悉心的计划和深谋远虑。首先，你得让自己看起来是还会回办公室的样子，而不是下班回家。你离开的时候，必须假装你只是送文件去文字处理中心校对，或者是去咖啡馆买杯红牛（因为熬一整夜需要能量！）。要一直拿着文件夹。办公室必须看起来像你很快就会回来的样子——外套还挂在椅背上，电脑还登录着，桌上要放喝了一半的咖啡，旁边是打开的文件资料。电梯里没有级别比你高的人时，你再乘坐电梯下楼。如果进电梯时里面有合伙人，那下一层楼你就赶紧出来，晃荡一圈，再去电梯。如果你实在不幸，出门的时候在大厅碰到了合伙人，那就赶紧用替补方案（“我只是去拿在Seamless[1]订的外卖！”）。这些都是我已掌握的细节。听起来很荒谬，但都是在大律所的生存技能。不然，你可能会被发现很早下班，这意味着你会突然发现有新的交易案子从天而降，往往是没人想做的案子，因为很明显你时间充裕。有些律师为了避免在电梯里被碰到，不惜步行二十七层楼梯，我从没那样干过，太孤注一掷了。

“负责这笔交易的合伙人是谁？”萨帝尔从隔间的另一头大声问道，其实他很清楚是谁。

[1] Seamless：美国在线餐饮配送服务商。

“麦斯威尔·戈尔德。”

“棉花糖怪?”萨帝尔呼了口气，撅嘴问道，“哇——你这只是工作第二年，就参与一个角落合伙人的交易，你快登上世界顶端了。”

我翻了翻白眼。对萨帝尔来说，只有一件事能比收集同事们的信息更让他激动，那便是律所严格的等级制度。他甚至把公司法部门的九十五位律师按照所谓的重要程度排序，将列出的名单称为“权力参与者”。当然，如果有人想了解律所的等级次序，只需要看看办公室就明白了。合伙人拥有最大的办公室和窗外最棒的风景，给律所带来最多案源的合伙人坐拥角落办公室[1]。在公司法部门，律师们将他们称作“四大角落合伙人”。他们是金字塔顶端呼风唤雨的人，享有最大的利益，而另外一些合伙人叫作“服务合伙人[2]”，他们只能在幕后默默工作。“服务合伙人”之后就是高年级律师，有自己的独立办公室。接下来就是低年级律师，与另一位低年级律师共用一间办公室。说实话，如果每天十五小时到二十小时都与另一人共处一室，而且只是一百五十平方英尺的空间之内，那就算是最不惹眼、最有礼貌的工作伙伴最终也会让你心烦意乱吧。这让我想起十年级科学课上研究过的一个试验——给笼子里的老鼠提供食物和水，并根据新生老鼠的数量进行

〔1〕 角落办公室（corner offices）：处于公司最佳位置的高级办公室，通常指总裁或总经理办公室。喻某人在公司或单位里的最高职务或在社会上与众不同的身份地位。

〔2〕 服务合伙人（service partners）：拉不到客户，靠大合伙人存活的合伙人。

补给，但笼子大小不变。试验结果是高度攻击性和死亡率上升。一些老鼠为了防止过度拥挤，甚至吃掉了自己的幼崽。与萨帝尔同处一小室一年多后，我能体会那种感觉。至少我还没把他干掉……

电脑上弹出艾利克斯的回复：

我还在这儿呢，你需要一船的咖啡因，我刚听说罗斯让秘书早上五点把早饭送到作战室。

我一声叹息，突然想起自己从不喜欢与罗斯·托内里工作的原因，他就住在办公室。“确确实实地”，萨帝尔在讲述这则趣闻时强调道。罗斯公寓的租约一年前就到期了，为了省去租房，他明显在办公室睡了两个月。现在他不在办公室的时候就睡爸妈家的沙发，仍然没有自己租房的打算。

我只好准备沉住气、卯足劲儿了，非常不情愿地给杰森发了封邮件，我知道他现在肯定在我家耐心地等我，大多数时候他比我先下班时都这样。

收件人：杰森·克莫德

寄件人：麦肯茜·科贝特

今天晚上又要熬夜了——你自己点份比萨看广告狂人[1]吧。对不起!! 如果我回家的时候你还醒着，我保证

[1] 广告狂人（Mad Men）：美剧。

会像梅根对唐那样跟你打招呼☺

收件人：麦肯茜·科贝特

寄件人：杰森·克莫德

那无论如何我也不会睡着。1－4－3

我灿烂地笑了。1：我；4：爱；3：你。这是我们刚开始恋爱时发明的特殊暗号，便于工作时偷偷联系。有时杰森会在我俩一起开会时，在桌上轻敲出这个暗号，有时我刚到办公室时会发现显示屏上贴的黄色便利贴也写了这个暗号。我居然是这位让人无法抗拒的小伙子的女朋友，现在想想还觉得不真实。当然，我也从不想抗拒他。

我回复了1－4－3，无比希望我现在是跟他依偎在沙发上，而不是在办公室待着。

“我得来点儿咖啡因了，”我向萨帝尔宣布，“除了红牛，你还要什么吗？”

“就要红牛就好。”他咕哝道，头也不抬。

我给艾利克斯发了条即时信息：要跟我一起去买咖啡吗？

电梯见，他回复。

我随手拿了个文件夹夹在胳膊下，确认自己看起来很忙，然后朝走廊走去。尽管已经很晚了，所里的办公室还是灯火通明，电话铃声不断，影印机还在工作。F&D 跟所有大律所一样，保证律师能够一天二十四小时、一周七天不间断工作。如果你自己的秘书下班回家了，律所预留了晚间秘书值班，全天候的影印机和文件支持中心随时待命，确保律师下班前送来标记过的文稿能及时重新打好并发送到邮箱里，以便第二天早晨他们会第一时间看到。全方位的自助餐厅，配有沙拉吧、寿司吧、烧烤台、圣代吧，三餐均提供服务。如果你没时间离开办公桌，餐厅工作人员会把热气腾腾的食物直接送到办公室。喜欢吃外边的食物吗？没问题——只需要在 Seamless 下单（或者让秘书帮你下单），这是个在线餐饮配送服务商，提供纽约的任何食物。身着制服的外卖员会直接送到大厅。晚餐费用会自动为客户生成账单，所以不需要现金支付。如果你足够幸运，晚上下班能够回家，只需给运营中心发个邮件，他们会为你联系林肯豪华座驾接你回家。食物储存间堆放着小吃和洗漱用品，以满足通宵加班的需求。如果你需要，甚至还有一个完备齐全的药柜……呃……我不确定……难道凌晨三点还要吃三片镇痛药和一大口胃药口服液？这一切设置都是为了让律师们可以一直工作。不如再在门口立一个大型霓虹灯，上面写“二十四小时营业”得了。

我推开玻璃门，朝电梯间走去，期待见到艾利克斯。结果，我看到莎拉站在那儿，双手抱在胸前，眉头紧锁，一脸的敌意和不满。该死！

莎拉本该是我的导师，但在导师和徒弟见面午宴上，她放了我鸽子，这是她和我关系不会太好的最初预兆。我宁愿相信她是不得已才错过，所以我亲自去她办公室自我介绍。但我发现，坐在一尘不染的办公桌后面那女人，全身都是一副箭在弦上的紧张感，仿佛身边的空气都可以发射出压力。我见莎拉第一眼就知道，如果要向人寻求建议，告诉我怎样才能在男性主导的公司法团队幸存下来，或如他们所说的“跻身”，我一定不会找她。她细条纹裤子上的褶皱被压得整整齐齐，简直可以当削皮刀用了，还有那 Jimmy Choo 的尖头鞋子，可以一起当作双重武器。总之，她如此娴熟地将自己打扮出来的样子，仿佛在尖叫“我能把你捏碎”。

我微微对莎拉笑了笑，点了点头，希望表现出友好的样子。她先是狠狠地盯着我来的方向，然后转身面对电梯，甚至都没有表现出她看到了我。

我很识趣，安静地站在角落，一言不发，保持距离，抱着我的文件夹，忍不住用眼角余光偷偷看了看她。她身上的一切都严肃而紧张——长长的金发挽成一个严厉的马尾，尖尖的髋骨像是随时要从她皮肤下面捅出来，甚至连她修的方形指甲也好似刀片般锋利。她身体每一部分都一丝不苟，但又透露出某种不稳定性。我想，如果你从她光滑的头发里抽出一颗发夹，她肯定会抓狂。

我对莎拉的那丁点儿了解都是从萨帝尔那听来的。我入职第一周内，他就把所有高年级律师的情况给我从头到尾讲解了一遍。德里克·波伊尔，萨帝尔说，是工作八年的律师，正“骑着小马驹朝合伙人进发”，意即他对低年级律师颇为狠心，让他们干完所有工作，然后把功劳都揽在自己身上。还有布赖恩·甘布里尔，七年资历，长期给休假的律师发邮件并要求立刻回复，因此臭名昭著。布赖恩认为，休假绝不是不随时查看黑莓手机邮件的借口。布赖恩吹嘘道："我在迪士尼跟九岁女儿坐大摆锤的时候，我还在回复邮件呢！那可是我们全家一整年唯一一次家庭度假。"我敢肯定他女儿总有一天会把这故事告诉心理咨询师，不过有预感告诉我，她女儿不缺素材。

"那莎拉呢？"我当时问过萨帝尔，心想他反正也在说闲话，何不了解了解我那谜一般难缠的导师呢。

"从没跟她共事过。我无心冒犯，但我尽量避免跟女人共事，"他如是答道，"但我知道她工作了五年，是哥伦比亚大学那届最优秀的毕业生。她应该极其聪明，而且也瞄着合伙人的位置。这意味着她会为了自己，牺牲掉其他任何人。你必须得小心防着她点儿。"萨帝尔挥动手臂，强调这一点，不由得让我脊背发凉。

想到这些，我不寒而栗，突然，让我惊讶的是，莎拉打破了冰冷的沉默。

"所以我的徒弟还没下班？"她冷冰冰地问道，仍然盯着前方。

我浑身一惊，没想到她会突然说话，而且居然还记得她应该是我的导师。

"我在做一个航空公司的并购案，今天晚上得做完，"我略带烦躁不安地答道，"是麦斯威尔的客户。"

她慢慢将头转向我，冷漠地扫视了一遍我全身。

我这才突然意识到，在办公室连续待了十九个小时后，我看起来的样子跟我当时的感觉一样糟糕。

“好吧麦肯茜，希望你是在这儿加班，而不是因为其他什么事，”她过度粉饰的嘴唇向上撅起，得意地一笑，“有传闻说你勾搭上了另一位律师”。

勾搭？这听起来太随意了吧。“我正在和另一位律师谈恋爱。”我纠正道，尽量让自己的语调听起来让人觉得舒服一些。然后突然发现我俩都还没按电梯，我猛按了三下下楼的按钮，希望这个高速电梯能名副其实。

“我猜你还不明白，和同事谈恋爱是多么不专业。”她扬起一边修得一丝不苟的眉毛，细长的鼻子里发出一声嘲笑。我发誓她跟《魔法坏女巫》[1] 里面那个坏巫婆一模一样。“我希望你不会像我上一个徒弟那样，她在律所干了十个月就结婚了，然后很快怀孕生子，再也没了消息。就是她那样的女人，让女权运动倒退了几十年。如果别人认为我们来这儿只是为了认识男的，然后生孩子，那还有什么公司愿意让我们升迁？我选择与刻板印象背道而驰，把事业放在第一位，我建议你也这样。”

就在此时，电梯门开了，她踏入电梯转身面对着我。

“哦，您先去吧……我还在等人。”我指了指电梯间的玻璃门。

“你当然是在等人。”她冷若冰霜地回答，电梯门迅速关上了。

〔1〕 魔法坏女巫（wicked）：音乐剧。

2

说实话，我之所以选择了公司法部门并非真的源于我对填字游戏的热爱。在大律所，公司法部门是成功的标志，我对成功的痴迷从我十岁那年看见我姐姐玛格丽特在地区游泳比赛斩获四枚金牌的时候就开始了。我妈当年看到一篇关于体育运动对塑造女孩子自尊心尤为重要的文章，于是她在暑期的时候就把我和玛格丽特送到了社区中心的游泳馆训练。玛格丽特对此一直碎碎念，可我特别激动——我可喜欢游泳了！集训季开始以后，不用秒表我就能分辨出玛格丽特总是队里最快那个，她总是游得最快，每次都以绝对优势把大家都甩到身后。我这么清楚就是因为——我，就是被她甩到最后那一个。每次我跟我妈抱怨的时候，她总是很温柔地给我指点："我觉得吧，你只是需要多练习练习。只要努力，你什么都可以做到！"因此我一整个暑假都泡在游泳池里：爸爸上班的时候提前送我到集训地，那时候玛格丽特还在床上赖着；我整天待在游泳池，玛格丽特却溜出去和朋友到海边疯玩儿。我那时候一点都不介意，因为我等不及要向我父母证明，我能够参加暑期总决赛，全美东部总决赛呢！但是事情并未按照我十岁的乐观估计那样发展。玛格丽特获得了四枚冠军金牌，我得到的却仅仅是乱七八糟的参赛彩带而已。看着我亲爱的姐姐站在临时搭建的领奖台上，谦虚地朝着鼓掌的观众们点头示意，我感到内心深处在燃烧，我多么希望站在那里的是我啊。不过也许我和查理·布朗[1]一样，真没有什么运动天赋。

我并不只想做个勤奋的运动员。我想获胜。在那一刻，我幡然醒悟：只要我和玛格丽特一起去游泳，我接下来的余生都将面对的情况就会是——教练先是欣喜若狂地发现名单上我也是“科贝特家的姑娘”，而我真正游泳以后，他们都会拿我和姐姐比较，然后倍感失望。除非我想在玛格丽特优越的游泳天赋的阴影下长大，否则我就只能靠其他的方式来获得注意。很快，我发现，只要我足够努力，就能得到全优的成绩，就能获得奖项，赢得奖学金，就能代表毕业生在舞台上发表演讲，就能让我的父母在观众席里自豪地欢呼。我发现在大学期间，我只要绕开了联谊会和运动项目，转而参加诸如辩论队、民权社团等，乔治敦法学院就会招我。[2]

〔1〕 查理·布朗（Charlie Brown）：美国著名漫画家查尔斯·舒尔茨画的漫画《花生》（Peanuts）中的主角，该书另一位主角则是大名鼎鼎的小狗——史努比。查理有很多奇特的想法，他能听懂小狗说话，却在自己喜爱的棒球、橄榄球运动和放风筝活动中，怎么也做不好，即使这样，查理还是绝不放弃自己对运动的热爱。

〔2〕 美国法学教育在本科毕业以后进行，本科不设法学专业。

在法学院的时候，我们职业指导老师告诉我们，大型律所的公司法部门是最难进入的部门。那些获得了暑期实习职位的幸运儿，只有很少数人会加入公司法部门。这实际上也是我不懈追求成功的一个缩影吧。当 F&D 雇佣我的时候，我有一种巨大的成就感，我觉得我选择了一条我擅长的、可以通向成功的路。而最重要的是，我脑海中的顾虑消除了：玛格丽特不再是家中唯一的冠军。所以，当莎拉暗示，我并非因为工作原因深夜留在办公室的时候，我简直气炸了。

“真的吗？不专业？她居然这样说你？”金的声音把我从幻想中拉了回来，我正在想象使劲拉扯莎拉的马尾辫，使劲拉，拉到她求饶为止。

“是啊。”我点点头，忍住想要打哈欠的念头。昨天晚上麦斯威尔责令我们必须在开市之前完成一宗涉及航空公司的并购，为此我熬了个通宵，但是绝对值得，因为早上七点半的时候，并购案中的两家公司完成了神圣的合体。能早些完成一宗交易就意味着你可以比大部分人早点离开办公室。出办公室的时候天都没黑透，这种概率相当罕见——简直值得好好珍惜。因此，即使我现在处于睡眠剥夺的状态，但是，我在和我最好的朋友吃饭——我们坐在人行道旁的露天庭院里，还有钢琴在一旁伴奏。我还可以一边吃，一边和金聊一聊我冰雪女王导师的种种事迹。

“在莎拉看来，我可是有嫌疑把妇女解放运动拉回到几十年前去了呢！”我说道。

“哇哦，我还不知道你有那么强的实力呢，小麦，真厉害哦。”金扯下一块面包，用它来吸盘子周围的橄榄油。她接着说：“哦，我选举权被剥夺的时候，记得让我来骂你。”

我忍不住笑了。尽管昨天晚上和莎拉闹得不愉快，我却有太多可以庆祝的事情。交易按时完成了，我的新闻稿在开市之前就发布了。并购成功的新闻让股价涨了一倍，我们的客户非常满意。就连棉花糖怪也友好地和会议室里每一个人握手，表达祝贺之情。“干得漂亮！麦肯茜，”他拍着我肩膀，声音低沉地说道，“你真是这里的后起之秀”。他握我手的时候，我感到特别骄傲和自豪。麦斯威尔的赞扬让我信心百倍。大律所的合伙人就有这种本领，他们让熬夜工作的人感觉劳有所值。是的，让四大角落合伙人之一觉得我是后起之秀绝对是一件值得庆祝的事情。

我举起了我的杯子，说道：“敬妇女运动——祝它能够因为我的办公室恋情而被拉回几十年前！”

“好，干杯。”金笑了，和我碰了碰杯。

我痛饮了一口杯中的基安蒂[1]，这种服务员推荐的酒对我们的晚餐来说绝对是再合适不过了。晚餐的郊区橄榄园和家里真是天壤之别。我问金：“嗯，真好喝，叫什么来着？”

“酒。”金顽皮地笑着回答。金从小生活环境十分优渥，也许正是因为她优渥的背景，她对于这些听起来略显浮夸的谈话总是不怎么感兴趣。

---

〔1〕 基安蒂（Chianti）：一种意大利红酒。

我面无表情地说："哈哈，管它叫什么呢，我能把那一瓶全部喝完。"

"呃，鉴于你那个疯疯癫癫的导师比我最近遇见的任何四岁的疯狂小朋友都糟糕，你喝完一瓶我也不会怪你啦。"

金喜欢拿她在上东区做幼儿教师的事情开玩笑，她总说自己在"塑造未来"，玩笑归玩笑，我知道她对工作有多么认真。金四岁的时候，她父母经历了非常难堪的离婚，他们都把金当作自己婚姻关系中的挡箭牌。离婚以后她父母监护日程表特别复杂，放学时间是下午两点，金经常在放学以后还要等待很久很久。她的父母，一直对谁去接她的问题推搡不已。还好，一位善良的老师总是会去照顾没人接走的金，在下课铃结束很久以后还给金读书，或者带她做特别的科学活动，还向她解释父母的迟到。"堵车，我老师总那样说，那时候我以为格林乔治是世界上最拥堵的城市，我十岁的时候才知道真相。"一说起那段往事，金都会这样嘲弄着。虽然金从来不曾承认，但是我知道她的职业选择从她留在教室那时候已经定向了。

我瞄了一眼我的黑莓手机，每次吃饭的时候我都把它放在桌子上的显著位置。手机闪了起来，我快速拿起来看：

收件人：麦肯茜

发件人：妈妈

嗨，亲爱的宝贝儿，

我听说你上周和奈吉尔舅舅吃了晚餐。他之前说你在外面要是晚上太晚了可以去他那里住，免得还得坐火车回去。下次和他见面提一提这个事儿，你知道你老妈有多担心哦！

亲亲。

妈妈

另：你和金记得要去打流感疫苗，这个季节……

金扬了扬眉毛表示疑问。

“我妈查岗咯。”我把黑莓手机扔回到桌子上。

金笑道：“你妈妈允许你一个人靠自己生活在这城市里，对此我仍然很吃惊。”

“行了吧，”我嘲笑道，“她唯一不那么担心的原因就是奈吉尔舅舅住得够近，有什么紧急事情有人帮忙”。

金又笑了。

我父母与金的父母恰好完全相反，他们结婚三十余载，做着对他们来说很有意义的工作，他们不曾获得什么意外之财（爸爸是小学校长，妈妈是急诊科护士），时不时也会斗嘴，不过很少吵得厉害。他们以自己的孩子为中心，每个清晨都自豪地从“世界最佳爸爸、妈妈”的马克杯里喝咖啡，他们住在波士顿的郊区不远处，最希望的事就是我能和他们住得近一点。

作为我最好的朋友，金自然也被我妈拖进了她的保护伞下。虽然金从来也没明说，但是我知道有人像父母一样去关心她的生活，她是极为开心的。

我第一次遇见金是在普林斯顿新生入学住宿的第一天。我走进寝室，她正坐在还没铺好的床边，涂着脚趾甲。我爸妈连扯带拽地把我几周前就开始收拾的、还贴着傻乎乎的标牌的特百惠整理箱往寝室里拖。“麦肯茜!”她像唱歌一样叫着我的名字，从床上跳下来，走着鸭子步以免把刚涂好的脚趾甲弄花，然后走到我面前，给我一个老朋友一样的拥抱。“我就等着你来呢！你看，‘金麦之家欢迎你’！”她对着狭小的寝室做出欢迎的动作，“或者麦金之家，随便啦。”她认为我们一定会成为好朋友的想法不知道为什么使我非常着迷，无意间就把我通常见到陌生人的害羞之情赶跑了。妈妈和爸爸则开始行动起来，他们拆开我打包好的衣物，整齐地放进抽屉里，装好书架，还把我和金的床都铺好了。“我妈送我来的，不过她有事得马上就走。”我妈正在给金铺着她的花床单，金开始解释道，“待在泽西最大的坏处就是对你的皮肤不够好[1]。”她翻了翻白眼，不过我注意到她解释的时候脸上有点泛红。我妈妈花了很长时间和我泪眼婆娑地进行道别，与她外露的情感表达相反，我爸爸只是提醒我注意不要超载使用电器，那样危险。然后，他们终于关门离开了。金转向我，眼睛里闪烁着自由的光芒，说道：“你说咱们晚上干嘛去?”从此以后，我们大学期间总是形影不离，即使我在法学院的时候我们也每天聊天。现在，上帝保佑，我们

〔1〕 普林斯顿大学就在新泽西州，金的意思是学校离她家近，她妈妈得赶回去办事。

在一个城市工作。这或许不是什么巧合。我们花了无数个夜晚躺在床上谈论着以后怎么在纽约生活。我们彼此帮助，彼此鼓励。在我被学业快逼疯了的时候，是她帮助我重振旗鼓；在她纠缠在若干段混乱纷杂的感情旋涡时，是我陪她疗伤，一起度过。

“杰森今天晚上干嘛呢?”金询问着，转换了话题。

“和艾利克斯在玩骑游兵游戏。不过我很怀疑艾利克斯能不能一直呆那儿玩游戏。他还在和索尔做事，说不定什么时候就收到‘滚回办公室干活’那种邮件。”我耸耸肩。

“索尔就是那个真正的疯子?”金问道，她把“真正的”那个词说得特别重。

“是，索尔就是那个真正的疯子。”我点点头，肯定地回答道。公司法部门的合伙人一般扮演着公开羞辱和威胁的教学角色。说实在的，他们每个人在不同的方面都有点疯狂。索尔却显得更加与众不同——他不仅疯狂，还是虐待狂。他能从虐待别人的过程中感受到真正的快乐。有传言说，索尔朝别人怒吼了以后脸上会呈现出快乐的笑容，把别人吼哭的话，笑容就会更灿烂。律所里有个公认的传言：有一次因为清洁阿姨要吸地板，移动了索尔挚爱的榕属植物，索尔把一个订书机扔到了她头上。订书机落在清洁阿姨的后脑勺，导致了流血事件。合伙人在和解之后要求索尔进行药物治疗，尽管如此，那些药物似乎并不能抑制住索尔对同事们的暴行。“人们现在还发明不了什么药物能给那个怪兽一点人类同情心的基因。”我想起这句话，这是一个合伙人在五月五日节[1]的聚会上，喝完很多玛格丽特酒以后说的。但是索尔有一个客户名单，足以和纽约城里其他任何顶级合伙人的匹敌，也正因如此，所里只好对他这个严重的包袱视而不见。

金摇摇头，难以置信地问："艾利克斯怎么在那个疯子领导下活下来的啊？"

我耸耸肩："你知道艾利克斯的，他什么事也不怎么放心上。"很不幸，艾利克斯这种性格却不是我想拥有的。对我来说，最好的事情就是迄今还没有参与到索尔的任何一件案件中去，我认为索尔喜欢虐待的，是他看重的新晋律师，我碰巧不是他看重的。

金夸张地叹了一口气，说："我倒是希望艾利克斯把我放他心上。"

"金！"我不由得笑了。

金把她的酒杯碰到我的杯子上，说："你可别说你没发现艾利克斯有多性感！"

艾利克斯有一种"狂野"的性感，这种性感使金不由自主地被吸引住，但对于我来说，我觉得我和他的关系更像是柏拉图式的工作伴侣。曾经我一度想撮合艾利克斯与金在一起，但是转念一想，艾利克斯的女朋友不计其数，简直比蹩脚的高尔夫球员打丢的高尔夫球还多，要是他们在一起，哪天又抛弃了金，我恐怕杀他的念头都有了。

"长得好看又不是错，"金做出一个投降的姿势，进一

[1] 五月五日节（Cinco－de－Mayo）：墨西哥传统爱国主义节日。

步说道，“我感情经历这么坎坷，也得想想有没有候补选择嘛。”

我眯起眼睛给了金一个责备的眼神。是的，金确实在感情上没有什么可歌可泣的记录。她总是会迷上那些有恋爱恐惧症的男性，她和男朋友一般最多能保持一个多月的关系，要是马上要确定认真的恋爱关系了，他们的恋情就一定会戛然而止。但是她现在的男朋友，奎恩，却和其他的不一样。首先，奎恩是自己有收入的——她之前的男朋友没一个能自己养活自己。我最开始听说奎恩是“酒吧老板”的时候是怀疑的，我去收集了一下信息，确认了：第一，确实有个“克多瓦”酒吧；第二，奎恩确实是老板。是的，我对我朋友的男友也做了尽职调查。我好像遗传了我妈容易焦虑的特质。

“你自己找到了适合的白马王子还要什么候补。”我对金说。

“小麦，你不要乌鸦嘴！”

我是真的觉得奎恩是金的白马王子，要是让我来描述金的男朋友应该是什么样子，我可能描述出来的就是奎恩。他有个人魅力，但是不会显得咄咄逼人；他鼻子好像有点高过头了，但是甜蜜的笑容可以弥补那一点小问题。他不费丝毫力气就能展现出一幅“随意的”时尚感。奎恩幽默有趣，但是从来不拿金开涮说笑话。第二次约会的时候，奎恩就给金做了烤意面——因为那是金最爱吃的菜，后来奎恩向我坦白，为了那天的约会，他照着 YouTube 的教学视频做了十一次才最终成功。最重要的是，不像金其他的男朋友，他对作为金的男友的这一身份，一点都不排斥。

我问金："最近奎恩怎么样啦？"

听到男朋友的名字，金的脸上瞬间明亮了。"啊……他想让我见见他的家人。"她一边说，一边快乐地轻轻敲着桌子。

"什么？！"我尖叫道。

金急切地点点头。

"哇！这可是大事啊！"

"嗯，我知道，可不是吗？"她举起酒杯，花了一点时间长长抿了一口。"你还记得大学时候有个男朋友说是要带我去见他家人，其实是想我去帮他照顾他妹妹吗？"

"记得。你从约会那种人到现在这么幸福也挺不容易。"

"谁会资道[1]啊？"

这时候服务员刚好冒出来了，两手都举着托盘。"就把它们全部放中间吧。"金指示道。于是服务员把意大利番茄沙拉、褐色奶油汤团、牛肉饺子都一股脑儿放在桌子中间。像今晚这种美妙的夜晚让我特别庆幸，和金待在一个城市里真好！

"嗯，你有没有想过，你和奎恩的宝宝会有多可爱？"我拿叉子指向金说，"你们就应该给世界带来可爱宝宝！"

她不屑地哼了一声，可能从来也不想去思考那么远的

[1] 喝了太多酒，金有点说不清楚话了。

事情。旋即她马上转换了话题："嘿，你明天晚上有时间吗？每个周五奎恩的酒吧都会举行'九十个电影细节比赛'，赢家可以获得一百美元哦！"

"哦，哈哈，我们绝对能赢！"我快速在脑海里过了一遍还有什么待办事宜。棉花糖怪的交易完成了，我打算休息休息，重新回到社交生活去。最近我已经在 F&D 扎根好久了，我感觉眼前就能看见长长隧道的终点那一丝曙光了。

"我要参加！"我开心地对金说。

然而，我可能是喝了太多酒，因此忽略了一个最大的事实：在大律所，若是说长长的隧道口出现了光芒，那肯定不是什么曙光，而永远、永远是正全速开来的火车。

3

“麦肯茜，”丽塔的声音从免提电话中传出来，“本·吉拉尔迪让你去他的‘板’公室。”

“他有提到是关于什么的事吗？”我问，暗自祈祷不要是新案子。航空公司并购案才结束二十四小时，我还不想这么快就有烟雾又把我从窝里熏出来。

“没有，不过‘坠’好是给你加薪，毕竟你最近‘兴’苦工作，做了‘辣’么多事。”

萨帝尔在隔间另一头大笑一声，“那倒不见得。”他嘲笑道。

萨帝尔几乎每天都对我的事情了若指掌，这曾使我非常不安。他总能偷听到每次私人谈话的一方之词，知道我有时睡觉打呼，还能飞快背出我每天的日程表，甚至比我本人还清楚！有一天清晨，我偷偷在办公桌底下刮腿毛，被他看到了，自此，我意识到我俩之间再无秘密。

“你听说了本正在准备什么案子吗？”如果有人可能知道个中详情，此人非萨帝尔莫属。

他耸了耸肩：“可能你被选中参加律师委员会了”。

我们大律所最新的宣传亮点就是有了一个“律师委员会”，理应是要负责维持律师们对律所的满意度。实际上就是，委员会每个月与合伙人开会一次，拍拍马屁，汇报说他们工作进展顺利，律师们都特别满意和开心。哪位律师愿意冒险说些不好的方面呢？没有人。然后委员会还组织旨在鼓舞士气的活动，比如“坚宝果汁[1]周五夜”，好像一顿免费坚宝果汁就能奇迹般弥补让我们累死累活的卖身契似的。

“那该有多棒啊！”我嘲讽道，抓起记事本朝门走去，但内心暗暗祈祷希望萨帝尔预言正确。本是合伙人，在部门里有着多重角色。他可能是在负责为律师委员会选人，也可能是其他各种事宜——是想知道克利夫斯自然资源公司股价动向吗？为下次部门午餐寻求建议？还是想问问我对坚宝果汁周五夜的看法？

我到了本的办公室，发现有两名一年级律师已坐在本办公桌旁的沙发上，腿上乖乖放着记事本。本坐在桌后的皮椅上，两鬓灰白，这个容貌在其他任何地方都显得平常而普通，但在律所里，可以称得上帅气。我缓慢地走到本桌对面的位置，步履沉重，感觉像快要被解雇了似的。帕特里克·奥谢，也是一名首年工作律师，他最后进来，坐到了褐红色沙发的最后一个位置上。本没有理我们，继续

〔1〕 坚宝果汁（Jamba Juice）：大型水果汁饮品连锁公司，致力于生产各种营养健康的特制饮品和精致美食。

浏览邮件，而我们就在一旁，静候接下来命运的宣判。

我从未为本工作过，但当暑期实习生的时候，我参加过他家举行的一次晚宴。每年夏天，拥有最棒宅邸的合伙人会为暑期实习生举办晚宴，这种聚会传递一种“这一切你也能拥有”的讯息。我个人觉得，此计划适得其反，因为你最后会窥见他们生活中非常不幸的一面。当然，本的豪宅当然是好到毋庸置疑——房子地处斯卡斯代尔[1]，占地面积很大，由砖块堆砌而成，古色古香，颇具殖民地时期风格，配有游泳池、网球场以及环形车道通向房子背后的私人停车场。室内有一豪华楼梯连接楼上与前厅，宽得可能足以容下一辆车。前厅有两扇法式对开玻璃门，通往一个巨大的房间，当时里面的家具已经被清理，用来举行宴会。从食物和饮料明显看出，晚宴是墨西哥主题——服务生在门口迎接客人，手端银盘子，里面是桑格利亚汽酒[2]和石榴玛格丽特酒[3]，女服务员在人群中穿梭，提供小肉馅卷饼和辣虾。本尽全力想表现出“悠然自得而有趣的合伙人”形象，他穿了一件米色亚麻衬衫，袖子卷起到手肘，以及一条配套的亚麻裤。我倒是觉得，那更像是一套休·海夫纳[4]可能才会穿的特大号睡衣。

---

〔1〕斯卡斯代尔（Scarsdale）：位于美国纽约威斯特彻斯特郡的城镇，位于纽约市北部郊区。

〔2〕桑格利亚汽酒（Sangria）：源于西班牙的混合型微酒精饮品。

〔3〕玛格丽特酒（Margarita）：被称为“鸡尾酒之后”，由墨西哥龙舌兰酒、酸橙或柠檬汁以及橙味酒混合调制而成。

〔4〕休·海夫纳（Hugh Hefner）：休·海夫纳是世界著名色情杂志《花花公子》的创刊人及主编，花花公子企业的首席创意官。酷爱衣着睡衣和睡袍，并常以此形象示人。

人群中很容易认出本的妻子卡特琳娜，她身材娇小，是位蓝眼金发的美女，手腕和脖子戴的珠宝让人眼花缭乱，说话声音略大于其他人。她小麦色的肌肤完美无瑕，在白色飘逸的亚麻裙子衬托下更显迷人。她首先会告诉你她来自一个杰出的俄罗斯家庭，从家里装饰也能看出她颇为自豪。大大的镀金扶手椅和华丽的桌子趾高气扬地摆放在前厅，然而与房子的整体并不搭调。很明显，他们的装修计划非常简单，不需要某种统一的风格，“只选贵的和浮夸的”。宴会本意是要打动我们，使我们折服；可即使我无法明确指出到底是什么，也总感觉整个事件有那么点儿俗气。我们真的需要去参观本的那些奢侈物品吗？还要被迫聆听他购买每件物品的愚蠢理由？比如，他确实说过，他曾花三十万美元买了件艺术品，仅仅是为了在苏富比[1]拍卖会上赢过乔治·索罗斯[2]。

当然，正当我觉得这宴会已经不能再过火时，前厅的豪华楼梯上，下来一个五人组墨西哥街头乐队，自带大型弦乐器，边唱边伴奏，这整个场景无疑是我所见过最诡异的律所活动之一。墨西哥街头乐队。晚宴。就好像那场合还需要再多一点荒谬元素似的。

街头乐队的表演持续了整个晚宴，我们大快朵颐，享受着龙虾沙拉和炖牛小排。卡特琳娜跟我相隔两个座位，

[1] 苏富比（Sotheby's）：世界上最古老的拍卖行，源于英国伦敦。

[2] 乔治·索罗斯（George Soros）：匈牙利出生的美国籍犹太裔商人，著名的慈善家，货币投机家，股票投资者和政治行动主义分子。

她喝桑格利亚就像喝水，酒下肚后又回到桌上继续向客人讲述他们的奢华度假之旅。

“不好意‘识’，是时候来助助兴了，”吃到一半，卡特琳娜向桌上的客人说道，咬字已含混不清，然后跌跌撞撞朝乐队走去。我们全都转过身看着，只见她抓起麦克风唱了起来。我在这儿所说的“唱”指的是卷起舌头大声尖叫，“呀—咔—咔—咔—咔”，同时用手拍打着节奏，晃动着臀部。乐队成员一脸茫然，但也继续演奏。随后她一把丢下麦克风，前后摇晃着身体，试图与一位乐队成员跳舞。最后，火车脱轨事故结束了，她回到桌边，瘫倒在椅子上。

“本就是讨厌我唱歌，”她自言自语说道，“不过本差不多讨厌我做的任何事儿，是吧，小本本？”她爱抚地拍拍本的脸，拍得有点用力过猛了。本僵坐在那里，紧咬着牙关，好像下颚被缝上了，说不出话来。“噢噢噢……现在不理我了。”卡特琳娜撅起了嘴。

“不过没有什么是一点阿普唑仑[1]解决不了的，对吧亲爱的？”她大笑起来，又猛喝了几口酒。

我可以亲自证实，毁掉一场晚宴最快的方式就是女主人谈及她的镇定药。当她再次开口唱歌时，我们备感尴尬，纷纷准备拿上外套离开。从那一晚开始，我一看到本就会联想到他那睡衣似的套装和靠药物治疗的妻子。现在，我就在这里，在休·海夫纳的办公室。

---

[1] **阿普唑仑（Xanax）：一种用于催眠或抗焦虑的镇定药物。**

“好吧，”本开始说话了，低头看着他扣紧的双手，“我这儿刚接到一个高调收购案子，非常大的案子，非常大”。他意味深长地环视了一圈。“飞马合伙公司已聘请了我们的律师团队，这是一间私募股权公司，因为不慎进入武器制造业，去年闹出了大新闻，负面报道让他们损失了两名最大的投资人。”

我点点头，装作这对我来说不是新闻。

“飞马公司这几个月一直在讨好高地酒店集团，希望争取合作，酒店业公关方面更为友好，飞马公司想通过进入酒店业挽救他们的形象，”本继续道，“昨天晚上双方达成了友好协议，这个收购标的额价值七十亿美元”。他扬起眉毛，确认我们都明白此案的重要性。“现在我们必须开始尽职调查，拟出相关合同文件。他们想在二月底签署完购买协议，五月底完成交易。”

我感到内心的沮丧不断蔓延开来。一项价值几十亿美元的收购案，从双方友好协议到完全签署购买协议，需要一个团队的律师夜以继日地工作半年以上，而我们只有四个月。我就不能告诉他我对坚宝果汁周五夜的想法然后就收工吗？

“麦肯茜，今天两点安排一个启动会议。”

我点点头，在拍纸本上潦草地记下来。

“有问题吗？”本问道，很明显他希望不会有问题。

房间陷入了沉默。

“非常好。”本微微一笑，“这是我们的大好机会。飞马公司的企业并购业务一般都是交给世达律师事务所，但这次他们起了冲突，所以如果我们拿下了这个客户，以后他们会有更多案子交给我们。”本把椅子往后一推，站了起来。我见状，立马也跟着起立。

“哦，麦肯茜等一下，其他人可以走了。”他草率地点点头，示意其他一年级律师离开。

我尴尬地站着，不知道应不应该坐回去。帕特里克出门时，转身看了我一眼，眼神里似乎在说，你留下比我留下好。

本等其他人匆匆离开后，低声对我说：“麦肯茜，我相信你应该意识到了，一般我不会把这么大的案子交给一名二年级律师，但你的表现让这儿很多人刮目相看，包括麦斯威尔，他可是很难缠的主儿。律师想要在 F&D 出类拔萃实属不易，周围有太多努力又聪明的对手。这毋庸置疑吧。”他顿了顿，“我所赏识的那些优秀的人往往平步青云。你懂我的意思吧？”

我点点头，其实不太确定我真懂。

“好的。”他鬼鬼祟祟地凑过来，“那么，我相信你也知道，我作为合伙人的职责之一，是负责挑选借调到星空公司的律师吧。”

我心跳加速起来。每年律所会挑选一名中年级律师去为其最大的客户——星空投资公司工作，为期六个月。那名幸运儿不仅有机会参与业务部门的工作，获得宝贵经验，工作强度还远远低于律所，可以说是从大律所的苦差事中解放的六个月。对于 F&D 的公司法律师来说，这是最梦寐以求的一个奖励，而且如果得到了这个机会，本质上来说，你就走上了未来当合伙人的道路。干过此美差的每位律师最后都成了合伙人，每一位。最近获得此机会的三名律师还比预期早一年就当上了合伙人。

“那么，”本长舒一口气，“这个案子不仅是我们律所的机会，也是你的大好机会。我期待你的表现。”他咧嘴笑了，确认我俩现在有了一个共同秘密。

“一定，”我答道，尽力抑制住上扬的嘴角，“我一定会百分百尽力”。

“我的标准不会降低，这个案子需要你和你的团队巨大的努力，不过我相信你能胜任。”

“没问题。”我强行让自己给出了笃定的回答。

回办公室的路上，我内心五味杂陈，大脑飞速运转，嗡嗡作响。如果这个案子我干得漂亮，那我应该就是被借调到星空公司的不二人选。光这样想想，我就开心得要飘起来了。另外，能参与到这种规模的大案子也必然会大有裨益。纽约法律杂志有一个“参与数十亿美元交易律师名单”，每当我上榜时，我的肾上腺素就会飙升。榜单上第一次出现我的名字时，我还把那篇报道剪了下来寄给爸妈，急于想炫耀一下我刚获得的知名度。妈妈把剪报贴在了剪贴簿，那簿上大多数都是玛格丽特的体育成就。她当时还轻声感叹：“你的名字还是加粗的呢！”

但是，被委以这个案子的重任，也使我肩负了巨大的责任，不能搞砸。我甚至不敢想象，如果我的表现没有达到本的标准，那会发生什么。他所谓的超高标准。

“怎样?”我一进门萨帝尔就问。

我倚靠在墙边，脑袋仍然一阵晕眩。“你之前也是没有听说本接了个大案子，毕竟我刚还真以为可能是律师委员会这种仁慈的小事儿。”

“呃，不好意思麦肯茜，其实我刚刚骗了你，”他忧郁地点点头，“其实我已经听到小道消息，说本在给一笔大生意安排人手。我只是想给你点儿希望。就像有人被处决前，得先蒙住他的眼睛嘛”。他解释说：“你必须为他这样做，这样才比较有人性。”

我窃笑着一屁股坐回椅子上，“他确实说了参与这桩交易是个荣幸——作为之前努力工作的奖励”。

“那，欢迎参加吃馅饼比赛……唯一的奖励就是更多的馅饼。”

4

我抓着一叠记录纸紧张地走进 23A 会议室——这是所里最大的会议室，一般留着在重要客户面前撑面子用。上一次我到这个会议室的时候还是暑期实习期间参加“咖啡品尝派对”。那次派对上，活动组织者从世界上搜罗了十种不同的咖啡给大家品尝，其中还有咖啡博览会上的罕见品种，一杯要卖 80 美元呢。咖啡师在我们尽情品尝咖啡并且对着 Payard[1] 糕点大快朵颐的时候，给我们详细介绍了不同的咖啡和不同的糕点。不过入职以后才发现，现在日常提供给我们的只是星巴克的咖啡和食堂的糕点而已。

我焦虑地把裙子往下拽了拽，因为我感觉到整个人都因为肾上腺素飙起来了。当本提到要我参加启动会议时，我认真地点了点头，一心希望他不要看到我脖子都激动得发红了。一般而言，只有合伙人和高级律师才能参加项目

〔1〕 Payard 作为高端蛋糕店的代名词，由法国烘焙大师创办于纽约曼哈顿，被誉为纽约最棒的甜点店，其糕点获奖无数。

的启动会议，所以本赐予我这样一个中级律师来参加的机会，简直是莫大的荣耀，十分不寻常。我觉得我获得了来自 F&D 皇室顶层的邀请函，所以心脏都快跳到天上去了。

所有实务团队的高级律师都坐在真皮椅子上，整齐地围在巨大的红木会议桌前，焦急地交头接耳说着什么。意识到椅子可能不够所有会议参与人坐的时候，我在书柜旁边找了个地方把自己安顿下来——倘若贸然坐上那些围在桌子前的真皮椅子，就意味着职业自杀了。最资深的律师才有资格坐里面。永远都是。我曾见过怀孕后期的女律师，挺着快要生孩子的大肚子也站在后面，她们也不愿意打破这一不成文的规定。包括每一次发邮件的时候也一样，收件人的顺序是有排序讲究的，必须从最高级别的合伙人开始写，初级律师的名字应该放在最后面。如果不把高级合伙人的名字写在最前面，有的合伙人根本不会去读邮件。

空气中凝结着权力和影响力的气息。这间硕大无比的会议室有着整面墙壁的落地窗，雄伟的帝国大厦在不远处若隐若现，男性荷尔蒙在那些灰色套装里都要溢出来了。在那一瞬间，我觉得我仿佛刚刚踏入了华尔街。似乎高登·基科随时就会走进来，说出他的名言："贪婪是好事。"[1]

坐在这里（好吧，是站在这里），我觉得自己处在最

---

[1] 高登·基科（Gordon Gekko）：电影《华尔街》里面男主人公，以华尔街传奇人物伊凡·博斯基（Ivan Boesky）为原型，他的名言就是泰达纸业的股东大会上说的："Greed is good, greed is right, greed works."（贪婪是好事，贪婪是正确的，贪婪才有用。）

高的团队当中。耳朵里回旋着卡莉·塞蒙[1]的“就让小河去流淌”的旋律，我仿佛看到我在自己的角落办公室里，得意洋洋地微笑。虽然我现在只是巨轮上面的小小螺丝钉，虽然我甚至可能被这一交易吞噬掉生命，此刻，我却抑制不住脸上的笑意。

我悄悄环视了一圈会议室里的情况。每个部门最重要的合伙人都已经就座了：罗恩·理查德，劳动和雇佣部门的头儿，一个自称是工会“最大噩梦”的男人；他旁边是安东尼·布斯，不动产部门的老大，他是合伙人里年纪最大的一个，已经六十七岁了，可他却拒不退休，还动用自己的客户阻止其退休的进程；斯蒂芬·巴罗斯，知识产权部门的一把手，他被戏称为“老七”，因为他在给“四十岁以下的四十位优秀律师”的颁奖礼上自己说他最大的成就并不是来源于执业的战绩，而是一天以内能把七宗罪[2]全部犯一遍的优秀事迹；连司各特·科斯雷都在，他是环境法部门的领导，最擅长的就是让我们的客户如何规避法律规定的环保措施；最后，还有安东·沃多夫，税法部门的负责人，全公司都知道他曾经把一个怀孕的律师骂哭了，还说她这一哭更加证实了为什么律所讨厌种畜——可他也是全所里面工资最高的合伙人，这正好更强地论证了一个道理：在大律所，工资的收入和心理健全程度呈反比关系。

〔1〕 卡莉·塞蒙（Carly Simon）：美国著名创作型歌手。
〔2〕 七宗罪：傲慢、妒忌、暴怒、懒惰、贪婪、饕餮（暴食）及色欲。

其他部门里数不清的初级律师会在这之后知道自己周五晚上的命运。他们不得不给自己的朋友打电话爽约，就像我一个小时以前那样。金对我不能参加“九十个电影细节比赛”感到非常失望。但我信誓旦旦对她承诺，当我一旦被派遣去星空公司，就有六个月的时间，天天晚上都有空了。

当文森特·克里德大摇大摆地走进来时，会议室的每个人都屏住了呼吸。若是说 F&D 这样一个大律所要绘制一张结构图，那文森特的名字就必然会出现在结构图上最顶端的那一栏。这不仅因为文森特是角落合伙人里面的公司法部门领袖，还因为他完全就是大律所的普巴[1]。光是文森特的出席就已经说明了这宗交易对律所的重要性了。

文森特走到本的背后，用他那双大手搭在本的肩膀上，象征性地做了两三下按摩，然后他问道：“准备好了吗？”随即，文森特走到红木会议桌的正前方，一屁股坐在顶端的位置上，他看起来一点都没有想要本或者任何人回答的样子。“上午好，先生们……女士们，”他环视四周，目光落在我们在场的每个人身上，声音中透露出威严。“大家周五快乐，”他干巴巴地继续说道，“这次的交易很大，同僚们……很大”。他说这个句子的时候停顿了几秒钟，制造出一种强调的感觉，接着他又说道：“大家

〔1〕 Pooh－bah：出自吉伯特和莎莉文的经典舞台喜剧《日本天皇》，普巴位高权重，身兼数职：财务大臣、最高法官、总指挥、海军最高将军等。

都知道，飞马公司在收购全国最大的军火集团——莱克星敦集团的时候已经损失了两个重要的公共养老金投资基金，这是——”他停顿了一下，“这是，嗯，我们就说这是非常不巧的时机吧”。

四周的人都阴沉地点着头。在飞马公司收购了莱克星敦集团的两天之后，莱克星敦卖得最好的那款突击步枪被用于一场大规模枪击——这是我从谷歌的搜索上看见的。更糟糕的是，莱克星敦集团在推特上还向公民拥有武器的权利提出质疑。对飞马公司来说，这无疑是公共应急关系的灾难。

“我们现在要做的就是洗白他们的形象。养老金投资基金要用作什么用途必须公开，飞马公司把这基金拿来做个什么，人们都在密切关注。谁他妈知道为什么?”文森特摊了摊手，有几声笑声传了出来。

“我们必须及时和高地酒店谈判，还得签署一个有约束力的购买协议，这都是为飞马公司二月二十八日即将举行的年度会议做准备，这样一来他们才能给投资者汇报钱都拿来干嘛了。整个交易务必在财政年结算期，也就是五月末之前全部搞完。”

围在桌子前的合伙人都眉头紧锁。

文森特托着自己的下巴，思考了一会，说道：“现在，用客户的话说，他们极其希望这宗交易能完成，当然，我告诉他们，要完成，那可得投下血本。”更多的人发出了笑声，“用我们的话说，时间太有限了”。

“那不是真相吧。”安东·沃多夫打趣道，他从为会议准备的闪亮的托盘上，拿起一块草莓丹麦酥。

文森特朝沃多夫做了个粗鄙的手势。这会议室里都是自负的人，一不小心就会上演哗众取宠的对手戏。

“好了，除了沃多夫是个混球以外，我们还有很多的信息要分享。”文森特接着开始告诉我们更多的细节情况，我抓着本子，快速而潦草地做着笔记。

文森特把他的大手掌贴在桌面上来回滑动，他的脸上忽然绽开一个灿烂的笑容：“你们听着，我把话明明白白说清楚——他们需要这宗交易。价钱不是问题，你们洗澡的时候在思考这单生意，那得收钱；如果你人不在办公桌前，你屏幕上是关于这单生意的文件，那也得收钱。”

“你和你小情人在高地酒店开房，还是得收钱。”沃多夫高声说。我内心深处翻了个白眼。令人吃惊的是，会议室里所有人对他说的话没一个人表示吃惊。

“你懂我的意思了。”文森特拍了拍会议桌，起身站起来。“我们要完成了这宗交易，这一年就没白费。”说完，各位大佬鱼贯而出，我们这些小跟班也随即离开了会议室。

“对于一个刚刚说到她接下来半年都没有私人生活的人来说，你看起来非常开心嘛！”杰森走进我的办公室，递给我一个白色塑料袋。

“这是啥？”我偷偷看了看塑料袋里面。

“从托斯蒂快餐店带回来的蔬菜沙拉，还有黑白曲奇，”他确信地说道，“我就估计你是没时间吃午饭的，我可不想你饿肚皮”。

“你怎么知道我刚才还在想着把抽屉里的燕麦饼干当做午餐?”我踢掉鞋子，把腿盘在椅子上，开始大口吃起来。

“因为我知道你一旦专心做某事的时候会变成什么样。”他笑道。

我确实有一种沉浸在任务中的倾向。以前我努力备考期末考试的时候，金就说我像坚如岩石的洛奇[1]。“感觉你跑到俄罗斯的山里去修炼了好几周，”那时候金这样说我，“你修炼完了回来的时候，感觉整个人充满了信念和力量呢”。她的说辞总是让我忍俊不禁，但是每当我得到“优”的时候，我确实想象自己站在费城艺术博物馆的台阶上，扬扬得意地握拳鼓劲。

“你也太了解我啦。”我高兴地对杰森说道。

“就是太了解你，我才能看到你眼睛里面还有顾虑”。杰森摇了摇手指，“你头脑里面想着你能做什么，能得到什么。相信我，本会求着你去接受借调，你肯定也会做得超好。我是说，他能选择的人那么多，可他就偏偏选了你来做公司最大的交易，我认为这就是你能力的体现”。他朝我抛了个媚眼。我一直觉得抛媚眼显得十分肉麻，可是

〔1〕 洛奇：史泰龙主演的动作片主人公名字，象征着永不服输、顽强拼搏的精神。

杰森抛的媚眼却一点都不肉麻，反而非常的甜蜜。

“本对这个工作的描述确实不那么乐观，”我咬着指甲的一侧，“他用的词是‘艰巨’”。

杰森听完以后大笑不止：“本还真是有戏剧天赋呢！”

“这根本不算啥吧，本还给一年级律师说这是一场马拉松，让他们随时补充水分保持干劲呢。”我翻了个白眼。

杰森拍着大腿喝倒彩，他的动作把我也逗笑了。这一刻，我身体里面的焦虑被抽吸得无影无踪。

“所以，”他竖了竖眉毛，“我预感到你没办法参加我表兄的婚礼咯？”

我做了个鬼脸，问他：“什么时候来着？”

“三个星期之后。”他回答道。

“对不起嘛，”我面带悔意地对他说。在大律所，取消行程是再普通不过的事了，但是看到杰森失落的表情还是让我于心不忍。“你知道的，如果有休息时间我一定会去，但是这次的项目我也得完成啊。你想嘛，在职业生涯中，借调去星空公司的事情可不是天天都有啊！”

“家人的婚礼也不是天天都有。”杰森挤出了我最爱的那张笑脸。他其实也知道，我们做的所有社交计划基本上都是带有标注的——工作相关。他只是想我再悔恨一会儿。

“我到时候看看能不能抽出一天时间来。”我慢慢说道，心里希望他不要接受的我提议。

“不要担心婚礼啦。”杰森揉着我的肩膀说，“这个表兄也不是我最喜欢的那个嘛，你专心做好‘艰巨’的事就好。”

我把手搭在他手上。我到底做了什么才得到这么甜蜜、这么体贴的男朋友？不管做了什么，我都要感激自己那样做过。“我真心抱歉，错过家人的婚礼。”我低声说。

他的嘴唇靠近我耳边，温柔地低声说道：“别担心，你能行的。”

5

“好的。”我环视一圈，开始感到自我膨胀，因为我是这个房间里最资深的律师了。这是我们在“作战室”的首次会议——位于三十楼的会议室，无限期为“魔咒项目”保留，“魔咒项目”是那个案子的代号。加文·申，帕特里克·奥谢和谢尔登·劳丽这三名一年级律师资历太浅，不能参加启动会议，因此我负责向他们传达会议精神，并安排具体职责。当本把这三位称作我的“团队”时，我突然意识到，我以前从未有过自己的团队。萨帝尔说得对——我这是要登上人生巅峰的节奏呢。

我曾分别与三位队员共事过，所以对他们的秉性了然于胸。加文是年龄最大的一位，大学毕业后，他间隔了两年时间，用来搞清楚人生方向，然后再进入到法学院继续学业。他急切地想要弥补之前损失的时间，所以昼夜不停地工作，想要证明自己比同龄人优秀。他总能把握住与合伙人会面的机会，工作期间通常也是最后一位离开办公室。有谣言说，他有讨人厌的吸食可卡因的习惯，这使他兢兢业业工作，与他共事过的人都知道。

谢尔登则完全相反。他是虔诚的摩门教徒，工作起来一丝不苟。如果没有时间要求，他对细节的把控简直令人羡慕，但对于这笔交易来说，他会让人感到焦躁不安。上次我与他合作时，仅仅审阅一个供货合同，他就花了五小时。后来他到我的办公室，对合同有很多语法错误表示担忧。我还不得不向他解释，起草合同的质量不需要我们操心，我们只负责总结概述。但他听完看着我，头从一侧偏向另一侧，一脸茫然，就像一只拉布拉多犬想努力搞懂主人的意思。在谢尔登的世界里，他的工作包含校订之前已生效的合同。因此，尽管我尽力解释，并恳请他工作迅速一点，他的摘要里还是囊括了合同中的一长串语法错误，毫无意义。

另外，来自波士顿的帕特里克，一个胸肌发达、反应机敏的爱尔兰天主教徒，总说他没空听人胡说八道。对他来说，每件事都是胡说八道。你让他修改一下工作内容？胡说八道！餐厅没有炸鸡了？胡说八道！下雨了？胡说八道！他常显得自负而又咄咄逼人，所以我不能派他去协调律师助理的事务，也不能派他去向专家传达意见，不然问题更大，得不偿失。但他的工作质量高于加文，快于谢尔登，是我最欣赏的一个。

我握紧双手，正襟危坐，摆出架势，用自己最有威严的语调说道：“高地酒店集团全球范围内有上万份公司文件、合同和相关政策文件，每一份都必须审阅。他们把文件都上传到了一个在线资料室，由于文件的机密性，我们无法打印。因此，我们从这个清单开始工作。”我将三份装订好的一百七十七页的清单分发了出去。

“我的天。”帕特里克轻声抱怨道，一边浏览文件。

“我知道任务繁重，但我需要你们百分百的努力，”我希望自己的语调听起来像是在激励大家，而不是请求。“那么，我们开始吧。”深吸一口气，我翻开了清单的第一页。

两周后，本召集了第一次进展汇报会议。我最后回顾了一遍笔记，抿嘴微微一笑，然后朝本的办公室走去。我连续二十六小时没睡觉了，眼睛火辣辣的，止汗香体露早已失效。除了咖啡和健怡可乐，我什么都没吃，头晕乎乎的，不过不是因为饥饿，而是因为激动而感到晕眩。在一个接一个地审阅那些枯燥乏味的合同之后，我发现了确凿的证据作为切入点。

我瞥了眼手机，上午九点五十五分，还有五分钟梳洗整理一下。我用湿巾猛地擦了擦腋窝，梳了梳头，喷了喷口气清新剂，还想把铅笔裙上的褶皱抚平，但于事无补。我拿起笔记，穿过走廊，迈向本的办公室，脑海中最后给自己打了打气。

本坐在锃亮的办公桌后，招手示意我进去。从他不安的表情判断，他应该注意到了我的邋遢形象。我深感尴尬，同时希望这也表明我对工作的巨大付出。看看吧！

都是因为我在这个案子上费尽心血，导致我连基本的个人卫生都没时间打理！

我把尽职调查的清单递给本，好让他了解我们为如此繁重的工作量牺牲了多少。他浏览了一遍，面无表情，然后放下清单，细数出一连串未解决的项目要我处理。我紧张地在笔记本上飞速记下。本来手上的工作就已经像是无底洞了，他还在继续增加工作量。

“那么，”他长舒一口气，双手枕在脑后，回靠在椅背上，“尽职调查里有没有我需要知道的危险信号？”

我清了清嗓子，“是的，事实上，我想要给您讲一个事情”。

他瘪起了嘴，一脸不耐烦。

“本？”一个尖利的嗓音穿过办公室。

我抬头看到莎拉站在门口，她这次换了一套黑色紧身套装，仍然熨得笔挺，穿了一双血红色细高跟鞋。

“你找我？”她干脆简洁地问道。

“是的。”本一下来了精神，招呼她进来。“请坐。我们这正好差不多结束了。”他朝我这边示意了一下。

“很好。”莎拉脸上闪过一抹柴郡猫似的笑容，慢悠悠地走到我旁边的椅子坐下。她从上到下打量了我一番，我才突然意识到我油腻的头发还粘在我脖子后面。

我在椅子上不安地动了动，希望本有点理智，不要提及星空公司借调的事情。萨帝尔说过，两年前莎拉错过了借调机会，输给了一位人脉资源丰富的律师，因为那名律师正好是一个大客户公司首席执行官的亲戚。如果莎拉听到风声说我在参与竞争今年的借调机会，那无异于在我背上画了一个大型靶子，同时还递给她一把枪。

“麦肯茜，你刚刚要说什么？”本心烦意乱地问道，看着莎拉靠在椅子上，翘起美腿。我情不自禁在想，她会不会突然就在我眼前成为下一个莎朗·斯通[1]。莎拉在公司里举止得当，恰到好处，能够毫不费力让自己光彩迷人，同时又保持职业水准。她对男士的玩笑更为捧场，懂得与异性眼神交流，适时还舔舔嘴唇，但让人讨厌的是，她说话时依然保持权威和专业。

我低头看看笔记本，装作不知道我已脸红到脖子了。“呃，根据他们所签订的供应合同来看，高地集团所有的床上用品都是南方酒店管理公司提供的，而喜乐寝具公司隶属南方酒店管理公司。合同为期五年，三月底到期。目前我还没有发现要续约的计划，所以……”

本不屑地挥挥手，打断了我：“这并不奇怪。这么大的公司，供应合同很容易被忽视掉。在尽职调查备忘录里记录一下就行了。”他把清单丢回给我，表示我们的会面到此结束。

我眼角的余光看到莎拉的薄嘴唇上扬起来，笑容里夹杂着一丝得意。我简直想过去把她脸上那种自命不凡的表情擦掉。

“不过这个供应合同尤其重要。”我不甘心地继续道，声音里有一丝颤抖。“高地集团砸了两亿美元在广告上，

〔1〕 莎朗·斯通（Sharon Stone）：美国演员，以其美貌及性感为人们熟知。

大力宣传他们旗下每一处酒店的室内布置都是喜乐牌，如果供应合同到期，那么之前的整个广告宣传活动就失效了，这可是件大事。我们的客户就必须得策划投资新的广告。”

这引起了本的注意，他嘴角掠过一丝微笑，那表情就像家长观看孩子幼儿园毕业典礼时般欣慰。

我深吸一口气，“我认为我们应加上一个交易条件，那就是重新与南方酒店管理公司就供应合同进行谈判”。

本仍然微笑着，赞许地点了点头，仿佛是我通过了某项测试。“完全正确，麦肯茜。干得漂亮。”他在拍纸本上记了下来，“继续吧，把那一项加入到购买合同草案里”。

“当然会。”我出门时，朝莎拉的方向投去心满意足的微笑。现在觉得我怎么样？

我一回到办公室，就立马关上门，跳起了史努比[1]式的“快乐舞蹈”。杰森说得对，我确实会干得很棒。

〔1〕 史努比（Snoopy）：在1956年1月9日的漫画中，史努比第一次用后腿站起来；同年稍后，它还首度表演自己编制的“快乐舞蹈”，像人一般双脚站立跳舞，可爱欢快。从此，它直立行走的形象彻底改变了《花生漫画》的表现风格，而史努比也越来越了解复杂的日常生活。

6

我推开自己办公室的门，差一点打到萨帝尔，他趴在地板上，摆出一副尸体的造型，空气中的味道说明了他待在办公室起码好几天了。

“麦肯茜!”萨帝尔跳了起来。“靠，已经是早上了吗?”他鼻子瓮瓮地哼了一声，接着用衣袖擦了一下鼻子。然后他开始揉他那双布满血丝的眼睛，还试图把头发梳理一下，不过那完全是徒劳，他的头发因为睡在文件袋临时搭成的枕头上，已经倔强地反翘过来了。

“是啊，是早上了。”我有点烦躁地回答道。我把我的包扔到地上，脱下外套挂在门背后，走向自己的桌子。虽然我已经习惯了萨帝尔在办公室睡觉，但是看到这幅景象还是让我觉得……有点恶心。

“多漫长的夜晚啊。”他喉咙里发出叹息声，被自己的椅子绊倒在座位上。“真的好漫长。”我能感到他希望引诱我说出案件的进展情况，可我就是不上钩。我脑子因为睡眠剥夺而昏昏沉沉，我目前真正想做的只是喝着我的拿铁咖啡，到网站上去购购物。点击开 Outlook，那一边的萨帝尔，一举一动都传入了我的耳朵里：他先是进行早间例行的滴眼，咕哝咕哝的漱口声伴随着从一数到十，然后吐到垃圾桶里，最后喷两枪古龙水。我知道他的程序。

“你听到最新传言了吗？”他的头忽然从他办公桌上抬起来。

“不知道。”我坚定地回答道，鼠标还在邮件栏滚动。萨帝尔每天早上都有他所谓的“最新传闻”要分享，不外乎是一些男女之间的八卦，现实中谁在做什么项目，什么交易取消了，或者大律所的某位客户又登上了《华尔街日报》。这些没一个是“最新的”，不过萨帝尔的热情从来没有因此减弱。

“马上又有新的交易要启动了，你想不想知道谁是合伙人？”他问完就停下好一会儿不说话，想制造一种极为夸张的戏剧效果。“是索尔·西维尔。咱们有一些可怜的同事今天会被吸入到索尔的疯狂旋涡中咯。”

“真的呀？那确实不是什么好事情。”我应付着他，我不能说太少，以免显得粗鲁，但是也不能说太多，不然萨帝尔会认为我在鼓励他八卦。忽然，我脑海里对他刚才说的话迸发出电闪雷鸣。“等一下！”我想起来昨天晚上六点的时候我踏进电梯那一刻，索尔也在。我不由得感觉到身体里面的器官都在痉挛。我悄悄溜出去和杰森吃个寿司，作为我为了给本留下好印象而熬夜的奖励。因为我毕竟才刚熬完通宵，所以忍住了想给他说一个小时就回办公室的说辞，正是没听到这种表决心的说法，索尔恶狠狠地瞪了我好一会儿。现在，提到索尔的时候我只能让自己保持沉默，因为他——大律所里最疯狂的合伙人，亲眼看见我不到七点就离开了律所。这是大律所里的俄罗斯赌盘游戏：左轮枪里有一枚子弹，你必须扣动扳机四次，谁知道命运是什么呢？“嗯，新交易中都有谁？”我慢慢站起来，心怦怦直跳。

还没等萨帝尔回答，我桌上的电话忽然响起来，在办公室狭小的区域里一声比一声刺耳。我倒是想给自己鼓鼓劲，但是当我看见来电显示的名字时，鼓再多劲儿似乎也都泄掉了：电话显示屏上清清楚楚地显示着：索尔·西维尔。

萨帝尔瞪大眼睛看着我：“你到底接不接电话哦？”

我点点头，内心祈祷索尔要是只是拨错了分机号码就好了！我默默拿起电话。

“过来见我。你需要给我做点事情。”听筒里的声音几乎是在咆哮，好像是机器语音在播放。就这么一句话，索尔挂断了电话。没有一点开场白，什么“喂，你好，我是索尔·西维尔，请到我的办公室来一趟”的说法，根本没有。我压根没有机会回答一下“好的，马上到”。空气无比凝重。

我感到自己喉咙锁得紧紧的，什么话都不想说。办公室的沉默使人感觉像是聋了一样，什么声音都没有，我把听筒放回电话上，注意到手掌都被指甲抠出了好几个红印子。我刚才死死攥着电话，就像快要溺亡的人想要找到一块坚实的依靠，仿佛一放手，大水马上就会把我冲得无影无踪。

“怎么样?”萨帝尔充满期待地看着我。

我没有回答他，在我凌乱的桌子上疯狂摸索，终于摸出来一本法律记事簿，跌跌撞撞地撞在资料柜上，然后向索尔所在的角落办公室跑过去。我不可能同时还跟进索尔与高地酒店的交易。本已经要求我全心全意投入到他的项目中了。“就告诉索尔你已经没时间再做其他的交易了”，我坚定地告诉自己。在我这两年和各个合伙人一起工作的过程中，我知道一般会碰上什么事情：不耐烦、缺乏感恩、急躁，有时候还有暴力的威胁。我觉得我对大律所的合伙人的性格都已经很了解了，至少已经达到了心理学的本科水平，简直可以写一本书了。书名我都想好了:《拿破仑综合症下男性的脆弱自尊心和毫无界限可言的他们》——麦肯茜著。

我离索尔的办公室越来越近，他的嗓门也越来越大。似乎他正在开一个电话会议。“听着，这些傻瓜们认为全部买断是他们他妈的仅有出路，这他娘的再明显不过了”。我站在门外，害怕得不敢敲门。我觉得鞋子里像灌满了铅一样，使我寸步难移。这就是传说中的因为恐惧而瘫痪了吗?

安娜·普蕾兹，索尔新来的秘书，从电脑上移过她的眼睛，注视着我说:“你不要表现出害怕的样子，亲爱的，敲门进去吧。”她伸出涂着动物花纹指甲油的细长手指，指了指索尔的门。我估计她已经习惯了律师们在律所教父的办公室门外紧张害怕的样子。深深地吸了一口气，我伸出手敲响了索尔的门。

“干吗?”索尔叫道。我小心翼翼地把手放在门把手上，看见安娜给我一个确定的点头，这才推开了门。

索尔一个人的办公室有一个小型公寓那么大了，房间的视野很好，能看到中城的大部分区域，还有中央公园的一小块。屋子的正中间摆着一张气势磅礴的桌子，作为一张办公桌，其大小已经和一张餐桌差不多了。索尔坐的桌子后面的那把电动升降椅子，让我想起了皇室的宝座。他五官平平，头顶已经没有头发，一看就像是那种中学时候会被人锁在柜子里的人。他身材瘦小，不是肌肉男那一款，平平的五官像是被揉在一起，我不由得想起了黄鼠狼。而他身上的衣服实在是皱皱巴巴，就像一直堆在地上，刚刚被捡起来，掸了掸灰就穿上身一样。他的眉毛倒是挺深的，但是因为他老皱眉头而拧巴在一起，像田野上几道犁沟歪歪斜斜地连着那样。他头上仅剩几丝不多的头发在横七竖八地立着。仅仅在我进门那一瞬间，索尔不屑而轻蔑地瞅了我一眼，接着他还是在专注地讲电话。

我把他瞅我那一眼当作是打招呼的线索，在一堆文件背后找了把椅子坐了下来。我坐下之后感觉恍如来到了爱丽丝梦游的仙境世界，好像自己吃了被变小的药，周围的一切都变得硕大无比。不过我意识到了，是椅子的问题，我坐的椅子比索尔的椅子起码足足矮了六英寸。椅子的高度差就是要让来者感觉到自己的渺小。坐在椅子上，视线最多能看到远处的保护区，而不是索尔经常可以看见的繁华城市和公园的壮观景象——可他最多的还是背对着那副美丽的图卷，丝毫不以为意。

“我们必须让他们觉得他们自己的船马上要沉了，而我们他妈的才是最后的救生船！”电话那头的声音也在咆哮，“我们最不想看见的就是媒体他妈的提供一丝股票有可能涨的信息！”

坐在这里体验着我的第一次电话会议，我对于客户说脏话这件事还有那么一点疑惑。这些受过高等教育的成年男人（少数时候有女人），他们对于副词的选择和普通人不一样，他们喜欢说“他妈的”。说得那么频繁，就好像一群五年级的小学生刚刚学会了骂脏话的词，不嫌累地在操场上不停练习。“他妈的”通常被用于名词，有的时候被用于介词。很多时候把“他妈的”和其他的词组合在一起根本没有丝毫的真正意义。比如“这他妈的家伙就是他妈的狗屎”“他们他妈的送来的这狗日的草稿真是他妈的操蛋”，这根本不是这些所谓的商业巨头应该有的描述能力嘛！不过我们的客户很多来自大型的对冲基金，他们以坚忍不拔和不达目的不罢休而著称。他们的钱不是来自于传统的金融投资或者信托投资。这些客户很多是从一无所有开始奋斗，开始发迹，变成百万富翁，一步接着一步登顶到财富的高峰。即使现在他们已经比百分之九十九的人还有钱了，他们肩上还是扛着沉沉的筹码需要去拼、去赌。他们每说一句话，不加个“他妈的”“狗屎”或是“操蛋”，就简直就说不了话，有时候一句话里，这仨还都得一并加进去。

在索尔的办公室，我有一种很奇妙的感觉：好像是在鬼屋里坐着——我能感觉到我身边环绕着被索尔撕碎的我的同事们的灵魂碎片还萦绕不去。我拿起笔的时候都有一点瑟瑟发抖。我认为我唯一能为下一个灵魂被撕碎的同事做的就是把电话会议的内容记录下来，毕竟，我是要告诉他高地酒店的案子实在太忙了，我跟不了他这宗交易。

“我知道了，我知道了，”索尔靠近电话，不耐烦地点着头，“我给你保证，我们这就像五十一区[1]一样，什么信息都不会泄露出去。听着，我得挂电话了。我们明天晚上在接着谈。”他重重地按下“结束通话”按钮，另外一条线上的电话又响了起来，他在黄色的便签纸上写了点什么。

我看了一下自己的笔记：买断。绝密。积极的卖方——沉船。估计在我来之前交易的细节问题已经谈过了。我要是把笔记给接任者，好像也没有什么实质的帮助。

索尔用指责的口吻对我说：“我想你已经了解了一切信息。”

我清了清嗓子，说道：“索尔，非常不幸，我可能不能来参与这个案子。我现在在参与高地酒店的案子，本要我把时间全部投入到那个案子上。”我尽力想使自己说话的嗓音显得平静，但是我能听见我声音其实是发抖的。

索尔双臂交叉放在胸前，盯着我。他面无表情，不知

[1] 美国有五十个州，民间传说第五十一区在内华达的沙漠里，当局在那里关押着外星人，是一片高度戒备高度机密的地方。

道心里究竟想的是什么，但是我觉得他可能是在掂量我有几斤几两，在考虑能不能让我跟着他的项目走。然后，他好像没有听见我说话一样，对我命令道："相关文件在我秘书的桌子上，拿到那些文件，快速去复印好。今天晚上之前把文档中要求做好的比价单和文件做好给我。"接着他开始看着他的电脑，我们之间的对话就这样结束了。

回到办公室，我拿手掌重重地压在眼睛上，思考着我怎么一边去完成索尔的工作，一边让本满意呢？索尔的案子就没其他律师来做了吗？一般的小型交易都有两个公司法的律师来完成，大一点的交易通常需要十个以上的律师共同协作完成。跟着索尔做事已经很糟了，而我还是唯一一个在这件交易中做事情的律师？那就意味着我和索尔之间连缓冲的机会都没有，我将成为他唯一的虐待对象。

我拿起电话，拨给我认为可以帮助到我的人。杰森应该会同情我，但是没有身在公司法部门，他可能并不知道和索尔共事意味着什么。杰森所在的信托部门的合伙人和我们公司法部门的合伙人相比，更像一群嬉皮士，他们踏着博肯休闲凉鞋，穿着扎染衣服，梳着黑人小辫儿，背着旅行包去举行篝火聚会，还手拉手唱着康巴圣歌[1]。

"哦，不！你完蛋了！他肯定会活吞了你的！"艾利克斯哀号道。

---

〔1〕 康巴圣歌（Kumbaya）：源自非裔美国嘎勒黑人的一首传统圣歌（字面意思为"到这里来吧"），该歌曲曾流传至安哥拉，之后又再次流传到了美国，并发展为一首流行的夏令营的必唱曲目。

我朝着电话不耐烦地叹了一口气，说："我至少在麦斯威尔手下幸存下来了，记得吗？"给麦斯威尔干活自然也是苦差一桩，他在以色列服役过十年，学会了心理战的战术技巧，他把自己手底下的律师统统看作是应该完全服从的士兵。不过心理战一般是用于套取战俘或者敌人的信息，他则是用于强迫自己的下属更努力地工作，更晚地回家，并且永远不能犯一点儿错。

"拜托，"艾利克斯对此嗤之以鼻，"和索尔比起来，麦斯威尔就像小猫咪一样可爱好吗？"

我已经不寒而栗了，说："好吧，在我为他工作之前，快告诉我我应该知道些什么。"

"嗯，我想想看。哦，他喜欢对着哭泣的律师们的泪水大快朵颐呢。"

"哈哈，你知道我指什么啦！比如，他是不是早上的时候脾气最好啊，要是文件没有双面印刷他就会抓狂啊，诸如此类的。"我试图给艾利克斯提供一个介绍的方向，"比如，他是不是讨厌别人用他的名字而不是姓氏来称呼他，比如他不喜欢你工作的时候吃肉这类型的信息。你知道，这些莫名其妙的怪癖，好像每个合伙人都有呢。他有没有？"

艾利克斯清了清嗓子，压低声音："听着，而且记住，索尔和一般人不一样。你不要想着和他讨价还价，不要想着和他讲道理，他没有同情心、悔恨心，或者是害怕的东西。他永远不会停下来的，你死了他都还在工作。"

艾利克斯是疯了吗？过了几秒钟，我忽然想起来：

“哎哎哎，这不是《终结者2》里面的台词吗？”

“是啊，不过拿来形容索尔再合适不过了。”

“你这么一念，对‘九十个电影细节比赛’倒是挺有帮助……”我惴惴不安地说道。

“好吧，好吧，”他的语调柔和起来，“跟你说，小麦，我唯一能给你的建议就是，脑子里面始终得记住一句话——‘棍子和石头能伤害到我筋骨，恶语相向却不可以’[1]。”

没有一点帮助。完全没有。

我把索尔给我的一堆文件快速翻了一遍，完全不知道有什么意义。我又认真看了看，还是整理不出头绪，这些文件就像是一大批公司的材料，很随意地组合在了一起。这些材料里，有一个叫作法空移动公司，里面是员工组织名录；有一些是董事会决议；还有一些是各种公司的遵循手册。这些公司是法空移动公司的附属公司吗？看不出来。从这些材料里完全分不清哪家公司在竞价，在为什么竞价，或者他们相关的是什么条款。我必须要知道我们的客户是谁，他们是打算购买什么股份或者财产才行啊！要起草一份文档里要求的单子，我连这些必要信息都找不到。

此刻我觉得自己被抛弃在撒哈拉大沙漠的正中间，手

---

[1] 来自宗教布道用语，就是要教会人们不要因为流言蜚语或者恶毒的责骂而陷入悲伤之中。原文：Sticks and stones may break my bones, but names will never hurt me。

里连一个指南针都没有。索尔肯定知道我过去的时候电话会议都要开完了，而我在他们电话会议里听到的指令根本就没什么帮助。唉，我还指望着他给我的材料能提供背景信息呢。

我旋即给安娜打了个电话，满心希望是不是还有什么文件我没有拿到。如果我能自己找到所需的材料，我才不要跑到索尔跟前去询问相关信息呢——那样简直就是递给他一把枪，帮他戳到我自己脑门上，请他来扣动扳机。安娜告诉我，她手上所有的资料全部都给我了。挂完电话，我有一种末日来临的感觉："靠，我完了！第一天在索尔手下做事，我就完蛋了。"我大声说着，把脸埋进手掌里。

萨帝尔从他座位上跳了起来，激动地问我："他朝你扔了什么东西吗？还是已经威胁要开除你了？"

"那倒不是，"我轻声说道，感觉刚才戏剧性的一幕有点尴尬。索尔目前还没朝我扔什么东西。"他只是……他让我跟他的交易，可是我真的没有时间来做，而且他让我做的事情因为他不给我足够的信息根本不可能完成。我说的没有足够的信息，其实就是没有任何的信息。"我沮丧地再次把所有文件翻了个遍。

"那你就找同时跟这宗交易的高级律师要资料啊。"萨帝尔回答道，他坐回到自己的椅子上，对于我没有提供给他被索尔折磨的八卦而备感失落。

"那就是最糟糕的部——分，"我抱怨道，"没有其他的律师！只有我！"

"哦，天哪，你没有缓冲？你真的完了。这种情况下，失败是在所难免的咯。”

我跌回到自己的椅子上，生着闷气。我这是造了什么孽哦？我一边想着，一边不由得可怜起自己来。肯定是什么报应。我肯定在前世做了什么罪大恶极的事情。我或许是残暴的匈奴君王呢？不然我现在怎么会这么悲催？

“我去买个三明治。”萨帝尔站起来，拿起椅子靠背上的外套。“不要生闷气了，麦肯茜，事实就是事实。”他耸耸肩。

事实就是事实。我开始讨厌这句话了，还有那句“这就是野兽的本性”。给法律专业人士说这两句话就相当于“你没法自己掌握你的人生，不要想着努力就能改变，自己接受你糟糕的人生吧”！

我可能就是自己想太多，多虑了吧。我给索尔发邮件的时候，一直这样自我催眠：我和各种各样的合伙人都已经合作过了嘛。

邮件我检查了足足有三遍，认真去审视有没有一丝语法或者拼写错误，同时还要确保用尽可能简洁的方式询问到我需要的信息。终于，我点击了“发送”键。我盯着收件箱，长长地呼出一口气。现在我唯一能做的就是等索尔回复了。

大约过了十分钟，我听见走廊传来雷鸣般的声音。是出现什么紧急情况了吗？我思索着，然后站起来想走过

去一探究竟。他就站在门口。索尔。他两只手撑在门框的两侧，眼睛里冒着怒火，呼吸急促。

合伙人从来不会到律师们的办公室。我看着他，惊呆了。

“你以为你在干什么？这次的交易严格遵照中国墙[1]！他妈的中国墙！”他吼得唾沫星子四溅，“你把目标公司的名字居然写到邮件里面，你他妈就是一傻瓜！”

我站在自己的桌子面前，极度震惊，被辱骂的感觉灼伤着我，脖子都发烫了。我艰难地吞了一下口水，说：“我……呃，您……”我低下头去找那堆他让他秘书给我的材料。

他蹒跚着向前冲了几步，用手指头指着我说：“你是白痴吗？你是不是白痴？你他妈的是不是狗日的白痴？”他的声音随着几个问句不断升高，最后变成尖叫。“中国墙就是说你永远不能指出谁是卖家谁是买家，只能他妈的用代号。老子现在就该开除你。”他疯狂地挥舞着双臂：“你他妈以为你是谁，直接给我发邮件？你有问题应该问莎拉。”他说这话的时候完全是咬牙切齿的状态。“我手上有那么多数十亿的案子，老子可没时间回答你的问题。”他鼻翼闪动，急切地呼吸着，又一次拿手指指向我：“你，永远，永远再不要这样做！”吼完以后他就出去了。

〔1〕 中国墙（ChineseWall）：投资银行部与销售部或交易人员之间的隔离，以防范敏感消息外泄，从而构成内幕交易。

三十秒，三十秒以后，我听见他摔门走进自己的办公室。他摔得那么重，整个走廊都在震动。我从来没见过这种程度的愤怒，更不用说这愤怒的出口直接就是我。幸好办公室这会只有我一个人，我关上办公室的门，扶着门把手想使自己站稳一点。坚持住，麦肯茜，坚持住，麦肯茜。我不停地给自己说。我努力忍住马上要夺眶而出的泪水。那么，我现在应该做什么？我长叹一口气，坐回椅子上，我用还在瑟瑟发抖的手给莎拉打了个内线电话。

“哦，麦肯茜，我在想我什么时候会收到你的邮件。我之前没办法参与索尔的电话会议，我在外面开会，没在办公室。我想着你会跟我碰头说说会议情况，我错过了什么？”她漠不关心地问道，我能听见她打字的敲击声。

我整个人惊呆了。我呆住了一小会儿，然后问她：“嗯，莎拉，”我清了清嗓子，“我都不知道你也在跟那宗交易，所以我不知道我应该联系你。”我觉得熊熊怒火已经在我身体里开始燃烧了。

“那你问了索尔团队里都有谁吗？”她显得很谦逊地问道。“你看，你也不是新员工了，你现在应该知道什么问题该问了吧。你不要什么都想着让你的导师帮你做。”她简短地哼了一声。

“莎拉，”我用手指按住太阳穴。我从来不认为自己是个有暴力倾向的人，但是我想对她说："光是听你说话都有种让我想杀人的冲动了，我就差那么一点冲到你办公室，跨过你的桌子，拿你那小发卡戳爆你的狗眼！"不，麦肯茜，你不至于那么下作。我深深吸了一口气，对她说："我要起草索尔需要的材料，还有需要一些文件。"我努力地刻意表现出专业性和冷静的感觉，我的心跳也逐渐恢复到正常。我以后可以再慢慢设计她怎么去死，现在，还有工作需要完成。

"我刚才听见他严肃地吼了谁，是不是你啊？"她还是觉得逗我很好玩的样子。然后，她用一贯的病态、无辜的语气对我说："我早些时候发你的邮件你没看见吗？"

我快速地查看收件箱。每一封邮件我都打开了，也都看了——每一封！我不可能错过莎拉给我发的邮件。我攥紧了拳头，指甲都陷入肉里去了。"我没有收到你发的任何邮件，莎拉，"我坚定地说，"你没发吧。"

"哦，我可以发誓我发给你了哦。好奇怪呢。不管怎么说，我们的客户多布曼合伙公司想要买法空移动公司，并完成私有化。那我就再发一次给你好啦，你好好看看我的邮件，准备给索尔写他要的材料吧。现在你的信息应该很清楚了。有其他问题再问我哦。"她轻描淡写地说道，"对啦，你写好以后先发我过目再给索尔，我可不想咱们把事情搞砸"。

点击的声音。

当我打开莎拉的邮件时，气得浑身的血液都沸腾了。邮件里，莎拉写着"见下文"，下文则是索尔发给她的邮件，里面清清楚楚告诉莎拉要把邮件转发给我，并让我快点看完。邮件最后是索尔用黑体加粗专门作出的说明：客户要求“中国墙”必须就位。买家 = 阿尔法，卖家 = 欧米茄，交易 = 蒙托克项目——所有的文件和交流都须遵循以上暗号。

“这真是在开玩笑整我吧！”我叹了一口气。

而这玩笑，才仅仅开了一个头。

7

午夜，我让车停在住所楼下，签单下车，朝里走去。这是接下高地酒店案子以来，我最早回家的一天。

过去一周在夜以继日的工作和污言秽语中度过。索尔每一天都会释放他的攻击性，就像有些人早上不喝咖啡就无法撑过那一天似的。有时候他发的邮件内容只有反问句，比如，“你是傻子吗？”“你他妈为什么会那样想？”“你到底是不是法学院毕业的？”（他每个字母都用大写，造成一种就算你离他很远，也会觉得他是在朝你吼叫的效果。）有时又是自相矛盾的诘问邮件，比如，“你到底是为什么没有把摘要发给我？”我把摘要发给他之后，紧接着又来一封：“你他妈为什么把这个发给我？”这些还挺有意思的。

再来就是他的电话。“我他妈不是要的这个！”他在电话那头大声喊叫，我不得不把听筒拿远一点，直到他挂断。很明显，他没时间详细告诉我我的工作到底哪儿做得不对，也没空解释他之前到底要的是什么。我一直不知道要怎样处理这些电话。我是应该给他拨回去，礼貌地问：“索尔，我们刚刚一定是断线了，你刚说的什么？”或者是以牙还牙，用他自己的语言问：“呃，你他妈到底要啥？”

不过，索尔通篇大写言辞激烈的邮件和嘶吼的电话与跟他当面对峙相比，简直小巫见大巫。我尤其害怕收到他“来我办公室”的邮件。那意味着他想亲眼看见你被他折磨后的反应。他才不会只满足于在电话里听到你嘶哑的声音，或者只在脑中想象你收到他无礼的邮件时的臭脸，他不会。当他要求要当面见你，你就知道会面临大吼大叫和各种羞辱。那足以毁掉你的一天，甚至晚上也让你没法睡觉。今天他就发作了一次。

“你需要好好整理你那堆玩意儿，”莎拉和我匆忙逃离索尔办公室时，她小声对我说道，索尔因为我逗号用错了位置，大发雷霆。“你犯错太多，回家睡一觉。”她下令道。如果是其他人这样说，听起来会像是体贴的建议，但莎拉口中说出来，就成了命令。于是我遵命照办。

“晚上好。”我走进公寓大厅时，艾迪朝我点点头。艾迪·埃斯波西托是我最了解的门卫，典型的纽约人——生长于布朗克斯[1]，一头喷了发胶乱糟糟的黑发，很乐于告诉你去哪里找最棒的咖啡，喜欢抱怨洋基队[2]。他每

〔1〕布朗克斯区（Bronx）：亦译为勃朗市、布朗士。纽约五个区中最北面的一个，拥有最多公园用地，著名的美国职棒大联盟纽约洋基队的主场所在地。

〔2〕洋基队：纽约洋基队（New York Yankees，NYY），至今有一百多年历史的棒球队伍。是美国职业棒球大联盟中隶属于美国联盟东区的棒球队伍之一，主场位于美国纽约布朗克斯区。该队在四十次美国职业棒球大联盟联赛中获得二十七次冠军。

十二小时换一次班，工作时间为晚上八点到早上八点，意味着他是我第一个与之说早安的人，通常也是晚上我最后看见的人。

“你好艾迪。”我面无血色、一脸倦容地笑了笑。

“又加班了吗？麦肯茜。”

“嗯哼，”我叹了口气，整理了一下肩上的邮差包[1]。我累得连一句完整的话都说不出来，更别说有实际意义的词了。

他长叹一口气，难以置信地摇摇头。“肯定有更轻松的活法儿，肯定有的。”

“晚安，艾迪。”我头也不回地喊了一声，避免与他对视，也不想看到大厅镜子里自己邋遢的模样，径直朝电梯走去。

“晚安麦肯茜，好好休息。”他话音刚落，我随即按下了第十层的按钮。

我闭上眼，倚靠着电梯的墙壁。即使在半梦半醒的状态，我也能清晰回忆起第一次走过死亡之星大门的情景。那时我穿着找金借来的面试套装，走在高高天花板的宽敞大厅，高跟鞋咔嗒咔嗒的声音让我感觉自己就是华尔街强势群体中的一员，要去会议室宣布“我的客户说‘免谈！’”，还要一拳头砸在桌上显出气势。咔——嗒——咔——嗒。“只有最好的才有资格来面试”，人力资源部

〔1〕 邮差包：时尚单品，灵感来源于邮递员挎的包。通常为长方形，容量大，单肩且带有翻盖的挎包，便捷实用且时尚。

的工作人员告知我，她神情严厉，说话时的语调跟演员说这句台词时一模一样，“有这个机会就已经很荣幸了”。她带我走过一个回廊，经过几面全是档案柜的墙壁，伴随着打印机的呼呼作响。“你的面试官是菲尔·西里特，诉讼团队的头儿。”她耳语道，颇有深意地扬起眉毛，我点点头，配合地表现出一脸钦佩。突然我们在一个宽敞而严肃的办公室门前停下来，“我们到了，菲尔，这位是麦肯茜，您四点约的面试。”她抑扬顿挫地说完，转身跟我挥挥手就离开了。一位头发灰白的男士坐在办公桌后，桌子一尘不染，整洁有序，他透过鼻尖上的眼镜，凝视着我的简历。听说我到了，他头也不抬，抬手示意我坐到他对面的硬木椅上。就在那时，我感到一阵反胃，本能地感觉这次面试我不会好过。

接下来是一阵沉默，等着菲尔读完我的简历。我笔直地坐在椅子上，双腿并拢，双手平放腿上，沉着镇定，随时准备着。我环视了一圈他的办公室，想要找点共同话题，然而却无从开口。墙上一片空白，书架摆放得无可挑剔，上面陈列着三英寸的黑色活页夹，并按字母顺序排列。偌大的办公桌上放了三摞归置整齐的文件，上面贴着不同颜色标记的记事贴，以及一个精心摆放的橡皮圈彩球，除此之外别无他物。每一样东西，包括地毯，都整洁有序，一尘不染。看起来简直就像强迫症互助小组的聚会地点。

终于，他开口了，“麦肯茜，你的简历很漂亮——成绩排名全班前百分之五，乔治敦法学报副主编，志愿服务，模拟法庭比赛冠军。漂亮。”

我微微一笑，希望显得谦逊同时不失自信。“谢谢，菲尔，我——”

我话还没说完，他就挥了挥手，阻止我继续。“但我这儿面试的，大多数简历都很漂亮。你的并不算特别。你知道吗？我今天还面试了一位奥运冠军，马术比赛冠军。马术并不能算作是一项运动，不过那不是重点。重点是，每个人很棒。这年头，马术都能成为奥运会项目，那人人都能当冠军了。但我们 F&D 并不需要自己拿金牌而让马去做事的人。你懂我的意思吧？”

我点点头，谢天谢地，我的简历里没有奥运金牌。

“先不说马了，我为什么要雇用你？”

“正如您在我简历里看到的，”我娓娓道来，这段话我练习了一早上呢——包括我大学期间怎么努力学习考取了法学院，在免费法律援助中心做志愿服务的收获，以及我为什么期望在 F&D 这种久负盛名的大律所工作——但菲尔突然猛咳起来，打断了我。

“你……呃……你还好吗？”我见他咳得唾沫四溅，小心问道。正在这时，菲尔的秘书冲了进来，手里端着两大杯冰水，面无表情地给我俩一人递了一杯。

“谢谢。”我接过杯子，庆幸可以利用这点时间整理整理思绪，擦擦额头的汗珠。

菲尔猛喝了几大口水，终于停止了咳嗽。“我们需要的是，”他开始心烦意乱地在底层抽屉翻找，找到了一个杯垫，小心翼翼地放到了桌上。“我们需要的是超乎寻常的。”他把水杯放到杯垫上，凝视着它，就像在看水晶球一样。

“是的，那当然——”我再次尝试插个话，但又被他不耐烦地挥手打住了。

“麦肯茜，你知道我们律所是怎么起步的吗？”我心跳加速，并没有预料到会被拷问公司历史。我绞尽脑汁，努力回忆网站上看到的内容，但菲尔没等我回答，自顾自说道：“1948 年，几名律师共同成立了这个律所，旨在为最高端的客户提供咨询和专业服务。”我这下安心了，坐回到位置上乖乖听着。

十五分钟后，他还在滔滔不绝，我只好尽力装作感兴趣的样子。盛冰水的玻璃杯还在我手中滴水，我很想放下杯子，但看到菲尔的樱桃木古董桌一尘不染，如果在上面留下水渍，他一定会很生气。菲尔径自说着，几乎没有停顿，我根本没机会打断，向他要一个杯垫。不过，就算终于就机会插上话，我也会用来推销自己。所以我就坚持端着杯子，偷偷在裙底把手擦干。

“所以，七十多年以来，在创始人雄心勃勃的领导下，我们取得了杰出的成果。好吧。”他长呼一口气，那口气看来像是憋了半小时，“我们时间似乎到了，很高兴见到你……”他低头匆匆瞥了眼我的简历，想起来我的名字，“麦肯茜”。然后猛地站起来，从办公桌后走出来，伸出手，但并不是要跟我握手，而是要我那杯水。“这给我吧。”

“哦，嗯……谢谢，”我结巴起来，把水杯递给他，深感疑惑。

他抬起一堆文件，从底下滑出一个杯垫，将我的水杯放了上去。我注意到他的嘴角微微上扬，“麦肯茜，你知道吧，你刚刚本来可以找我要个杯垫的。”

我尴尬得脸都红了，内心默默责备自己没有大胆地提出要求。

“但如果你那样做了，”他继续道，“说明你娇生惯养，期待被照顾。你本也可以直接把杯子放我桌上，但把水杯放古董桌上，未免也太粗鲁了”。他像拍宠物那样轻轻拍了拍他的桌子。“所以你自行解决了这个问题。”

我点点头，已然放弃想要插嘴的念头。这时我完全不明白发生了什么，但也不是我开口的时候。

“在这个过程当中，你不得不牺牲掉自己的舒适度，”他接着说，着重强调了“牺牲”这个词。他煞有介事地点评这杯水，会让人觉得我刚刚面试时举的是三百磅的重物。然后他把手搭在我肩上，盯着我的眼说：“任何人来面试都可以夸夸其谈，扬言会尽心尽力工作，为公司利益牺牲小我。但使一个人出众，让她显得独一无二的是，”他戏剧性地顿了顿，“是她在我面前的行为。”他意味深长地扬起眉毛，轻快地说了句，“祝你今天愉快，麦肯茜。”

我走出死亡之星时，大脑一阵晕眩。我刚刚好像成了某种诡异的心理学实验中的小白鼠，可能是菲尔在擦拭他的办公桌时想到的吧。我也不知道他是怎么心生仁慈，对我表示了肯定，毕竟我连一句话都没说完过。但那都不重要，我只知道我通过面试了。那时的感觉就好像是到达了山顶，而那座山我努力攀登了好多年，从来没有那么开心过。

肯定有更轻松的活法儿。很不幸你错了，艾迪。努力工作和牺牲是唯一的出路。

我打开了卧室的灯。杰森猛拉了个枕头挡住了眼睛。

“不好意思！”我轻声说，“我以为今晚你没过来呢。”

“我想见你呀，”他咕哝了一声，掀起羽绒被迎接我到床上去。“艾迪让我上来了。”我爬上床，很开心他已经帮我暖好床了。似乎他老早就知道我想他今晚陪我，而我还不自知。他缩回自己的位置躺下，几分钟后就听到了他规律的呼吸声。

我甚是羡慕杰森能够秒睡的能力。我全身酸痛，筋疲力尽，但头脑还在高速运转。清单上还剩了多少文件没看？还能找到更具效率的办法来分配工作吗？我试图让自己冷静下来，但无济于事，只好揉揉眼睛起床，蹑手蹑脚地穿过客厅来到厨房，在橱柜里翻到了最后一包茶袋，丢进马克杯，倒满热水，倚靠着柜台，静候催眠草本茶生效。

客厅里我的电脑还没关，房间被电脑屏幕的微光照亮，我想起已经很久没有跟妈妈联系了。我把杯子端了过去，这儿是我的临时工作区，乱糟糟地摆放着咖啡杯、便利贴和拍纸本，上面是法空公司交易案的一些笔记。猛然间一个噩梦闪过，索尔出现在眼前，突然袭击来检查我有没有严格遵守安全桌面的要求，就像中士突袭检查士兵的营房一样。为了安全起见，我赶紧把拍纸本丢进了抽屉。

我在触屏上滑动指尖，疑惑地看着电脑屏幕。我的工作账号是登录状态，但是我已经几天没有在家办公了。不关电脑不是我的一贯作风，更别提忘记登出工作账号了。证据确凿，说明我确实需要好好睡一觉了。我飞快地给妈妈发送了一封邮件，登出，关电脑，松了一口气，今天的最后一件事也总算是完成了。

我轻轻回到卧室，躺到杰森身边，再次想要冷静下来。还是徒劳。也许瑜伽的深呼吸会有所帮助吧。

我曾认为瑜伽成为一种流行运动非常荒谬——我才不想练习人类天生就会的呼吸，以及把身体扭曲到本不该到的位置，就能减少压力，达到锻炼效果呢。但大学一年级时，金失恋了，为走出阴霾她决定“尝试新事物”，于是拉着我一起去上瑜伽课。瑜伽导师长得很像印度教里的奎师那[1]，她让我们把喉咙想象成花园里用来浇水的橡胶软管，每次呼吸就像一股水流从水管出来，我俩全程咯咯直笑。“这让我很想尿尿，”金笑道，不顾周围的目光。虽然我们一直不以为然，但练完之后全身舒畅，让人很是惊喜。从此我俩就成了瑜伽的拥趸，不过我已经好几个月没有去了。

用鼻呼吸，深吸一口气。我指挥着自己。现在屏住呼吸。不，等等……我现在应该屏住呼吸吗？还是像橡

〔1〕 奎师那（Krishna）：印度教诸神中最广受崇拜的一位神祇，被视为毗湿奴的第八个化身，是诸神之首，世界之主。

胶管那样吐气？我记得要用到横膈膜的力量。该死，我得回炉重造再去学学了。把“去上瑜伽课”加入任务清单的话，会不会就没有放松效果了？大约凌晨一点左右，我放弃了瑜伽呼吸入睡法，心不在焉地最后检查了下黑莓手机是否收到新邮件，然后缩到杰森怀里，终于睡着了。谢天谢地。

沉睡五小时后，我翻了个身，伸手去床头柜上摸索手机，差点打翻一杯不知道放了多久的水。拿到手机，输入密码，浏览收件箱，突然梦中惊坐起，惊慌失措。本在凌晨两点十四分给我发了邮件。他要看舒达床垫公司和高地酒店集团所签供货协议的摘要。尽快。

噢！真是太他妈操蛋了。我像被人从头到脚淋了一桶冰水。“尽快”俩字儿在大律所是绝对的死亡之吻。不管你回复得多快，永远都达不到“尽快”的要求。从本发来邮件的语气判断，他完全认为我当时应该在办公室，立刻按他说的去做。

电子钟上大大的红色数字醒目地提醒我——早上六点三十五分——好像在朝我尖叫。我肾上腺素飙升，瞬间跳下床。

“你还好吗？”杰森眯着眼，睡眼惺忪地问我。

“没事，没事，一切正常。”我上气不接下气，飞快地随便套了件衣服，草草梳了梳头。

“你不是刚回来吗？”我冲出大厅的时候，艾迪在背后喊道。起床后七分钟，我已坐上了出租车，开始往办公室赶。

早上到市中心的交通完全是极大的折磨。我身体前倾，凝视着车窗外，想用意志力移动近乎瘫痪的交通。怎么可能这么多人会同时都要去同一方向？司机的工作难道不就是要了解最快的路线吗？司机无法做好本职工作，我又怎么能做好我的呢？我瞪着司机，他听着收音机里的歌曲，拇指还不紧不慢跟着节奏在方向盘上轻敲着，看起来简直是拥有全世界的时间。我的胃里一阵翻滚，快要绝望了。快啊，伙计！快啊，伙计——快开啊！加大油门开啊！

前方黄灯，我下意识地用脚踩了踩假想中的油门。车并没有加速，这位安全先生居然在黄灯时停了下来，我从来没有见过纽约的出租车司机会在黄灯时停下来！我气急败坏，快要坐不住了。“我就在这儿下！”我朝司机大喊，离 F&D 办公室还剩两个街区了。里程表显示十块八美元，我直接丢了二十美元到前座，便以冲刺的速度向办公室奔去。冲进正要关闭的电梯，疯狂地猛击关门按钮，想让电梯门可以关得更快点。随即屏住呼吸，掏出手机，看看本有没有再给我发邮件。没有。也许还有点时间。

我在线上资料室找到文件，写了摘要，早上七点五十七分发给了本。我尽力了。盯着已发送的邮件，我深呼吸，想让心率回到正常水平。已经够好了，我安慰自己，俯身拉开装零食的抽屉，在一堆空包装袋中摸索营养早餐棒。已经够好了。直到那时，我低头一看才发现，我慌乱中穿上的靴子根本不是同一双，一只棕色，一只黑色。完全不一样。

一小时后，本回了封邮件，让我立刻去他办公室。要见面永远不是一个好征兆。那表示他们要当面训斥你，要亲自看到你脸上的唯唯诺诺和懊悔，以此来重申他们的权威。我深谙其道，从桌下拿出一双匹配的鞋，像士兵上战场前整理着装一样，用手抚平铅笔裙，梳了梳头，沿着过道，去面对我的命运了。

我到他办公室时，本坐在桌子后，把电话听筒压在耳朵上，神情紧张。见我站在门口踌躇不前，他示意我进去并关上门。

啊，不要让我关门啊。这是个更加糟糕的讯号。我乖乖关上门，迟疑着坐下，耷拉着脑袋，好像上了断头台。

从他接电话的语气来看，对方肯定是他的老婆。“我们真需要带六个灶孔和保温盘的烤炉?”本不耐烦地问道。很明显，那位俄罗斯显贵的继承人又在重新装饰家里了。“好吧，你说得对。总能派得上用场。”片刻的停顿，“多少?”再次片刻停顿，“我明白了，你说得对，一分钱一分货。”他僵硬地朝我笑了笑，“对，对……好吧……我也爱你……拜拜。”他挂掉电话，开始向我发起攻击。

“麦肯茜，我对你回复邮件的时间感到极其失望，”他开始了，语气跟刚刚与老婆通话时完全变了一个人，“我需要在早上八点的电话会议前读到摘要，你让我毫无准备，毫无准备，”他重复了一遍，“我非常明确地在邮件里说尽快。所以到底他妈发生了什么？你是睡着了吗?”

从他问话的语调和表情来看，如果你凌晨两点是在睡觉，他会觉得那简直是最最不合时宜的事情了。

我等了一小会儿，没有回答，希望刚刚的问题是反问句。然而他明显是在等着我回答。事实是，莎拉让我回家睡觉，这听起来很合理啊。难道不是理性思维把人类和动物区分开来的吗？但我觉得现在讨论人类学不会让事情发生好的转变。我必须不得不坦白，承认自己所干的肮脏的事情——是的，我确实在凌晨两点十四分的时候睡着了。“对——不起，我没想到你昨晚还会需要其他资料，所以我……我……睡着了。”

我无法控制，道歉脱口而出。不会有男性对老板说“对不起”——这会让他显得很弱。可是女性总是这样做。我曾经与一位女性共事，她每句话的开头都是道歉。“不好意思，我有个问题。”“抱歉，我要去吃午饭了。”“对不起，你有时间吗？”这让人很困扰，所以我尽量把“对不起”从我的专业词汇中剔除掉。“对不起”不是应该在大律所里出现的词。

本怒目圆睁，仿佛无论怎么道歉，都无法弥补。对他来说，没有任何理由让手机处于无人应答状态。没有理由。“我的手机是震动模式，”我继续解释，“我肯定是睡着了没有察觉到”。好吧，其实我撒了谎，但我必须想办法抓住救生工具。

“你知道高地酒店的案子是什么概念吗？你知道这对我们律所来说是怎样的大好机会吗？还有对你？”

“我当然——”

“我同意让你参与索尔的案子时，我以为我说得很清楚了，那边不能妨碍你在这个案子上的工作和作为。”

他什么时候同意让我去了？听起来本好像提到一次从未发生过的对话。我才不可能没事找事，拼命主动争取去跟索尔共事呢。我简直不知道本在说什么，所以我转而采纳了第一天来 F&D 上班时，萨帝尔给我的建议——充满疑问的时候，只负责懊悔地点头就行。

“我以为你明白这个案子紧张的时间安排，但很明显，你根本不懂。我清清楚楚地再说一次，要做完这个案子，我们需要你全力投入。我们所有人都需要做出个人牺牲。有时候那意思就是我们想睡觉的时候不能睡。”

我觉得他刚刚就像在我内脏部位狠狠打了一拳。我想做的事情很多——和朋友一起喝咖啡，走出办公室去好好吃顿饭，可能还去健身房锻炼锻炼，或者把我送去干洗的衣物拿回来。但都是因为这个案子，我一件都没做。

“再也不会了。”我坚定不移地回答，终于缓和了他的攻击。

“好吧，最好是不要。我需要你的时候，你必须有空，任何时候都得这样。并不是说你得一直待在办公室，”他加了一句，我确定他自认为是在安慰我，“你只需要随身带着手机”。

“您老婆打电话来了，”本的秘书从她的小隔间喊道，谢天谢地，终于让本消停了。“她要你的信用卡号码。”本皱起眉头，拿起了话筒。

“说吧。”他很不耐烦。我觉得这个时候应该离开，悄悄逃回办公室，让他慢慢跟妻儿协商厨房电器的价格吧。

我很痛苦地意识到，如果想要活过接下来的几个月，那需要温习温习放松技巧。晚上七点我从办公室溜出去上一小时的瑜伽课，当然还得把手机调为震动。

“山式站立呼气……伸展吸气……身体向下前屈呼气……记得调整呼吸……”，瑜伽教练轻声指导着。

“所以是莎拉让你晚上回家的？”金身体向前屈时，小声问道。我俩站在最喜欢的位置（最后排的角落里），那儿暖气的嗡嗡声可以湮没我俩的谈话。

“对啊，她说我需要睡眠。从她嘴里说出我也认同的东西来，倒也是蛮新奇的。”上课路上，我告诉了金今天早上被本训斥的过程。当然，是选择性地告诉她，我不能告诉金交易的细节，只是向她描述了我在努力留个好印象的过程中，所经历的高低起伏。

“你让本刮目相看的时候，莎拉也在他办公室？”

“对呀！这简直锦上添花。”

“吸气，收回左腿……呼气，回到下犬式[1]。”

我照着老师所说的去做，由于肩膀长期紧张造成的疼痛得到了缓解。能再次运动感觉真好啊。高地酒店案之前，我就再没运动过（除非算上恐惧中逃跑出索尔的办公

---

〔1〕 下犬式：一种瑜伽姿势。

室）。我的瑜伽裤突然震动起来，我不顾瑜伽老师严厉的目光，迅速看了看手机，然后再放回拉链裤袋，继续做我的下犬式。

“但是莎拉为什么在本的办公室呢？本会不会也在考虑让莎拉去借调？”金意味深长地扬起眉毛。

这一下问得我猝不及防，我一下失去了平衡，差点一脸栽在垫子上。我太过于专注要得到本的肯定，以至于忘了还有竞争者。在我印象中，莎拉曾参与竞争过借调机会，现在她的时机已过。我将手脚用力按在垫上，把身体撑向空中。很快，这堂瑜伽课变为了最缺少禅意的一堂课。

“当我没说，”我还来不及回答，金又插了一句，一边吸气向前倾，换为俯卧撑姿势，“那工作非你莫属。没人比你拼命，坚强姐。”

我笑了笑，但脑海中不能自已地闪现出每次在我晚上回家时，死亡之星二十七楼还亮着的日光灯。不管你工作多拼命，总会有人比你更拼的。

8

我在法学院得到的最好的建议来自我的室友，她比我早一年到大律所进行暑期实习。“你绝对不可以做的事情就是哭，”她警告我说，“在大律所工作的人看到人性的脆弱面都会觉得受到了冒犯”。我当时还偷偷笑她来着，不过那天晚上我还是忍不住去谷歌了一下如何让自己不要哭出来。Glamour[1]是这栏说的：“在你肉体上创建一个轻微的疼痛感来转移精神上的痛苦感，于是你的头脑会更加关注你的肉体疼痛而不是精神疼痛。”记得我当时还试验了一下，对着镜子咬自己的内颊，看这样是不是就可以在外表看不出来的情况下止住哭泣。此后我又试过几次，不过今天，我真把自己内颊咬肿了。

“你得放轻松点，麦肯茜。”萨帝尔从他隔间伸出头，对我说道。

“轻松？”我惊诧地重复道，刚刚在索尔的办公室里忍

---

〔1〕 Glamour：英国高端女性时尚周刊。

受了一番长篇大论的责骂，我的声音还略有发颤。“你是指什么？”

我觉得我终于已经习惯了索尔对我的吼叫，就像有的人慢慢就会习惯长时间背部的酸痛。今天他又一次变本加厉了，他把我几个小时以前做的文件撕碎成小块，还一边吼着：“重做！重做！重做！”我从来没见过这种阵势。他整个脖子都涨得绯红，额头上青筋凸起，疯狂地把撕碎的纸片扔在办公室里。他看上去狂躁不堪。还好我求生的本能那一刻爆发了，我慢慢向门口退去，眼睛并没有离开他——我担心我背对着他的话，出门的时候可能后脑勺会被什么东西击中。我悄悄走回自己的办公室，对刚才在索尔办公室发生的事情只字未提，不过要是说萨帝尔刚才一直躲在某个角落静静欣赏刚才那一幕，我也一点不会吃惊。

“那个，”萨帝尔清了清嗓子，准备对自己的智慧进一步展开说明，“去年索尔从罗斯·托内里那里拿到起草的文件以后，把它丢进了垃圾桶，还放火点燃了它。而且，索尔还让罗斯立刻把燃烧着的垃圾桶拿出他的办公室。哦，可怜的罗斯。”萨帝尔忍住笑继续说：“他在走廊跑得可快了，手里还抱着燃烧的垃圾桶呢。”他模仿着罗斯的动作，手里抱着想象中的垃圾桶，在办公室里摇摆跑动。每每说到哪个律师受折磨的经历，萨帝尔总能栩栩如生地表演出来。“他一路跑到了浴室，把垃圾桶放到淋浴下面。”萨帝尔夸张地甩开他想象中那个垃圾桶，“他自己完全被浇成了落汤鸡，走出浴室的时候就像因为捡垃圾被狂揍的一只小狗”。面对这样一段回忆，他哼哼了一声，然后开始笑起来。

我眼睛里充满了恐惧，瞪得大大的。

“就是这样，所以啊，你还是相对比较幸运的啦。”萨帝尔坐回到自己的椅子上，开始敲击他的键盘，剩下我自己在那里认真思索。

比刚刚被索尔当面撕碎文件更为麻烦的是，萨帝尔说的话开始显得有一点道理了。我最开始和他接触的时候，他的话总是显得非常负面和压抑，但是我现在觉得他已经适应了这些疯狂的事实，理解了大律所的生存之道。也许，萨帝尔也变得充满活力并且愿意去取悦高层了呢？

我最后会不会变成他那个样子？在我想着我自己的未来，一个女版的萨帝尔，带着一丝愠怒和刻薄，带着15磅新增加的体重，向新来的公司法律师传达一些愤世嫉俗的处世之道。难道我也会以逐渐习惯难堪的个人卫生习惯而收场吗？真是不敢想象。

所幸，几声长岛口音的叫声把我从白日梦的噩梦中拉了回来。“‘巧’门，‘巧’门。”

“嗨，丽塔，”我沮丧地叹了口气。我知道她是过来看看我怎么样，每次在索尔公开责骂我之后她都这样。她像一只保护幼崽的母熊，虽然看见她第一眼往往并不会感觉到她的母性光辉。她个子不高，年约四十出头，染了一头金发，不过发根处已经露出原来的深色头发，可能好几个月没去补色了。她的肤色完全可以称得上是“专业级别的小麦色”，而今天，她穿着超级迷你的短裙，炫耀着毫无赘肉、结实丰腴的腿部线条。虽然律师工作手册有一节专门告诉我们要“管理自己的秘书”，不过她绝对是那种不愿意忍受“管理”的类型。

“真为你难过，亲爱的。”她轻声说道，手搭在我的肩头。泪水在我的眼眶打转。她简单直白的同情方式那瞬间轻轻松松就击垮了我以前一直想要建起的疏离之墙。我觉得我就像索尔和本争夺的一块骨头，他们一人咬住一头，我似乎随时都可能被撕碎。

“不要让这事把自己弄得那么‘蓝’受，他是个混蛋。”

我喉咙好像堵着一块什么一样，我努力想把它咽下去。我对丽塔点点头表示同意。

“对了，你们想不想要一点雪莉的生日蛋糕？”她试图用一种愉快的语气问我们，“还剩了好多呢！”

“我们在这里还要庆祝生日？什么时候开始的？”萨帝尔回答道，他站起来准备接受丽塔的提议。

“不是你们律师们，你们才不愿意为生日蛋糕埋单呢，”她大拇指被其他四只手指卷着，来回抽动着：“你们小气得很，赚那么多钱还是小气。”

“你可以到处走走让大家自愿捐钱买嘛！”萨帝尔一边说着一边走出办公室，吃免费蛋糕去了。

“切……小气鬼。”丽塔在他走出门后对着他背影小声说道，她又转身问我：“吃蛋糕吗？麦肯茜。”

“好啊，为什么不吃呢？”我从钱包拿出十美元，交给丽塔作为公共蛋糕基金的捐款，跟在萨帝尔身后走向丽塔的小隔间。没什么事情是一块蛋糕解决不了的。

“幸运?”杰森难以置信地问道。

“那是萨帝尔的原话——我的文件只是被撕了，而不是被烧了，这就是幸运了。”杰森和我蜷在沙发上，吃着左宗棠鸡块和炒面。我打算熬夜把莎拉要的文件做完，在那之前还得完成索尔的运营合同和本的尽职报告。不过我晚上十一点在办公区转了一圈，他们三人的办公室都已经熄灯了。我知道这是我立即逃走的机会，这样不会被注意到，还可以和杰森过上一会儿二人世界。我这一天受了那么多委屈，值得这样放松一会儿。所以，十一点半的时候我叫了 Seamless 的外卖（我晚餐可以报销四十美元，刚好够两个外卖），把我的黑莓手机装进衣兜，祈祷着明天早上之前千万别有人找我。我坐在林肯轿车上去住宅区找杰森，油腻的中国餐外卖袋就在我身边放着。我默默祝贺自己今天不仅没有哭，并且还抵挡住想要帮索尔捡起撕碎的纸片的念头，从而保住了最后一点尊严。

“哇，那家伙就是伪装成律师的反社会型人渣。”杰森轻声哼了一声，拨给我一块鸡肉，递给我一个外卖盒。

“你应该去看看他看起来有多疯狂，简直就是神经病。”我难以置信地摇着头，脑海里仍旧浮现出他发疯的、绯红的脸。“我太悲惨了，F&D 是疯子的庇护所。”

“你们部门是这样的啦。”杰森窃笑道。

“说到疯子，你看见我黑莓手机了吗？”我眼睛四处扫来扫去，寻找手机的下落，我不想又一次错过本要求“立即回复”的邮件。索尔可能会让我心烦意乱，但我可不想他害我不能去借调工作。

“看见了，在那边啊。”杰森从桌子另一边拿过来，看了一下。“没有邮件，”他递给我之前，对我说道。

“咦，怎么到那边去了？”

他脸上浮现出一种意味深长的表情，说：“你刚才在卫生间的时候我拿你手机给艾利克斯发信息来着。”

“你怎么不用自己的？”

“我手机没电了，我想着用你的也没事。可以吗？”他说“可以吗”的时候，用了一种一反常态的和蔼的语气。

“当然没事，我就知道你俩一分钟不联系就不行。”我试图缓解一下突如其来的敌对氛围。

“真逗，”他咧嘴一笑，捏了捏我的手。“那你想不想聊一聊除了索尔暴行之外的这谜一样的交易啊？”他把一口炒面塞进嘴里，把盒子递给了我。

“我倒是想聊呢。但是你知道什么是中国墙。对没有参与这个交易的人，我一个字都不能说。我们内部邮件都得用代号呢，完全是詹姆士·邦德的做派。”

“哈哈，好的，007。”

“喂，你没听说过言多必失啊？”我打趣道，拿筷子指着他。

“战争时期才是呢，小麦。”他眨了眨眼睛。

“好吧，不过要是说的话使这家公司股票涨价了，我估计索尔真的会发动一场战争呢。”

“你是担心我要拿起我和路透社之间的直拨电话去透露信息啊？”他得意地笑着。

“哎，我又不制定规则，我遵守规则。”

“我的小小女童子军哦，”他揉了揉我的膝盖，“要么是规则的问题，要么就是你有上帝情结，想在全世界都了解一个事情之前先去看看发生了什么事”。

“哈哈。”我干巴巴地笑了两声，觉得杰森说得也挺有道理的。我对这份工作着迷的一部分原因就是它可以使我留在信息的内圈里。我第一次为顶端案件工作的时候那是一个惊心动魄。数十亿美元成败就此一举，商业媒体都如饥似渴地希望得到一些细节消息。吉斯通食品是要贱卖了吗？这样的题目出现在全国性报纸的商业板块中，让我觉得高兴地有点眩晕了。我，麦肯茜·科贝特，秘密参与的项目就连《华尔街日报》的记者都无法染指。但比起背负秘密的刺激感，此刻我更关心的是不要把索尔再一次惹恼了。

“我知道你需要保守秘密，我只是担心你一直这样守口如瓶对身体不好。我能从你脸上看出你压力多大，小麦。这些事你不要过分认真了。”

我若有所思地点点头。杰森对生活的悠闲态度一直吸引着我。他像是平静的阴，而我是过分焦虑的阳。看他坐在那带着对整个世界都不屑一顾的态度嚼着食物，我感觉到一阵阵不满。杰森永远一副悠然自得的样子，过着一直在假期的生活，仔细想想，他的生活确实和度假也没什么本质区别。他爸爸早就是百万富翁了，其创建的克莫德公司，目前是世界上最大的GPS设备生产商。杰森想要什么父母都会给他，他选择大学的时候不必考虑各家大学提供的奖学金的多少，他工作的时候是他父亲动用了关系让他留在大律所里。他的人生选择都特别轻松，不用像我一样总是考虑到底要选择什么样的道路。他只要简单选择阻力最小的路就行了，反正他的生活目标就是过着无欲无求、轻松愉快的日子。他的黑莓手机没电了，他一点都不担心。相反，我的黑莓手机只要不在眼前，我就会吓得发抖。

“嗯，毕竟吃人嘴短，拿人手软，我还是不能太不当回事了吧。”我尽力用我最不具攻击性的声音回答道。

杰森还没来得及回答，熟悉的嗡嗡声在房间响了起来。他的脸上闪过一丝不确定的神色，最多持续了一秒钟。“啊哈！”他移开外卖盒，跨过沙发去够另一面扶手上搭着的衣服。“我估计就在这附近。”

“我以为你电池没电了。”我从他肩膀后看着他把自己的黑莓手机从外套的内包里取出来。

他耸耸肩，说：“我刚才还打电话看手机在哪呢，没听见铃声。我想着肯定没电了。我估计我不小心开到振动了，没听见。”他迅速看了一下手机，又把它塞回衣袋里。“今天晚上我们说了太多黑莓手机的事情啦，”他把我拉向他，靠近我的脖子，用半睡不醒的慵懒声音在我耳边说：“听着，我们一直在想，我们应该让这事正式一点。”

“这事?”我咯咯笑了。

他把头向后仰了一点，眼睛注视着我的眼睛，用下巴指了指我们两个人：“这事，就是我们应该一起住了。”

“真的?”我心跳加速地问道。

“你工作那个样子，我觉得我们应该一起住。这样你加班的话我就可以在沙发上等你。”

我瞬间考虑到无数种可能性——每天一起入睡，一起起床，不用担心去他家还是我家，不用担心谁把谁的东西又放到哪里去了。

“我们一起住哪儿?”我问。杰森不喜欢我住的周围环境，他更愿意住在曼哈顿东村。

他耸耸肩，说：“你可以搬来和我一起住。”

“那我的租约……”我声音弱了下去。

“天哪，真是和拔牙一样烦人。”他的声音并不高，但是我能听出有点不耐烦的感觉，他问：“你租约什么时候到期?”

“四月。”

“那我们四月一过就搬一起住，我们一起另外选个地方住，我们自己的家。”他用手掌抱住我脖子来回摩擦，我都起鸡皮疙瘩了。

我乐得笑开了花，“我们自己的家”听起来简直太棒了。刚才的一点点犹豫这会完全被激动的心情替代了。“我们到时候搬一起!”我脱口而出，急切地点着头，“我们四月就搬到一起住!”

杰森把我拉得更近了，他疲倦的眼睛充满了笑意。我呼吸着他身上的气息，心里想着每天和他一起入眠的快乐场景。“四月还有好久好久。”他轻轻在我耳边说。

我睡觉之前再次检查了手机邮件——没有工作邮件，我好奇地点开了发件箱，但是怎么也找不到杰森发给艾利克斯的信息。

9

我喝了一大口伏特加苏打水，拿起手机看了看时间，十点二十八分。金已经迟到了二十八分钟。是她的风格。我仰靠到黑色皮椅上，环视着这个酒吧。我本来今天晚上不想出来的，金硬要跟我见面。我一直都这样，招架不住她的劝说。一般最后结果就是，我们跟着她新交的玩乐队的男友，不停地“就再去一个酒吧”。但今晚，我坐在市区这个喧嚣的酒吧里，心里其实更想回家睡觉。

“你要再来一杯吗，小甜心？”美女服务员指着我那杯融化的冰块问道。

“对不起，对不起，对不起！”金慌张地出现在我身边，“你知道准时对我来说一直很困难。”金跟有线电视修理工一样，如果她跟你约定一个时间见面，那只能算是大概时间。我太了解金了，我本想在办公室多做点工作，十点再出发，但在大律所，离开办公室的机会是机不可失，时不再来的。

“如果我们约的十点半，那你就是早到了，”我俏皮地打趣，站起来迅速给了她一个拥抱。

“我们要两杯这个。”金告诉服务员，朝我的空杯子示意了一下，一边脱掉外套。

“所以，”她一屁股坐到我对面的椅子里，“我一直在跟你打电话约你”。

“抱歉，上班简直忙到飞起来。”

“好吧，我简直等不及要告诉你，我去拜访过奎恩的家人了。”

“哦对！”我感到极其内疚，我竟不知道金已经去见过家长了。“怎么样？”

服务员突然出现，给我们送来了饮料。金猛喝一口，然后说：“好吧，你会很高兴知道这些。他没有婚史、小孩，也没有偷偷跟妈妈住在一起。”

“都是好事。确认无误。”

她搅拌着饮料，咧嘴笑起来。“他人超好，小麦。他一直担心我会不知所措。不过我必须承认，同时见他的一大家人确实有点恐怖。像《单身汉》[1] 里的那种回家乡见父母的环节。”

我大笑起来。

“不过还挺有意思的。让我惊讶的是，他们家人见到我很激动，他们说奎恩从来没有带过女孩儿回家。”

---

〔1〕 单身汉（The Bachelor）：美国 ABC 电视台的真人秀节目，2002 年开播，该节目的方式为十几个女的让一个帅哥挑来挑去，通过去美丽的景点游玩，增加彼此间的感情，同时层层淘汰，最后选一名女士。其中一个环节包括回家乡见父母。

“啊，他是在等命中注定那一位。”

“你这个浪漫派，简直没救了。”她拿吸管轻轻戳了我一下，“噢，还有，你还记得我正在组织的那个学校募捐活动吧？”

我点点头。

“奎恩说服了他弟弟来负责活动的音乐部分。还有，你敢不敢相信，奎恩真报名了，要当志愿厨师。”

“志愿厨师？他简直不能更爱你了！”

“这是为了慈善事业！”她倚过来拍了拍我的膝盖。

“是哦，你啊，”我笑着说，“好吧，我觉得他很不错，是个可以长相厮守的人呢。”

“说到这儿，那你和你男朋友怎么样了？我很久没听到他的消息了呢。”

“还不就那样偷偷的。”我苦笑。

她玩笑似地低了低头，很明显对自己很满意。

我思考了一下要不要告诉金那天晚上杰森的手机之谜——本来杰森说他的手机没电，后来却被发现明明还有电的事情。金和我一直乐于与对方分享恋爱中的故事，甚至连那些最不堪的细节，我们都会告诉对方。不过这次我很犹豫。我知道金对杰森有看法，“难道他不会有点儿……太古板了吗？”某天晚上我第一次带杰森去见她，一起喝完饮料后，她问道，“就好像是电脑生成的那种？”然后她还一直想知道我到底看上了杰森哪一点。我记得她原话是：“他是男版的性感的图书管理员吗？就是那种看似无聊、一本正经，在卧室里就会撕掉面具变成一个疯子？”（本着充分披露信息的原则，答案是否定的呢。）杰森也不是很喜欢金，形容她闹腾直率的性格为“社会的累赘”。所以，我的闺蜜和男朋友起初并没有很合得来，但我和杰森开始认真谈恋爱后，金就尽量不再发表负面评论了。不幸的是，金很容易喜形于色。每当杰森跟我们一起时，我几乎能一眼洞穿她在想什么，“千万不要让我最好的闺蜜嫁给这种没用的人啊”。如果我现在告诉她任何让我不安的想法，那她一定会全力出击，更加反对杰森跟我的关系了。

“进展还挺顺利的。”我抿了口饮料，心虚地避免眼神接触。

“真的吗？”金深表怀疑地凝视着我。

“对啊，”我顿了顿，一边搅拌饮料，“事实上，我们要同居了。”我漫不经心地说，同时做好心理准备她会反对。我本来是不打算今天晚上告诉她的，因为我知道她一定会尽量阻止我，但择日还不如撞日，就让我现在告诉她，面对处决也行吧。

金开始咳嗽，好像被饮料呛到了。她放下杯子，拿拳头捶打胸口，眼睛都湿润了。“不好意思，这吸管真不好用，”她嘶哑地说道，然后清了清嗓子问，“什么时候？”

“四月。”

她面带疑惑：“为什么是四月？而不是现在？”

“那个时候我房子的租约到期。”

金又小心翼翼抿了口饮料，放下杯子说：“等到租约到期……有点儿意思。”

“听我说，我知道你不太喜欢他，但是——”

“不是你想的那样，”她打断我，“我承认，我确实是认为其他人会更适合你，但那不是重点。重点是，我觉得你其实不想跟他一起住”。

我夸张地翻了个白眼。“喔，你这种说法跟你幼儿园那些小朋友说倒是奏效。像是‘小乔尼，我觉得你其实不想打小苏西，是吧？’”我模仿她对小孩说话的样子，一边轻轻拍打她的手，“但这一套对我来说可没用。我真的是想跟他住一起。我们只是从实际出发，仅此而已”。

金的蓝眼睛淡定地盯着我：“难道你就不想有那么一个人，能让你产生一种冲动，去冲破自己超级成功者的刻板生活模式，干点出于本能自发的行为吗？”

我哼了哼：“你知道我不想的。”

她靠回椅背上，准备开始高谈阔论她对此事的看法。“喏，小麦，我认识你已经九年了。我知道你是属于遵守规则那一类的人云云，但是如果你真的想跟杰森同居，你不会考虑再三的。你应该想到就立马去做，别想太多。”

我感到一阵心烦意乱：“拜托，我们现在讨论的是我本人耶。你还记得吗？曾经有一次新一代 iPhone 上市的时候，只有 AT&T 公司[1]才能买到，我当时特别想换手机，可是也不愿意违反之前已签订的手机合同呀。我坚持用了

[1] AT&T 公司（AT&T Inc.）：是一家美国电信公司、移动运营商，创建于 1877 年，曾长期垄断美国长途和本地电话市场。AT&T 在近 120 年中，曾经过多次分拆和重组。目前，AT&T 是美国最大的本地和长途电话公司之一。

整整两年在威瑞森公司[1]签的那部破合约机，等到合同到期才换的呢。一样的道理，我得等房子的租约到期再搬去跟杰森一起住，并不能说明任何问题。”

金被逗乐了：“你知道吧？你刚刚把你们的恋爱关系比作了移动通信设备来着。”

“哎，新一代的 iPhone 不仅仅只是移动通信设备好吗——那是划时代的产品。”

金仰头大笑起来。

正是在那个时候，我看见了她。她坐在酒吧后面的角落里，位置很隐蔽。如果公众人物要亲热同时得避免被狗仔队发现的话，也会选择她坐的那种位置。“噢我的天！”我用气音说道，猛地倒在椅子里。

金一脸茫然。

“就是她，莎拉。”

金从来不会不露声色，她一下子转过头，到处寻找，一边问：“在哪儿？”

“嘘！快把头转回来。我简直不敢相信她居然会出现在这儿。我以为她从来不会离开办公室呢。”

“那么，你觉得她是在哪里睡觉的？”金做了个鬼脸。

“不知道。没有享用活人美食的时候，就睡在办公室的棺材里吧？快掩护我——我可不想被发现。”我让金刚

〔1〕 威瑞森公司（Verizon）：威瑞森公司亦是美国最大的本地电话公司、最大的无线通信公司之一，全世界最大的印刷黄页和在线黄页信息的提供商。

好把我遮住，然后满怀一种病态的好奇心偷看着：“看上去她应该是在等人。噢我的天，我简直等不及看看到底是谁会跟她那种冷酷无情的人约会。”

“可怜的家伙。”金也啧啧地表示同情。

“她还……”我眯着眼睛想看得清楚些，“你不会相信我看到了什么。桌上还有份文件夹。莎拉约会还带了工作文件。她就是这么古怪！”

莎拉狂躁地在手机上打着字，突然抬起头来，正好跟我四目相对了。

“糟糕，”我不安地轻声说，赶紧转移了视线，“我被发现了”。

“真的假的？你不是很小心地不露声色吗？”金挖苦了一句。

“哈，哈。”我又把面前的空杯子拿来当作掩护，隔空盯着金尴尬地笑了笑。

然后我又偷偷看向莎拉，她正默不作声地从侧门往外走。我没有看到她怎样处理的文件夹，导致我怀疑自己是不是看错了，或者只是因为我无法将莎拉的形象与工作分离开来。“她走了，她一看到我就马上起身离开了。”我还在好奇地盯着门，“这太疯狂了”。

“呃，有人会觉得跟南茜·朱尔[1]通灵的话太疯狂。”

---

〔1〕 南茜·朱尔（Nancy Drew）：《南茜·朱尔》为一系列小说，主要故事情节围绕少年侦探南茜·朱尔一次次破获离奇案件而展开，诞生于二十世纪三十年代。有多部电视剧、电影和电脑游戏均是根据该小说改编。文中金的意思是麦肯茜突然变得像侦探一样想探个究竟，让人摸不着头脑。

金对着我扬起眉毛。

我不以为然："好吧，有道理。是那女人刚刚让我变得疯狂了。"

"别理她了。"金欢快地挥了挥手，"她无足轻重啦"。

"你说得对。"我叹了口气，"看看你，已经长大了，变得聪明懂事了呢"。

"你带来脑子，我带来智慧。"她举起杯子，跟我碰了下杯。

"好啦，快给我讲讲奎恩的家人吧。"我仰靠在椅背上，强迫自己听金讲她的故事。可我仍然无法忘掉莎拉跟我对视时的表情，那表情看上去，就像是一个正在偷吃饼干的小孩，被逮了个正着。

10

星期一早上六点，我端着超大杯深度烘焙的黑咖啡走进办公室，咖啡因要是可以直接注入血管里就好了。那样就最有效了。索尔要求早上七点钟的时候讨论案件进度，他要每个参与交易的人都必须出席——律师助理、税务人员、知识产权专家、莎拉，还有我。我曾经问过萨帝尔，为什么索尔非要毫无必要地把明明可以下午三点开的会议安排在早上七点，萨帝尔是这样说的："就像狗可以自己舔自己，他想咋样就咋样呗。"他说这话的时候耸了耸肩，似乎这答案再明显不过了，根本不需要去问。这些会议总是毫无人道可言，还充满刻薄与恶毒。我个人觉得索尔是想在一周初始的时候，让会议室的男人们都有种阉割感，让女人们都受到贬低而哭一场。所以，我每个周一上班时间比大部分人起床时间还早，为的就是为索尔的凌辱仪式做准备。我只有一个目标，就是尽量减少被血洗的程度。

我把星巴克里咖啡因最厉害的咖啡放在桌上，惊叹周围一切何以如此安静。萨帝尔还没来办公室，这就意味着没有带着侵略性的键盘敲击声，没有令人沮丧的各种牢骚抱怨。这样也挺好的。我把我的转椅放低一些，打算为即将开始的一天做好心理准备。但当我看见 WSJ. com 的头条时，这片刻的宁静立即消失不见了。

线人爆料：法空移动公司将出售公司

据熟悉公司情况的线人爆料，法空移动公司，目前第三大智能手机公司，其创始人正打算出售该公司。

关于此交易的坊间传闻是，出售工作已经开始了两个星期，由于此事件暂未公开，一位不愿透露姓名的线人对《华尔街日报》透露了以上信息。

目前暂未联系到公司发言人。

我的胃都抽搐到了喉咙眼里，我嘶哑地叫道："我靠！"

今天的血洗注定将是可怕的。

"那么，我相信你们都他妈的已经看见了，"索尔将折叠着的报纸重重地摔在会议室巨大的红木桌上，"有人他妈的以为自己是保罗·利威尔[1]跑去向华尔街告密，现

[1] 保罗·利威尔（Paul Revered）：独立战争时期深夜骑马向独立军报告英军动态的历史人物，现被用于指告密者。

在法空的股票涨了百分之十八。他妈的百分之十八!”索尔简直就是在尖叫了:“你们他妈的谁来告诉我这意味着什么?……老子告诉你们这意味着什么!这他妈的就意味着我们必须在那些没眼色的货色想着要提高价格之前完成这单交易。在他们想着来硬碰硬之前!或者更麻烦,更麻烦。”整个会议室安静的可怕,感觉已经过去了一个小时,但是事实上可能只有三十秒,索尔继续说道:“股价的升高会使他们觉得他们不需要把公司卖给我们客户,他们会觉得他们自己能撑下去。这种事情发生的话,我们他妈的就只能干坐在这,自己把蛋切下来拿手上。”

我紧紧闭了一下眼睛,试图把这画面从脑海中抹去。

“现在新闻都已经出来了,我们必须更加激进地来做这事儿。时间就是生命!任何事情的最后期限就是——现在!”索尔说完以后把装满咖啡的纸杯也重重摔在桌上,他自己的文件夹被淋个透,知识产权部门的同事也未能幸免,他们这会肯定后悔刚才坐他旁边了。“麦肯茜,你有没有告诉专家今天你要去找他们拿总结报告?”他问道,会议室的每个人现在都齐刷刷地注意到我。

“专家”是公司法部门对于其他部门的律师的叫法,其他任何部门——税法、知识产权法、劳动雇佣法、不动产法——如果你不是交易的直接参与、组织部门(公司法部门),你就会被简单地叫作“专家”。我在这个项目里的任务,除了作为索尔的出气筒外,就是要在他们做尽职调查期间去联系其他专家,收集他们的总结报告。

“我以为你是打算周三才要。”我克制着自己,尽量显得非常冷静的样子。周三给他，这是上周一开会的时候索尔自己说的，在场的每个人都听见了。当然现在不会有任何人站出来给我支援。

“我……给……你……说……了……”他压低嗓门，仿佛耳语一般，“我……给……你……说……了……”索尔的脖子气得通红，他用手指关节使劲敲打着自己沮丧的脑袋。像个被溺爱得一身臭脾气的小孩，他使劲跺着脚，尖叫道：“星期一！星期一！星期一！我告诉过你给专家们发邮件，确认星期一要拿到！”他的下颚任性地抽搐着，“不是星期三！现在我们要比时间表落后两天了，多亏了你他妈的这个傻瓜。你他妈的完全不称职！你知道你自己不称职吗？还是你他妈的太傻了完全意识不到？”

我努力让自己保持冷静，不想让一整间会议室的人看出我在发抖。整个会议室此刻充满了尴尬的气氛。我此时才真正开始感谢艾利克斯给我的那条建议，真是充满了智慧：棍子和石头能伤害到我的筋骨，恶语相向却不可以。我张嘴想为自己辩白几句，但是索尔一挥手让我闭嘴。他接着说：“麦肯茜，告诉我你自己的总结应该做完了吧，告诉我你至少做了一点点正确的事情。”我的脸因为受到极度羞辱此刻已经通红。每个人都从我身上移开了眼睛，想为我保留一点尊严。我们昨天晚上后半夜才收到两箱新的文件，全部是合同，全部要审阅。他明明知道我不可能完成总结。他只是还没打算让我的公开受辱就此结束而已。宛如玩弄着半死不活老鼠的猫，他正在品味着我的痛苦。不看到我羞红脸，结结巴巴说不了话，泪水在眼眶打转，他是不会善罢甘休的，不过我就是不想让他满意。

我使劲咬着我的内颊，使劲眨眼，把已经都溢到战栗的睫毛上的泪水活活忍了回去。“我明天应该能给您总结。”我鼓起所有可以鼓起的勇气，说道。

“明天，明天。”他用假嗓子高声模仿我说话，整张脸好像闻到什么东西发臭一样扭曲了。他头上梳着几缕掩盖地中海秃顶的头发此刻都已经竖了起来，眼镜明显地弯在脸上，看起来一副疯狂无比的样子。“你们注意了，我们他妈的是有时间表的。你们这些白痴怎么就不明白呢?”他说完这句话就紧紧闭上眼睛，摇摇头，然后睁眼看着莎拉——他的下一个受害者。

索尔对莎拉的攻击比对我的攻击要稍微弱一点。他好像已经因为不停地嘶吼而消耗完了全部体力，似乎在等着谁给他递上一颗他一直在索要的棒棒糖。莎拉被说了一两次“做事像狗屎一样”，好像还有“没有眼色的东西”，不过那个尖叫的、气红了脸的小孩子似乎已经被安抚了下来。

索尔终于把会议室里所有人一个接着一个像打靶训练一样挑刺骂完了。我用颤抖的手抓起法律记事簿，尽可能地保持平衡的姿态，跟随人群走出了会议室。我眼睛全程盯着地板，避免和任何人发生眼神接触。我离开会议室就立即向厕所走去，那是整间律所唯一的避难所。

我悄悄从隔间下面看了下，确定只有我一个人在厕所里，于是我走进一个小隔间，一屁股坐了下去。每天的口头侮辱就像切肤之痛一样开始让我有点受不住了。看样子我父母对我的教育是很失败的，因为我从小的环境都很少有这样的冲突场合出现，以至于我完全没为在大律所工作做好准备。如果我小时候在家就天天被吼，我可能现在就能承受索尔的虐待了。我向前倾了倾，用手捧住脸。火红滚烫的脸。我真的承受不下去了，我这样想着，泪水从指缝滴了出去。反正厕所里也没其他任何人，我也就不用再忍着不哭了。

11

“我这儿有咖啡因哟。”艾利克斯踏入我的办公室，手里拿着两份超大杯星巴克。“我猜日常的星巴克剂量不能适用于你今天的情况。”他递过来一杯，一屁股坐到我对面的椅子上。

“你在办公室听到了刚刚的血腥情况？”我双手抱着热气腾腾的咖啡杯，备感安慰。还好我在抽屉里藏的临时小药箱派上了用场——在泛红的眼眶里滴上几滴眼药水，长了斑点的脸颊抹上遮瑕膏，再吃两颗镇痛药缓解一下疼痛的头——这样至少我表面上看起来还不算糟。

“呃，我听到里边一直在骂‘白痴’。这个词绝对不是什么好预兆。很可能是这种情况。”艾利克斯放下杯子，弄乱自己的头发，准确无误地模仿出了索尔疯狂的咆哮样，扭曲、便秘似的面部表情也极为到位。

“你太擅长模仿索尔了。”我咯咯地笑了。就这样，我紧紧揪着的心情放松了下来。感谢艾利克斯的存在。在公司法部门这个疯狂的汪洋中，他就是救生衣。

"毕竟我跟模仿对象接触太多了。"他提醒道。

"你真幸运。"我叹了口气，"嘿对了，你上周五晚上有收到我手机给你发的信息吗?"我问他，尽量让自己听起来很随意。

"呃……没有，我应该收到吗?"

"不不，我就是想问问而已，"我摇摇头，强装镇定，"不提这个了，说来话长"。然后喝了一大口杯里的拿铁："嘿，这里边放了什么？真好喝。"

"加了两份香草粉，一份肉桂，半包生糖，这是我的秘密配方。"他看起来对自己的表现很满意。

我扬起了眉毛。

"什么?"

"我有预感，你在将别人的功劳占为己有哦。"我指了指纸杯上的名字"杰西卡"，下面还写了一串电话号码和"打给我!"

艾利克斯摆摆手，脸上泛起轻微红光。"是我自己调的口味。我大学碰巧当过咖啡师呢，怀疑小姐。你知道吧，我们这些人大学是需要打工挣钱的。"

"别忘了我也是其中之一好吧。"

"呀，我总是忘记你其实没有信托基金[1]呢。你只是

[1] 信托基金（trust fund）：是一种能够让一个人能够从另一个人的财产中持续不断获得一定收益的理财计划。美国富裕家庭的父母常会为自己的孩子建立信托基金，以便在他们去世之后，能够让孩子的基本生活需求有一定的经济保障。另外，也可以为慈善团体或者其他非营利机构建立信托基金。

要嫁给一个有的。”

“嘿！”我将手中把玩的橡皮圈弹向他。

“嘿你自己呢，”他大笑着躲开，“你和杰森以后会有可爱的信托基金小宝宝的”。他随即喝了一大口拿铁，说：“你想听听我的建议吗？”

“关于嫁给杰森的信托基金？”我从杯子上方直直地盯着他。

“不是啦，是关于索尔的。”

“哎，我已经知道‘棍棒和石头’建议的价值了，遇到他简直倒了八辈子霉。”

“你必须得这样做，把每周一早上例会当作是监控龙卷风，低头蹲着，双臂护住头部。”他亲自示范，弯曲双臂，挡在头部上方，好像是在抵挡重击。

他像个拳击手一样，来回不停移动，逗得我哈哈大笑。对索尔的愤怒一笑置之，而不是默默哭泣，这种感觉真好。

“不，我说真的！这是对付他唯一的办法。”

我靠回椅背：“你觉得他下一步就是身体暴力了？”

“不，不，不，听着，你现在觉得这么痛苦，是因为你太乐观了。你总是在期待事情发展顺利，小麦，这很棒。但这是个错误。我跟索尔共事时，都会心里默认，任何时候跟他沟通，结果都是他大声痛骂我一顿。那样的话，偶尔遇到他没发飙的时候，我就会如释重负，谢天谢地，甚至感到高兴。你不能再天真地抱有希望，觉得跟他们见面时可能会侥幸逃过羞辱。要带着最坏的期望去见他们，这样如果你侥幸哪次逃过一劫，说不定还会时不时感恩一下。”

我缓缓地点点头，想了一会儿，回答说：“确实是好建议。很让人沮丧……不过是很好的建议。”

好不容易盼来周五，我正在网购，享受着少有的片刻闲暇时光，想找到一双满意的鞋子，既能穿着上班又能去约会。并不是因为我最近常出去约会，而是我很讨厌浪费时间回家换鞋。就像大律所童子军一样，得随时准备着嘛。周一晨会上索尔大发雷霆后，事情开始有了好转。帕特里克、加文、谢尔登三人继续一心奋斗尽职调查，我们审查文件的速度已比高地集团提供它们的速度还快了。这意味着我能在索尔每天的工作要求中占主动地位。我不敢奢求周六放假——那样就又变回以前盲目乐观的自己了——但我渐渐开始有了些自由时间，得以逐渐恢复受伤的心灵。我甚至能跟之前一样了，与杰森和艾利克斯共进午餐。为了庆祝我回归能在办公室外吃午餐的生活，他们请我吃了我最爱的寿司。我们大吃了一顿香辣金枪鱼卷，我巨大的心结也稍微解开了一点。现在，我只需要使用购物疗法，买些东西，就会满血复活了。

正当我慵懒地浏览着萨克斯百货的当季新品，考虑要不要花六百美元买一双鞋时，一个声音突然打断了我。

“我们需要你去趟达拉斯[1]。”

我一抬头，看到莎拉站在门口。“我们需要你去趟达拉斯。”她漫不经心地又重复了一遍，感觉这个任务就是日常工作似的，“你最快什么时候能到那儿？”

我看着她，就像黑夜中一只鹿突然被明晃的车灯照到，茫然不知所措，萨克斯百货的网页还在电脑上没关。“嗯……达拉斯？你的意思是？”

“我的意思是你最快什么时候能到机场飞到达拉斯？”她不耐烦地问道。“目标公司有一些我们还没看到的高度机密文件。显而易见，他们觉得篇幅过长，不能复印或者无法传上网。”她顿了顿，对这种明显的无知翻了个白眼。“所以必须得有人亲自去达拉斯审查文件，那个人就是你，麦肯茜。”她用双手指着我，感觉像我中奖了一样。

“他们愿意整个周末也开放办公室，所以如果你效率高点的话，周一早上的例会还赶得回来。我敢肯定索尔会想听听审查的更新情况。本来我去也行，但总得有人留下来捍卫堡垒呀。”她刻意停顿了很长时间，让我看到她脸上毫不掩饰的笑容。她摆明了很开心，因为我将被迫成为牺牲者，去向索尔提供所有信息。我就是信使的角色，人人都知道信使会发生什么事。“不管怎样，看起来你还是很闲嘛。”她指了指我的电脑屏幕，上面是一双吉尔·桑

[1] 达拉斯（Dallas）：美国德克萨斯州第三大城市。

达[1]的红色鱼嘴，价格：$579。“顺便说下，那双鞋看起来真的很廉价。”说完她踩着高跟，趾高气扬地离开了。

我一言不发地坐着，一长串的咒骂积压在喉咙里。我对莎拉的态度已经从不喜欢发展为全方位的憎恨。我恨她的一切，恨她眉毛上方的刘海儿，恨她太闪的唇彩，恨她裤上的腰带太紧。这种女人根本不值得人们把她往任何好的方面想——她就是个彻头彻尾的婊子。我真想发疯似的冲到她办公室，扑到她身上，掐住她那皮包骨的脖子。如果要强行让我保持理智，那需要全面治疗——让购物疗法见鬼去吧。

“丽——塔，”我走向她的隔间，哀怨地叫她，我遇到问题向妈妈寻求帮助时，也是这个声调。鉴于我俩最近大部分时间都在一块儿，她也比得上我妈妈了。而且跟我妈一样，她总是在劝我多休息……或者再多抹点眼部遮瑕，她会说：“‘尼’看起来像有两只熊猫眼，遮瑕‘告’的存在就是为了挽救你这‘雷’人。”

她不会明白，再多的化妆品，也无法掩盖我最近过度劳累所致的黑眼圈。但在我想抱怨上司时，她是一个很好的倾听者。她会轻声附和：“真是个大混蛋！”作为报答，

[1] 吉尔·桑达（Jil Sander）：德国品牌，旗下有服装、鞋子、配饰、手袋等，以节俭的美学和简洁的线条而闻名。

我也会听她抱怨她最近交往的游手好闲的男朋友，也会同仇敌忾："真是个大混蛋！"

丽塔有两个小孩，但属于同母异父，她一直说她想安定下来，但好男人都被抢光了。尽管如此，她还是一直在寻寻觅觅。单身活动、夜总会、酒吧——纽约那些最不该去寻找男人的场所——她都去了。"我儿子的'粑粑'长得跟马里奥·洛佩兹[1]一个样啊，"她隔间的墙上贴着小儿子在学校的照片，她常指着那照片给我们介绍，"我想找个跟前任一样帅的，但不要那么混账"。不过话说回来，她的择偶条件中，长相似乎也没有那么重要。她还跟弗雷迪·皮尔森有过那么一段，弗雷迪·皮尔森就是那位习惯粗俗，一紧张就会抠鼻子的合伙人（任何时候，只要有异性在场，他就紧张）。"他带我回家，他家真大啊！就在公'院'大道。"[2] 他们第一次约会后，丽塔第二天就告诉我了，"床上功夫很糟糕，不过如果能住在那种豪'寨'，我也能忍受。"不幸的是（也许应该庆幸），他们的关系再没有更进一步。"我猜他可能觉得我不'适合结婚'吧。"她说这话时还专门对"适合结婚"几个字做出引号手势，语气里没有丝毫可惜。

"怎——么了，亲爱的？"丽塔回答我，同时继续用锉刀打磨手指甲。她今天提早开始了周五下午的例行打扮程

[1] 马里奥·洛佩兹（Mario Lopez）：美国著名男星，MTV 台街舞大赛的主持人，以身材好著称。

[2] 公园大道（Park Avenue）：美国纽约市的豪华大街街名，常用作奢华时髦阶层的同义语。

序，包括做指甲，把头发做成大波浪卷，化上“约会”妆容。与此同时，接电话，打文件这些活儿一个不落下。收拾打扮好要准备和她妹妹迎接另一个周五晚的约会，她俩都在寻觅另一半呢。

我第一次看到她坐在办公桌前，头上夹满了粉红色泡沫发卷时，我老半天才反应过来发生了什么。但现在看到这般景象，只会让我意识到是周五下午了。甚至萨帝尔都已熟知她的打扮惯例。“天，已经是周五了吗？”我们回办公室路过丽塔的办公桌时，萨帝尔就会这样问。这种惯例提示我俩周末快到了，让我们从紧张的工作中感到一些宽慰。

我低头看到丽塔今天涂的指甲油颜色——蓓蕾时刻，大红。只有她空窗很久时，她才会涂这个颜色。可怜的丽塔。“很漂亮。”我指了指那瓶指甲油。

“对吧——希望它今晚有用，‘猪’我好运吧。我能帮你做什么吗？”丽塔开门见山。

“我得去达拉斯出差。很明显，还要尽快去，”我筋疲力尽地长叹一口气，“你能帮我看看航班吗？去处理蒙托克项目的事情”。

“又要整个周末都加班吗？”她难以置信地摇摇头。无论丽塔在 F&D 工作多久，还是对律师周末加班的事实深感惊讶。“我猜猜……”她压低了声音，可还是挺大声地问。“冰女皇？”

我点点头，赶紧回头四处张望，希望经过的人没有听到我们的谈话。

丽塔的表情拧成一团，一脸厌恶。“那个臭婊子！真该有人把她屁股上那根棍棒拔掉。或者把她给睡了之类的。”说完她把自己逗得咯咯笑。我现在是真心希望没人听到我俩的谈话。“我们——来看看啊……”她转向电脑屏幕，点击鼠标帮我找航班，“我想应该是头等舱吧？”

我点头。见鬼，为什么不呢？如果我今天就必须得飞外地出差，那在飞机上可不能只有花生可吃。

“嗯。嗯。嗯。”她敲打着键盘，指甲颇长，“找到了，拉瓜迪亚机场有一个航班一个半小时后起飞，之后最近的航班是明天早上六点。你想订哪一班？”

航班之神简直是在保佑我吧——我肯定无法在一个半小时之内打包好行李到达机场，也就是说我今晚无法到达达拉斯。“等我一下，马上回来。”我赶紧跑向莎拉办公室，要告诉她这个消息。

“你是无法理解今天这个单词吗？”我说完航班信息后，她轻声回答道。

“不，我懂。是这样的——今天能坐的航班只剩下一个了，一个半小时后就要起飞，所以……”

“然后呢？”她扬起了修护精致的眉毛。

“然后我就来不及收拾行李，并及时到达机场啊。”我解释说。

她夸张地深吸一口气，好像我在挑战她的耐性。“麦肯茜，我真的没时间跟你讨论这种不专业的问题，这又不是什么高难度的事情——现在就去，这是就样，没得商量。”她挥了挥手，示意我离开。

我疑惑地看着她。为什么她就不能直截了当给出指示呢？

见到我无望的表情，她大大地叹了口气，一脸嫌弃地摇了摇头。“叫个车。现在就去机场。然后上飞机。”她每句话中间都停顿了一下，就像是在给一个五岁小孩解释。“到了达拉斯之后，就在当地买换洗衣物，算在客户账上。达拉斯真的有衣服卖，这你知道吧？”

哎，她那样说得倒是轻松。我本来也可以自己想出这种办法，但我仍然没能学会像大律所的律师们那样肆无忌惮地花客户的钱。我记过很多消费在客户账上——专车、用餐、酒店——但从没有衣服这一项。我想如果客户的账单是几百上千万的话，他们也不会注意到几百美元的服装消费吧。我离开了莎拉办公室，觉得自己很蠢。任何时候我跟莎拉讲完话，都是这种感觉。

忙乱的九十分钟后，我独自坐在了头等舱豪华的皮椅上，庆幸飞机上手机没有信号。谢天谢地，他们有四个小时完全联系不上我，而且不能怪罪到我头上，这真是一大奢侈啊。如果运气好的话，达拉斯之行还会被延误。我以前真是从来没有如此迫切地希望航班延误啊。

我把包塞到前方椅子底下，拿起飞机上的杂志浏览起来。理智告诉我应该趁现在干点工作，但我以前可从没坐过头等舱，起飞前空服人员居然就给了我一杯饮料和一双拖鞋！我想好好享受这片刻的安宁……我太累了……椅子太舒服了……

“各位乘客晚上好，我是你们的机长，”机舱内响起广播，一下把我惊醒。我昏昏沉沉地抬起头，揉了揉眼睛，“我们的飞机将在大约三十分钟后抵达达拉斯，请您将座椅靠背调整到正常位置，收起小桌板……”

抵达？我慌乱地四处张望。我一定是睡了一路。“该死。”我小声说了句，猛地靠回椅子上。我计划在飞机上做点事儿的计划就这样泡汤了。我拉开挡光板，从机舱小小的窗户望出去，想看看达拉斯的轮廓，但除了田野，什么都没有。我又倾身向前，望向另一侧的窗户。旁边那位男士正看着我，他黑头发，棕色眼睛，睫毛很长。一定是我睡着后他才上飞机的。我无意间看到了他下巴凹陷的酒窝和若隐若现的胡茬。讲真的，他真帅。他强壮的手臂让我想起一个明星——本·阿弗莱克[1]，可能是吧？我还在做梦吗？

“起床啦，太阳晒屁股咯。”他微笑着对我说。

我挑逗般地也对他笑了笑。如果我还在做梦，那不妨好好珍惜。

“你一定很累吧——起飞前你居然就昏睡过去了。”他低头看着自己的肩膀，我跟随他的眼神看过去，不知道他什么意思。他穿着一件精致的杰尼亚[2]衬衫……是想让我称赞吗？突然我恍然大悟。我的天啊……我靠着他肩膀睡着了！我靠在一个完全陌生的人的肩膀上睡着了！很帅的

---

〔1〕 本·阿弗莱克（Ben Affleck）：美国演员、导演、编剧、制片人。

〔2〕 杰尼亚（全称：Ermenegildo Zegna）：世界闻名的意大利服装品牌，风格亦庄亦谐，是众多社会名流所青睐的对象。

陌生人，可还是陌生人啊！我的天！我打呼了吗？说梦话了吗？拜托，拜托别告诉我我流了口水！

“噢！对不起！”我尴尬极了，结结巴巴地道歉，“我不是故意的……”

“请将座椅调正。”空服人员打断了我，她一边检查一边拍了拍我的椅背。

“对不起，”我一再道歉，一边手忙脚乱地找扶手上的按钮，双颊烧得滚烫，“嗯……我最近确实没怎么睡觉，我的意思是，我睡了觉，但是睡得很少。就在工作和……呃，工作……的间隙……我这周确实过得不怎么样”。我顿了一下：“或者说我这一个月都过得不怎么样。”我不受控制地继续说着：“看吧，我在跟恶魔的化身共事，我特别想赢得某上司的青睐，可她总在阻碍我，我那所谓的导师简直成了我的灾星。来机场的路上我被淋成了落汤鸡，那居然是这两天以来我最接近洗澡的时刻。”说完我深吸一口气。我就这样一股脑儿倒了出来，猝不及防，完全不受自己的控制。

我的老天爷，我干吗说那些啊？我为什么说话没有经过脑子？很明显，我的脑子还没醒。

他好奇地注视着我，我觉得自己脸更红了。“我……我不知道我刚刚为什么说了那些话。”我结结巴巴地解释。

“感觉好些没？”他抬起头问我。

我点点头。

“可能你确实需要发泄一下。你确实看起来有点儿……”

我扬起眉毛，等他说完。

“紧张。”他说完后，笑着问道：“律师？”

我又点点头：“你怎么知道？”

他耸了耸肩：“好像在律师行业，人们会向别人宣告自己很久没洗澡了，就像得了荣誉勋章一样。”

我做了个鬼脸，他真是一语中的。萨帝尔总是说他没时间去搞个人卫生。“我太忙了，已经七十二小时没空换衣服了——青春都奉献给工作了！”他会这样感叹，像是做了什么值得自豪的事情。现在呢，我居然在这里，做着跟他同样的事。

“如果这份工作让你这么痛苦，那可能是时候考虑辞职了。”

我皱起了眉头。我现在是在飞机上，被一个陌生人责备我自己选错了职业吗？不过，是一个很帅的陌生人。我抬起下巴，想要守住自己那点儿尊严：“我并不痛苦。事实上，我开心着呢。”

“真的吗？”他问道，很像心理治疗师特有的那种口吻。

“我只是最近有点困难。但我真心爱我的工作。我能处理影响金融市场的大案子，随即会影响全球经济。我爱这个工作！”我在骗谁呢？“爱”这个词有点过头了。“我的意思是，这年头，谁会真心爱他们的工作啊？”我紧张地咯咯笑了两声，赶紧转换了话题：“不过我得到了一个很棒的机会，可以为我的将来打下坚实的基础。而且我相信以后上班时间会更好掌控……”我停下来思考自己到底想表达什么意思。“我只是一直认为，现在的牺牲是值得的……我不应该就此放弃……”我的声音越来越小。“老实告诉你吧，我都不知道自己最近在想什么。我太累了，根本无法思考。”

他困惑地盯着我，说：“那现在应该不是处理重要案子，然后影响全球经济的好时机吧。”他脸上闪过一丝笑意。

我有气无力地也朝他笑了笑，说得对。

“你有一点……”他的声音也逐渐变小，同时用手指指了指他的嘴边。我赶紧擦了擦我的嘴角。

老天！干掉的口水印！他嘴角又扬起了微笑。

我羞愧至极。

我把热水放到酒店的浴缸里，脱掉已经穿了二十四小时的衣服。现在已是周六下午六点，我从昨晚开始就一直在审查资料室的文件，没有睡觉，直到刚刚才结束。还好，文件没有我所担心的那样多。莎拉没有说对——资料室有董事会会议记录，但没有诉讼文书和契约。我给她发了邮件，内容包括我的摘要和已审查的文件类型，然后回到酒店房间，想着我接下来就换个衣服，收拾行李，然后回去。前一天我刚到达拉斯沃尔斯堡机场时，让接我的司机先载我到了最近的百货商店稍作停留。他开了差不多二

十英里，之后到了一个大型的尼曼百货。[1] 他在停车场等我，我进去买了一件内衣、一条内裤、一件衬衫和一条半身裙。于是出差账上又多了七百美元的衣物花费。买完我提着大包小包回到车上，感觉自己就像是住在公园大道的贵妇，出门血拼一天，司机和车乖乖等着。不过那些贵妇不需要再去办公室通宵审查文件，而我必须去。

过去三十四小时，我唯一的睡眠时间就是在飞机上靠着某陌生人肩膀小睡了三小时。我住在四季酒店的套房，一晚六百美元，里边有超豪华大床（丽塔开玩笑说床大到足够二十人狂欢），结果这房间不过成了一个存放行李的高价储物间罢了。所以当我走进宫殿般的浴室去拿洗漱用品，看到游泳池般大小的水疗按摩浴缸时，完全无法抵抗其诱惑。

我把酒店赠送的整瓶沐浴露都倒进了浴缸，然后爬了进去，让自己淹没在丰富细密的泡沫中，闭上双眼，想尽量释放当天所承受的精神压力：忘掉索尔在邮件中骂我“没用”，就因为五分钟后他要在办公室开会，而我无法参加（事实是，我在两千英里开外的达拉斯出差也是拜他所赐）；忘掉过去二十四小时莎拉发来的无数自以为是的傲慢邮件；忘掉因为数月没去拜访奈吉尔舅舅而产生的愧疚。统统忘掉这一切吧。可是，躺在奢华的浴缸中，周围是沁

〔1〕 尼曼（Neiman Marcus）：美国以经营奢侈品为主的连锁高端百货商店，是当今世界最高档、最独特时尚商品的零售商，能进入该百货的品牌都是各个行业中最顶级的，公司总部在美国得克萨斯州达拉斯。

人心脾的茉莉香，我却怎么也轻松不起来。我现在就应该出发去机场，赶紧回纽约……办公室还有好多活儿等着我去做……但谁也不知道我现在在哪儿……我应该享受这时刻。我心中两个小人在打架。我应该爬上那张舒适的大床，享受能够睡觉的每一刻。但我动不了。我太累了。我轻轻拍打周围的泡泡，看着它们在我指间轻快地跳跃，内心惊叹这种久违的、陌生的感觉——好久没有这么……干净了。什么时候洗澡不是生活必需，而成为一种奢侈了？我把头发浸入水中，想要整理一下思绪，但我的脑子还是止不住地飞速运转。我真的在飞机上靠着某陌生人睡着了吗？还告诉他我两天没洗澡了？还流了口水到他衣服上？我紧闭双眼，迫切地想把这些记忆从脑海里删除。我努力工作就是为了这一切，我提醒自己，强行把思绪拉回到超级成功者模式。我只需要好好跟索尔把这个案子做完，然后完成高地酒店的交易，最后星空集团的借调机会就非我莫属了。我沉到浴缸底，盯着天花板，思绪万千，直到水都凉了。

我从架子上取下一张绣有字母的奢华大浴巾，将自己裹进那舒适的埃及棉中。我还是逃脱不了水池旁放着的手机——闪烁，闪烁，闪烁，好似在嘲笑我。该来的还是会来，我知道不会是好消息，做好心理准备，拿起了手机。

收件人：麦肯茜·科贝特

发件人：莎拉·克拉克

你应该发现的时候就立刻告诉我们对方提供的文件不齐全。我们需要看诉讼文书。我会联系卖方的律师团队。我们解决这个问题之前，不要离开达拉斯。

我正准备回复，莎拉突然又发了一封邮件过来。

收件人：麦肯茜·科贝特

发件人：莎拉·克拉克

我们已经查到待审查文件的下落了。它们在加拿大办事处的仓库里。按原定计划回来，尽快安排去埃德蒙顿[1]。

该死！该死！该死！

[1] 埃德蒙顿（Edmonton）：加拿大阿尔伯塔省省会，加拿大第五大城市。

12

“我的天哪！我要是再为那女人工作一天，我可就要发疯了，”我向杰森抱怨道，他这会儿正在我床边站着，看我拆开行李，又重新整理行李。我回纽约总共就呆了八小时——这八小时里我洗了些衣服，为马上又要奔赴的行程收拾行李，还和杰森大吵了一架。

我迷迷糊糊回到住所大堂的时候，看见杰森简直不能再惊奇了。刚刚坐完飞机，我感觉自己累得像狗一样，而且似乎已经处于了半脱水状态。我甚至木然地站了一会，呆滞的大脑才意识到那个人就是杰森。但是杰森似乎在低声和艾迪进行着一场激烈地讨论。他俩看见我也是满脸诧异，好像我刚从坟里复活一样。他后来说，他那样看着我是因为我看起来糟透了，简直比死人脸色还要差。

杰森向我解释说，他想到我公寓里去拿几件落在那的衣服，艾迪却为难他，不想让他在我不在家的情况下进去。我觉得非常费解，毕竟艾迪什么都知道，谁的另一半是谁、谁的一夜情对象是谁，他甚至连大楼里每个人叫外卖的喜好都一清二楚呢。他无须使用呼叫住户的蜂鸣器来询问，就知道外卖应该送到哪一家去。要是塞给艾迪一张百元大钞，估计开膛手杰克都能顺利进入大楼。我家公寓楼什么时候成了戒备森严的诺克斯堡，我自己都不知道。不过杰森拉着我进了电梯，我没时间去问一问艾迪什么时候开始这么严格起来了。

“她真要把我搞到疯人院去才开心啊！”现在我一有时间就对杰森说道，一边说一边从最上边的抽屉抓起一把袜子。

“你要是一直这么不停说下去，我估计咱俩都得进疯人院。”他拿起我床边一本旧的时尚杂志，漫不经心地翻阅着，声音几乎是自言自语那样小声应付我。

我难以相信地看着他。他此刻要挑起一场争吵完全也太自私了吧！我们能在一起的时间那么少，而且我马上要被驱逐到另外一个国家去！还不知道要去多久。我完全不能理解——杰森一直以来不是充满爱心、充满理解的吗，为什么最近我需要一双倾听我发牢骚的善解人意的耳朵之时，他却如此不屑一顾。直到那一刻我才发现最近和他的关系多么令我挫败。我放下手中正在往箱子里塞的袜子，我的沮丧之情被一点即燃了，我问他：“你什么意思啊？”

“我只是说最近你自己不也是很难相处吗？”他把杂志扔到我床上，“我的意思是，要是我们搬出来一起住，我希望你的生活更加……”他迟疑了一下，仿佛满脑子在搜寻合适的词，然后他加了一句：“平衡一点。”

“这就是你要说的？搬出来一起住？我压根不知道为

什么艾迪今天不许你进来。”

他的额头凝重了起来：“那倒不是什么大问题，小麦。即使我们真在一起的时候，有好几次你也心不在焉的，你太投入 F&D 的工作中了，即使没在工作，你也一直在抱怨工作上的事情。你知道我们是在同一家律所工作，对吧？”

“哦，对不起，我的抱怨影响到你了？”我刻薄地问道，声音比我想象中还要更加尖锐一些。“你上次周末加班是什么时候？或者你上次通宵工作是什么时候？我们是在一家律所工作，可是我们完全是两个世界的人好不好！我必须努力工作。我要是失业了可不能指着我爸来养我。”我自己能听见我每说一句话声音就更尖了一点，但我不在乎。我对他的怨恨这些天来已经开始发酵，此时的吼叫似乎也是自然而然的了。

“停一下，”杰森抬起一只手阻止我继续说下去，“在这里停一下，”他脸上露出无比惊疑的表情。我立刻就后悔了：不该把他父亲扯进我们的争吵中。

杰森在成功父亲的阴影下生活了太久，克莫德是一个家喻户晓的姓氏。每次别人提起他的名字都会说：“杰森·克莫德？就是克莫德 GPS 那个克莫德吗？”这样的问题经历过太多次，杰森已经失去了自己扬名立万的机会了。而即便是别人不指出这一残酷的事实，他的父亲也会毫不留情地让他意识到这一点。杰森曾经向我坦白，说他最害怕的事情就是此生难以把自己的成就和他父亲的成就分隔清楚。

在他再次说话之前，我说道："杰森。"

"我不知道为什么你觉得我不像你那么努力工作，我不知道为什么你觉得我有什么内部的优势。来，我给你提供一下信息简报，我告诉你，我可能没有全身心盲目地去相信 F&D 那套说辞，但这并不意味着我就没努力工作。大律所那帮人把屎拉到碗里都会告诉你说那是香甜可口的冰淇淋，小麦。你以为超负荷工作就是更加成功，世界不是这样运转的。"

"哦，那你可得给我启蒙启蒙，请赐教，世界怎么运转的。"我的回答充满了讽刺之情。

他摇摇头，撅起嘴唇，好像打算从身体语言上就制止自己说出内心的想法。一阵沉默之后，估计他也组织好了语言，他说道："你就认定了我就应该不分黑夜白天等着你的使唤，不管自己的安排是什么都要因为你的安排另外更改，就为了瞅上你一眼吗？"

"你明明知道就算我有安排对于那群人来说也完全没有任何意义！上个月有个律师因为要加班，连新婚蜜月都取消了。你当真觉得我可以说'哎呀，不好意思，我和我男朋友约了一起吃晚饭呢？'"

他瞪了我一小会儿，说："我觉得你是可以考虑到我的，是这样的。"

"那根本就行不通！"我尖叫道，我深呼吸了一口，试着温柔一点对他说道："在我们部门里，你不能……"

他朝我摆了摆手，那意思就是他已经听够了。"看在上帝的份上，小麦，你就省省吧，别再给我来一堂'在公司法部门’的说教了。你们部门又不是孤岛，你明明知道的。我们其他部门的人也要工作的好不好？”

我默默地注视着他，我现在不想接话，因为我知道我肯定会说，他每次下班之后我起码还要再工作五个小时以上。或者，我会告诉他，我已经好几个月没有休过周末了。又或者，我会告诉他，他的上司从来不会说他是“没眼色的东西”。虽然我什么都没说，但是我的表情出卖了我，因为他仿佛知道我在想什么，脸上一副愤怒的样子。

“好吧，好吧，”他做出举手投降的姿势，说，“很明显你的工作比我的紧张！而且重要多了。所以我活该在你这儿等着”。他颓然往床上一躺。“那你什么时候能把我列入你那繁忙、重要的计划里，你再告诉我吧。”

“我不是那个意思。你现在是把话硬往我身上安！”我的语气变得有一点心慌。

“哦，新闻时间！小麦。”他从床上跳起来，愤怒地用手指着我说：“我的工作也很紧张，我也确实在努力工作，只不过我可不像你这样不停地抱怨、抱怨、抱怨。”

“哦，你不抱怨？”我胳膊交叉抱在胸前，怒视着他。

他用手梳理着头发，看起来非常生气。一瞬间，我俩谁都没说话。我能看见他气愤地喘着气，胸口随着呼吸起伏着。我以为我们的争吵就此可以结束了。

他从我床上抓起外套，喘着粗气说着：“去他妈的，小麦。”然后，头也不回就走了。

“所以那女魔头给我指示让我去埃德蒙顿，我还得在路上一路欢歌吗？”我大叫道，但是我得到的回应只是他狠狠摔门而出的撞击声。“这下可真好，”我嘀咕着合上了旅行箱，“这下可真他妈的好”。

十一月的夜晚已经寒风凛冽了，我出门准备招一辆出租车向机场出发。在我刚刚招手那一刹那，一辆出租车从两条车道外猛然变向，差点儿撞到一名行人，停在我面前。我估计不止我一个人不想浪费时间吧。我坐进出租车，一下子陷入了已经下沉的革料座椅上，我仍然沉浸在愤怒和悲伤之中。出租车转向第九十六街，向肯尼迪机场开去。出租车司机开得特别野，插了前面两个车的道，我坐在座位上被甩得前俯后仰。我紧紧抓住窗口边的乘客手柄，旁边的车都在对着我们的车大按喇叭。为了缓解疯狂出租车带来的不适感，我打开了车窗，让冷空气吹一些进来。我靠在座椅椅背上，闭上眼睛，让冷风吹到脸上，这样可以让我晕车的感觉减少一点。

“你娘的！傻瓜！”出租车司机摇下他那一侧的车窗，挥舞着拳头恶狠狠地向他前面的车吼道。

“阿门。”我喃喃自语说道。我的心思又飘回到杰森身上。我们究竟为什么就吵起来了呢？诚然，我最近抱怨得多了一点，但是谁在我这个处境难道不都一样吗？他真的需要在我在纽约落脚的短短八个小时里来挑刺吗？虽然不情愿，但我还是打算将自己置身在他的位置再来想一想。我估计最近我确实不那么好相处，我意识到最近我和身边的朋友确实挤不出时间来相处。就在今天早上，星巴克的咖啡师让我再重复一次我点的单，我就把她呵斥了一顿。可是我第一次点单的时候声音确实很小，几乎就是喃喃自语嘛。而且我回想起来我在机场的时候确实撞到了一位老妇人，可我根本没时间回头去看看她的情况。我是什么时候变得这样匆匆忙忙和烦躁紧张的？我努力想回忆一下最近一次真正放松的时间是什么时候，可怎么也回忆不起来。就在我认真分析我枯竭的人际交往时，电话铃响了。我如释重负地呼出一口气。杰森终究还是不愿意在我大老远去埃德蒙顿的路上还惦记着吵架的事，他先来找我和解了。这男人每次不说一句我爱你就不会挂电话呢。所以，他肯定会因为挑起战端来找我道歉和解的。我心里已经准备原谅杰森了，可仔细一看，才注意到来电显示上面的名字是金。

“嘿，你在过来的路上了吗？”她无比欢欣鼓舞地问我。我脑子极其疲惫，仔细搜索着她是指我要过去做什么的路上。忽然，我想起来了——新一季《单身汉》[1] 的首播集！从我们大一的时候开始，金和我形成了一个仪式。她会做一些喝的，我会烤一些吃的，然后我们开始一起看二十五名绝望的单身女孩为了一个看起还不错，但是实质上特别空虚无聊的男士而豁出去，以动物本能一般的争斗来赢取男嘉宾的喜爱。有时候我们还会以节目每一集拍摄的地点组织一些主题之夜的活动——要是夏威夷的主题，我们就准备调制鸡尾酒和澳洲坚果饼干；是坎昆（墨西哥旅游城市）主题的话，我们就准备玛格丽特酒和吉事

[1] 单身汉（The Bachelor）：美国 ABC 电视台晚上八点的一个真人秀节目。该节目的方式为二十五个女性嘉宾让一个帅哥挑来挑去，通过去美丽的景点游玩，增加彼此间的感情，然后男性嘉宾会将玫瑰花送给心仪的女嘉宾。

果；或者如果是西班牙主题，那么我们就会准备桑格利亚酒和馅饼。有时候我们会玩喝酒游戏，如每当有人说“旅行”这个词，我们就喝一杯。我们的单身之夜陪伴我们度过了考试、难堪的分手和心碎的很多时刻。每当我们需要庆祝什么事情，或者情绪低落想找个借口放肆一把的时候，都会想着组织一次单身之夜的活动。然而，最新一季的《单身汉》今天首播，我却困在这傻乎乎的出租车上面。

“我完全忘掉了，金。我真的很抱歉，我今天晚上来不了了。”

“真的吗？”她的声音听起来充满了失望，“你怎么可以错过首播集啊，这种情况下那些工作上的疯狂事情都应该停下来嘛！”

“你一定不会相信，女魔头把我驱逐到埃德蒙顿了。我现在正在去机场的出租车上。”

“你那混账导师？你的意思是直到现在你还没告诉她滚远一点吗？”

“你知道我多么不擅长处理冲突！我现在正在尝试用‘以德报怨来杀死她’的方式呢。”

“难道用餐刀干净利落捅死她不更有效吗？”

“哦，那还得面对整个谋杀罪和牢狱之灾的危险啊。”出租车司机从后视镜看了我一眼，我向他的方向挤出了一个非常勉强的笑容。不用叫警察，先生，做做白日梦又不犯罪。

“我估计送玫瑰花之后的庆典仪式和后面他们要分手

什么的，我都得自己一个人看了，”她长长叹了一口气，“不过要是我喝多了，打电话给 ABC 电视台报名参加女嘉宾选拔，这事儿可得算到你头上”。她虽然是开玩笑，但是明显听得出还在赌气的感觉。

我向她保证，我不会让这种事情发生，并且再次道了歉，这才挂断电话。

我靠向椅背，闭上双眼。我开始想象飞机在准备起飞的时候偏离了跑道，我被撞击到昏迷——终于可以把缺失的睡眠都补上了。就睡它个整整两周，我肯定就够了。脑海里一个细小的声音告诉我，这简直是疯透了。哪个正常的人会希望自己乘坐的飞机遭受撞击。

一声尖利的刹车声，出租车骤停在红灯面前，我手边的马克·雅各布提包随之滑到座位另一边去。我立即拿手去勾住它，却跌倒在出租车地板上——那一潭神秘的污泥。我把提包抱在身上，默默地庆幸我和它居然在去机场的这旅途中都还幸存下来了。摸着手上柔软的皮料，我想起了今年早些时候的事情：我姐姐过生日，我原本打算坐火车到波士顿给她个惊喜。但是罗斯周四的时候给项目组发了个邮件，告诉我们整个周末都需要我们加班。虽然去不了波士顿，我还是想给玛格丽特一个惊喜，所以我到萨克斯的官网上挑选了马可·雅各布牌的一款女式包，选择了礼品包装和即日送达，体会了一把用金钱解决问题的感觉。我知道那肯定会是她收到的最好的礼物。玛格丽特的运动天赋帮她拿到了杜克大学的全额奖学金，但是大三的时候她的交叉韧带被撕裂了，这就意味着奖学金立刻就没有了。爸爸妈妈把房子拿去办了第二次按揭贷款，这才确保了她能顺利毕业。毕业以后她在爸爸当校长的学校，凭着自己教育学的学士学位获得了教职。在那学校里，她遇见了后来的丈夫，卢克。他们有一对五岁的双胞胎，不过就凭他俩教师的收入，经济上还是有点捉襟见肘的。

“小麦，这是我见过最美的东西啦！”她兴奋地高声说道，紧接着，电话被移开了一段距离，我听见她低声说：“亲爱的，你去帮埃文上一下厕所，我马上就过来。”

“颜色还行吧？”我问道，我知道颜色肯定错不了。我给她买的黑色，她相信黑色是百搭色，什么着装都能配。

“太完美了！”她激动地说道，“而且这皮革摸起来就像小婴儿的屁股一样光滑，我就知道！”

听着她声音里的喜悦，一阵自豪涌上我心头。在某一个时刻，我不再无情地只想着去超过她了，我更希望我们都能成功。我现在的生活，我为自己定下的目标，从某种程度上也实现了她的梦想。

“哪家航空公司，女士？”司机的询问把我拉回到现实当中。

“达美航空。”我把手提包抱得更紧一些了。这就是问题的所在：每次我脑海那个细小的声音问我到底为什么留在大律所，我都无言以对，取而代之的是一种关于大律所的工作就是成功的标志的感觉——我觉得除了大律所的工作，其他的工作都无异于失败，都是滑稽的参赛彩带而已。这份工作任务的确很艰巨，但是工作就是工作。这是野兽的本质。正是如此，我一直都忍受了下来，而且现在正准备登机前往埃德蒙顿。

“只来了你一个，我还真是吃惊。这里有好多箱资料哦。我记得我明明告诉了电话那头的女士呢。”分配给我的助手大惊小怪地说着，他带我走过地牢一样的通道，来到法空的仓库里，他继续说道：“莎拉，我想她是那个名字吧？她还说没问题呢，我以为你们整个团队都会过来。”

我内心使劲翻了个白眼。莎拉是不是还要求把我锁在仓库里，不能给一点食物和水啊？我还真是一点都不吃惊呢。

“没有啦，就只有我。”我努力表现出很友善的样子。四年大学生涯，三年法学院求学，全国最难的司法考试，我统统都熬过来了，而现在我却落得这么一个下场：被虐待狂发配到靠近北极的沉闷的仓库里。我试图把思绪调整到积极正面的频道去，不过想来想去只有对自己说：至少这已经最糟糕了，不可能比现在还糟糕。

助手滑开了仓库的拉门，我看见了里面的东西。数十个箱子堆得老高，都快到天花板了，每个箱子上都很随意地用黑色马克笔写着简略随意的笔记——“2013 年 11 月”，“2010 年合同”之类的。这些箱子摆放得毫无规则可言。“呃，全部都是法空的啊？”

他点点头：“都是法空的。这里就是‘我们到底要把它往哪里塞’的那类型箱子的存放地。我都不清楚我们还有这些东西呢。”他眼睛在这通风不佳的仓库里扫了一圈，“不管如何，有什么需要告诉我好吗？”他同情地说完，就离开了。

我不敢相信地快速看了一下这么多一堆又一堆凌乱摆放的客户的箱子，意识到我之前的想法是错的——在大律所，永远会有更糟糕的情况。

五天之后，我登上了死亡之星大厦的电梯。我手里拎着两包鼓鼓的袋子，我发现我旁边穿灰西装的男人正悄悄看我的袋子，那袋子装满了小零食，我搭了些纸巾在上面试图掩饰一下我的存货，不过这些零食此刻都一个劲地向外冒。我也不能怪他爱管闲事，他肯定早就习惯大家手提公文包，腋下夹着文件夹的样子。他肯定没见过谁把全酒店里的迷你吧都搬空拎在手上这种阵势。我在埃德蒙顿住的是费尔蒙酒店的套房，他们有一应俱全、充足供应的迷你吧，其收费简直高得离谱。第一个晚上我拿了一条超大型的瑞士三角巧克力和一包果冻小熊糖当作晚餐，这使我忽然想起来，迷你吧的开销也可以纳入我巨额旅行花销的黑洞中。于是我有了个主意。我快速算了一下，迷你吧里所有的东西加起来差不多二百九十美元。对于数十亿美元身家的客户而言，简直是九牛一毛。因此，每天经历了十二个小时在仓库的工作，回到酒店我就会把迷你吧里所有的东西都倒进我的旅行箱里。就像魔法一样，迷你吧每天

都会再次被摆满。要是这样装上十天，我都能建一个藏身之地了。不过即使才五天，从袋子的重量来看，东西也不少了。

还好二十七层的电梯已经被人按下了，这使我有机会重新整理一下搭在上面的纸巾，以免招来更多好奇的目光。其实我一点也不用担心，因为所有的眼睛都被悬挂式显示屏的头条滚动新闻吸引了。这样看新闻也就是我们日常唯一的新闻来源了。

“亚历克·鲍德温主持《周六夜现场》最后一季”，几秒钟以后，“中国大地震已致1689人死亡”，诸如此类。把显示屏挂到电梯里的人简直就是天才，沉默的人们之间那种尴尬的气氛得到了有效的缓解，大伙也再不用一个劲地盯着电梯门上面的数字看——好像盯着看就比沉默地站在一起有趣多了一样。

电梯在二十三层停下，挤上来三个人，他们手里托着从餐厅端来的食物，努力地保持着平衡。玛利亚是莎拉的秘书，她也在，我虚弱无力地向她点头算是打个招呼，不过她避免了和我眼神接触。我和玛利亚说过很多次话，虽然她上司是个老巫婆，可玛利亚本人一直都是很和善的啊。她脸上的表情是在怜悯我吗？还是莎拉又有什么神秘事情等着分配给我？是要把我发配到西伯利亚去吗？你太多心了，我对自己说道。但是玛利亚真的是哪个方向都看了，就是不看我这边。

我慌慌张张地走出电梯，根本没注意到杰森穿过玻璃门向我走了过来。他双目圆瞪。

“小麦，你到得好早。”他一把将我拉到怀里，在额头上亲了一下。他似乎根本没意识到我们身在何处——这比我们平时在办公场所表现出来的关系亲密太多了。好像他也想到了这层意思，他又立刻放开手，矫枉过正地站开好远一段距离。

“早？几点啦？”我双手都完全被袋子占据了，没办法看时间，不过从电梯里来来往往的人流判断，此刻应该正好是九点左右的上班高峰期。

“我想着你的旅途行程会耽搁你一会，会晚点来上班呢。”当他说“旅途”的时候我就在想，他是不是压根就不知道，我可没有在游泳池边呷着水果饮料呀。

“没有时间休整一下疲惫的身体啊，是不是好惨？”我轻叹一口气，“你跑到二十七层来干嘛呢？”杰森偶然造访二十七层的概率简直微乎其微。他总是说公司法部门的领导会让他起鸡皮疙瘩。这我倒不能怪他，我自己对这些大人物也是能躲就躲。

“我是想在你办公室留个纸条给你惊喜，欢迎你回来。”他咧嘴一笑，那么的阳光明媚，我感觉幸福得都站不稳了。

我脸上也绽放出甜蜜的笑容。在埃德蒙顿的时候，我没有收到杰森的任何消息，我还以为他仍然在生气呢。这会和他面对面相见，去埃德蒙顿之前所有的不愉快都顷刻烟消云散了。

“杰森，最近我确实像丢了魂儿一样，真的很抱歉。”我靠近他，拉了一下他的手，“你是对的，我们之间老是照着我的时间表来安排很不公平，而且……”

这时电梯“叮咚”一声不合时宜地响了，麦斯威尔和罗斯走下电梯，看起来急急匆匆的。杰森和我立马站得笔直，在他们必经的路上散发出一种“我们正在进行一场专业的、工作相关的谈话”的气息。当我确信他们走得够远，听不见我们说话的时候，我对杰森说：“我答应你，从今往后你都会考虑在我的安排之中。我来弥补你好吗？今天中午一起吃饭，我请客？”

“今天不行。”他把双手插进裤袋，前后摇晃着脚后跟，“真不凑巧，今天我太忙了”。

“那明天呢？”

“当然可以，”他点点头，“明天可以”。他的语气和他的身体姿态一样僵硬，我忍不住猜想附近是不是还有我没注意到的合伙人。

“好，那我们晚点再联系。”我也用他的语气来说话，并且爽快地点了点头作为道别，好像害怕有哪个爱打听的人把我们瞄上了一样。一直走到走廊的一半我才想起来，杰森过来时候的方向和我办公室的方向完全相反。

13

“你‘纳’的什么呀?”在我走近时，丽塔好奇地问我，扬起一边拔得过头的眉毛。

“从蒙托克项目给你捎的小礼物。”我答道，把两个袋子放到她椅子旁，坏笑了一下，然后进了办公室。

她打开口袋，高兴得大叫：“你简直就像圣诞老人!”

我愉快地笑了，庆幸自己可以为丽塔做点好事。最近很多天以来，她是我接触到的神志最清醒的人。

“这都是怎么了啊?”萨帝尔抱怨道，朝门外望去。很明显，他不习惯办公室里出现欢快的声音。

我无辜地耸耸肩，打开 outlook 的邮箱。

收件人：麦肯茜·科贝特

发件人：妈妈

嗨，宝贝儿!

我只是想提醒你一下，今天晚上是奈吉尔舅舅的退休庆祝派对。很遗憾爸爸和我不能到场，不过还好有你可以代表我们科贝特家去参加！我很久没收到你的邮件了，我知道你一定很忙——记得补充维生素 C 哦！还要保证睡眠！

爱你

妈妈

睡眠。看到这俩字儿我就恨不得马上昏昏睡去，酣睡十二小时。我使劲摇摇头，把这种幻想从我脑海中赶走。我绝对不能错过奈吉尔舅舅的退休庆祝派对。他为自己的律所殚精竭虑三十五年，现在终于要退休了，他一定感慨万千。我在心里默默发誓，这事儿一定不能被工作给耽误了，随即赶紧着手计划晚上的逃跑方案。

九小时后，我顺利坐上了来接我的车，朝康涅狄格州的达里恩市开去。出发的时候我给本和莎拉发了邮件，告诉他们我家里有急事，今天晚上会有一小段时间联系不上。严格说来，我撒了个谎——派对或许不能被算作急事——但如果我因为工作错过了这次派对，那可能就会造成需要去医院急救的急事了。所以我这样做最恰当不过。

四十五分钟的车程让我绷紧的神经稍微放松了下来。我开始憧憬四月我将跟杰森住在一起的日子。那个时机正好，如果没有发生意外的话，同居几个月后我会被借调去星空集团，周末可以正常休息，享受新生活。我闭上双眼，路上轻微的颠簸让我昏昏欲睡，脑海里幻想着周日慵懒的早晨，赖在床上，悠闲地看看报纸，品尝美味的早点。

手机突然响起，将我拉回现实。不用看呼叫人我就知道，一定是我妈妈打来的，想确认我正在赶去奈吉尔舅舅派对的路上，以及我不需要爸爸在网上帮我查好路线。我妈总会担心，任何时候我去别的州，甚至是离开住所，我都会迷路。

“你确定司机知道路线吗？”我妈紧张地问。

“是的，妈妈，”我不耐烦地回答，“人家有 GPS 呢”。

“你知道吧，那玩意儿又不是一直都精确。有时候有些道路会改道，如果他的 GPS 没有及时更新的话你就会——”

“妈，”我及时打断她，知道她即将又要滔滔不绝地讲述有人用了没更新的 GPS 后发生的可怕故事了。“我不会走丢的，如果我走丢了我就给奈吉尔舅舅打电话。”我用自己最冷静的语调告诉她，让她不用担心。

“那好吧。记得替我给他一个大大的拥抱哦”，她略带遗憾地说，“告诉他圣诞节我们会想念他的”。艾伦舅妈送了个退休大礼给奈吉尔舅舅，是长达一个月的豪华游轮游，十二月二十日就出发。所以圣诞假期舅舅不能回家团聚，妈妈感到很遗憾。

“我会的。”

“谢谢你这么忙还抽空去，小麦，不过我知道，你去了的话，舅舅会非常开心的。”

“没问题，妈妈。”我柔声回答，真希望我不是隔了那么久才又去拜访舅舅。我其实九月十一日就该给他打个电话的。“9·11”事件发生那天，他失去了很多同事和朋友，所以每年九月十一日，他想起那段糟糕的经历，心里应该都不好受吧。

艾伦舅妈为奈吉尔舅舅精心安排了这次派对，他们家来了一百多号人，朋友、工作伙伴和亲戚统统都来了，大家庆祝奈吉尔舅舅功成名就，祝福他退休后幸福安康。不知为何，我想象中索尔的退休派对不会是这个样子，可能会出现这样的情景：几百名律师手拉手，欢喜地唱着：“叮咚女巫死了![1]”而奈吉尔舅舅的派对上，都是满满的爱意和对舅舅的尊重与喜爱，祝酒环节就持续了将近一小时。

大家祝酒的时候，我没敢拿手机出来，创下了最新纪录——一个多小时没有看手机。之后，我偷偷溜进书房，没有新邮件——福如天赐！书房是我在舅舅家最喜欢的房间，我在这儿逗留了一会儿。一张舒服的沙发，配上一个双人座小沙发，周围是嵌入式书架，给人感觉是回到了从前的单纯时光，那时人们仍然阅读纸质书，而不像现在被

---

〔1〕 叮咚女巫死了（Ding Dong the witch is dead）：1939 年美国经典影片绿野仙踪的插曲之一。

电子阅读器所俘虏。书架被摆得满满当当，最外一层放的是法律期刊，我抚摸着那金色镶边的书脊，惊叹于人们做法律研究时，曾使用过的精妙方法。我拿出一本期刊开始浏览，为前人的研究深深着迷，回想起刻在乔治敦法学院正大门上方的拉丁文，FIAT JUSTITIA，RUAT COELUM：“纵使天堂陨落，也要伸张正义。”听起来如此高贵，可这什么时候悄然变成“赶紧他妈的做完这笔交易”？

房间一隅有一个皮革桌面的写字桌，上面放着两个大文件箱，估计装着奈吉尔舅舅办公室搬回来的东西。最上面的一张裱框照片引起了我的注意。妈妈、爸爸、奈吉尔舅舅、玛格丽特和我——我们穿着冬装，脸被冻得通红，互相拥抱着在纽约双子塔前的合影。我拿起相片框，用手指抚摸表面的玻璃，突然觉得喉咙堵得慌。虽然照片距今已有十八年，可我闭上双眼，仍能清楚回忆起当时的感觉。我们进入高速电梯，内心充满期待，我们将飞速到达纽约世贸中心顶层，电梯非常快，我觉得耳膜都要破了。

我曾激动地想，从一百零三楼看下去，会是怎样的景象呢？但当我走进奈吉尔舅舅巨大的角落办公室的时候，并不是美景让我倾倒，而是那种满心的敬佩之情，让我仿佛看到自己梦想中的未来。屋子角落坐落着一个光滑的弧形办公桌，上面是笔记本电脑和一个镀金的活动雕塑。办公桌左边放着一张豪华的黑色皮沙发和一个咖啡桌，桌子底部同时还是鱼缸，里面五彩缤纷的鱼跟室内单一的色调形成鲜明对比。当时我十岁，从未见过这样的场景。

迷宫般的走廊里，人们进进出出，忙得热火朝天。衣着光鲜的律师们神色笃定，步履匆忙，一切都显得那么重要和权威。我坐进奈吉尔舅舅巨大办公桌后面的高背皮椅，感到……胜利般欢欣鼓舞。从那时起，我就知道自己以后想干什么了。

“嘿，我就知道你在这儿。”一个声音突然响起，打断了我的思绪。

“噢，嘿，舅舅，不好意思，我刚溜进来看看身上的枷锁。”我举起手机给他解释，随即变换了话题：“这派对超棒！艾伦舅妈办得太好了，简直超越了自我。”

“她当然。你拿的什么呀？”

“噢……”我把照片翻过来，内心一阵尴尬，生怕看起来像在偷窥舅舅的东西。

“那照片拍得很棒，是吧？”舅舅啪的一下坐在沙发上，满足地呼出一口气，站了几个小时终于可以坐下休息了。“很难相信我再也没有办公室来摆放这张照片喽。”

我挨着他坐下，心怀感激此时可以跟舅舅聊一聊，毕竟不久后又要赶回办公室了。可我的脚因为紧张而局促不安，我的大脑还在飞速回想待办事项，我的身体还充满着咖啡因的效力，我简直无法静静地坐着。

“确实很难相信，”我答道，“你会想念那一切吗？”

他想了一会儿，“我肯定会想念的，但我已经准备好了”。

“恩，我知道艾伦舅妈可高兴了。”

“她等这一刻等了好多年呢，”舅舅咯咯笑起来，“‘9·11’事件后，她曾对我说：‘如果你经历过从那栋着火的楼里跑出来，都还不愿意退休，那我也不知道怎样你才会退休了。’”

“我记得我听她那样说过一两次，”我笑了，“你那个时候为什么没有选择退休呢?”奈吉尔舅舅从来没有主动提及太多那天的情况。我知道那天他在一百零三楼，也知道他逃脱了出来幸免于难，但我知道的仅此而已。我从没勇气问他更多，他也似乎从不想谈及。但今天有点不一样。也许因为今天代表了他个人一个时代的终结吧，抑或是现在我自己也是律师，我俩成为同行而不再是导师与徒弟的关系了。不管怎样，这次谈话突然显得很必要。

他和善的棕色眼睛让我想起我的妈妈。“事实是，我爱我的工作。我不想蜷缩成一团，生活在恐惧中。我想继续将我所爱的事业做下去。”

我内心突然升起一阵热切的渴望，渴望我能跟他一样热爱自己的工作。等我争取到借调机会后，一切都会好起来的。我毅然告诉自己。

“但那很难。那次事件之后，很多事情都变了。对每个人来说都是这样。”

我点点头。“那天是怎样的情况呢?”我小心翼翼地问。

他的表情看上去好像在思考要告诉我多少信息。“好吧，”他开始讲述，“上午不到九点，第一架飞机撞上的时候，我跟另外十位律师正在会议室”。

我的脚不再感到局促不安，大脑也停止了飞速运转。好像我的身体终于消停下来，不再想着永不止步，不再强迫自己保持清醒，不再集中心思准备之后的工作。这一刻我唯一要做的事情，就是聆听。

“我那天本来要开会商讨一周后我们得提供的证词，我刚站起来发言，突然就看到一架飞机直冲我们而来。会议室是大型落地窗，阳光灿烂，天气明朗，你能看得一清二楚。就在那一瞬间，它撞上旁边那栋楼，一个巨大的火球从侧边喷涌而出。我从没见过如此严重的事故。火球差不多有八层楼高，看上去像要把我们这栋楼也吞并了。一切都停止了。几个人跑到窗前想看个究竟，然后有人大喊‘大家快跑！’我们一下子回过神儿来，都开始往楼梯和电梯跑。然后楼里广播发出通知，告诉我们这栋楼是安全的，让我们回办公室。”舅舅讲到这里，生气地摇摇头。“很多人照办了，但你是了解我的，我一直以来都不乐意听别人指挥我干这干那。我高中老师称之为‘质疑权威’。”他似笑非笑，然后表情黯淡了下来。“我会议中的另一位合伙人听信广播的通知，回到了办公室。我们叫他跟我们一起走，但他觉得，我们这栋楼是安全的，我们此时逃跑很不可理喻。他说他很忙，没时间下那么多层楼，十分钟后又要被告知回去。他再也没出来。”奈吉尔舅舅凝视着地面，有那么一会儿，我以为他无法继续讲下去了。

“一些同事去搭电梯，但我很讨厌那栋楼的电梯，它总是有问题。于是我决定走楼梯。有一百零三层楼呢，我知道这对于我的血压情况来说，很艰难。可我感觉如果自己能掌握好步伐节奏的话，我就能做到。我下到四十楼的时候，第二架飞机撞上了我们这栋楼。简直跟地震一样，整栋楼都在摇晃，有人大声尖叫。这时烟雾开始在楼道弥漫，墙开始倒塌。特别热，人们比肩继踵。然而，每个人都出奇地冷静。没有人推搡。一些人在哭，一些人在祷告。我永远记得我们必须跨过的那一大堆鞋。大家都把鞋脱了，丢到角落。我尽量把注意力集中在楼梯上以便保持平衡，但我还是踩到地上的一摊咖啡，摔倒了。一名消防员正在上楼救人，刚巧经过，蹲下拉了我一把。‘先生小心点儿，’他说，‘每个人都能平安出去’。他是非常年轻的一小伙子。”奈吉尔舅舅热泪盈眶，他赶紧擦掉了。

“我很久没有谈及此事了，”他紧张地笑了两声，“其实吧，我一般都尽量不去触碰这段记忆。但今天它一直在我脑海里萦绕着，谢谢你跟我聊起这个”。他长叹一口气，略显疲惫。“我觉得今天这种日子，我真的需要有人一起聊聊这件事。你知道吗？那天晨会中，有三个人最后都没有逃出来。我一直都想着他们。幸免于难的其中两人今晚也来参加了派对。生活中总是充满各种不确定因素。不管你是否年轻，是否健康，最后你是否属于幸运儿之一，归根结底取决于一些看似毫无意义的抉择。”

“感谢上苍你是幸运儿之一。”我眼里饱含泪水，感到一阵刺痛。

他捏了捏我的手，突然站起身，走到桌边，在盒子里翻找着什么。“给你，”他柔声说道，拿出一个小小的塑料卡片递给我，“我以前一直把它放在办公室，但现在你才是拥有办公室的人，我应该把它给你”。

我用手指抚摸着卡片表面，它已有些发黄和破旧，但还看得清上面的照片，奈吉尔舅舅朝我微笑着。即使是在这种登记照之上，舅舅也都是笑着的。

“这是我在世贸中心的证件。‘9·11’事件后，他们在废墟中找到了上千人的证件，之后还给了我们。我以前一直放在办公室，也算是以此提醒我生命的意义吧。”

“谢谢你送我这个，”我感激不尽，不自觉地把卡片放到了心脏的位置，“这对我意义重大”。我起身拥抱了舅舅，说：“不过这是庆祝你退休的派对——你应该是收礼物，而不是送礼物呢。”

他笑了。“小麦，我只是很为你骄傲。你是我们家的骄傲。谢谢你能来参加派对。”他指了指外面，热闹的派对仍在继续。

“我当然不会错过。”

“不过下次再来看我，不要再隔四个月啊。”他打趣道。

“不会的，我保证。”我信誓旦旦地回答。

14

我昨天晚上离开的时候没有关我办公室的灯吗？有那么一小会儿，我有一种奇怪的感觉，因为我对自己说的是：我办公室。萨帝尔两天前终于有了自己的办公室，搬了出去——对于三年级的律师来说，他确实等了太长的时间，不过对我来说，他留给了我觊觎已久的珍贵的窗边座位。再过几周，办公室又会安排其他人搬来这个办公室，不管如何，反正我现在可以品味一个人享用一间办公室的美妙滋味。

我确信我关了灯并且也锁了门。我大约凌晨四点左右回到家，短暂地睡了一会，冲了个澡，换上了我的盔甲。凭直觉，我觉得我今天需要一些可以振奋的元素，所以我选了我最喜欢的黑色羊毛外套，搭配了真丝雪纺内搭，还穿上了米色的鲁布托侧空高跟鞋。我选了亚历山大·王的大开口信封包搭在肩膀上，就如同一名士兵挎着他的枪。这一切都是为战斗而准备的。我可能会像需要听从吃药才能控制愤怒问题的中士的指挥，可能和女魔头共用一个营房，但这些，都不重要了。穿上这身盔甲，我觉得自己就像一位律师。无敌的律师。

在一瞬间，我也有点模糊的担忧：有人在我办公室吗？这会不过早上八点而已——丽塔不会这么早上班。我加快了脚下的步伐，冲进办公室，入侵者正拿着我办公桌上的东西。

“麦肯茜！”莎拉停住了手上的动作，她正把一份带标记的文件放我桌上。“哟，瞧瞧今天是谁决定要来上班啦。”我注意到她的声音中带着一丝颤抖。

“你到我办公室来干嘛，莎拉？”我皱着眉，眯着眼问道。

她脸上闪过一丝奇怪的表情，我发誓我看见她在酒吧角落的时候，那表情和此刻一模一样，不过很快，她又摆出了一副通常的愤慨表情。“给你这个，”她举起裁剪好的文件，上面有愤怒的红色标记，“我秘书九点才来上班，文字处理中心据说任务已经不堪重负了——他们说要五个小时才能返给我，我需要你查看一下这些改动。”

我的血液开始要沸腾了。我才不要她击碎我的盔甲，我才不要她击碎我的盔甲。“我要做的事情太多了，没时间做这个。”我很认真地对她说。

她薄薄的嘴唇卷曲成一个讥笑。“哦，你恐怕还没搞清楚这里的工作环境吧，狗屎都往下游流去哦，”她指了指她自己，又指了指我，“这些修改上午就得做完，是索尔要求的”。

“我真的没时间，我要……”

“麦肯茜，”她不耐烦地挥挥手打断我的话，她的眼睛死死盯住我，我们来了一次恶狠狠的目光接触。“来，我问你，你昨天晚上睡觉了吗？”

“什么？”

“你，昨天，晚上，睡觉，了，吗？”她在每个词后面停顿了一下。

我从睫毛缝里盯着她。我们之间的紧张的壁垒此刻拿电锯可能都锯不开。“睡了。”我终于还是嘶哑地从牙缝里挤出这句话。

“那你就有时间。”她把文件扔到我桌上。我简直想把我肩上的挎包直接扯下来，像奥运会的选手那样抡一圈，再扔到她自命不凡的脸上。我抑制住了这个无比强烈的念头，只是狠狠地盯着她大摇大摆地跨出我办公室。

她边走边说：“索尔十一点以前就要。”

我摊在椅子上，愤怒地长叹一声。我十分冒火，这就像是你不在家的时候，其他人跑到你家去自作主张的感觉一样。我把椅子拉向键盘的方向，发誓今天绝对不能让莎拉搞得自己不高兴，但是我气得通红的脸仿佛在告诉我，她已经成功让我不高兴了。

“这可真是个好主意！”说话时我挽着杰森的胳膊，我们正好路过第 86 街，向中央公园走去。

“嗯，你已经好久周六都没有出来走走了，”他靠近我，轻轻在我额头吻了一下，继续说："我就想着你需要去公园里散散步。"

为了把周六上午的时间空出来和杰森在一起，我可是动脑筋思考了计策呢。虽然周五晚上十点我就把文件完成了，但是我专门等到凌晨三点才把购买合同的草案发给本，请他审阅——我知道那样做的话，我至少可以争取到半天时间不用去管高地集团的业务。本最讨厌周六也工作了，多亏他有固定的周六上午去斯卡戴尔乡村俱乐部喝茶的习惯。他星期天之前不会因为草案的事再找我了，那样的话我周六晚上就可以把作战室里尽职报告的任务补上去了。另外，这个周末我运气还不错，法空的这宗交易并没有要求我做什么事情，索尔没找我，莎拉也没找我。正如同莎拉昨天要求的那样，我在上午十一点前把修改好的文件发给了她，从此以后居然就陷入一片神秘的沉默之境了。

"对，我就是需要散步。"我深深地吸了一口气，享受着自由的新鲜空气。现在是纽约最美的深秋季节，你会感觉有一种想要干上一杯的冲动，好像那样就可以为整个冬天储存热量。到处都是人，似乎整个纽约的居民都走出了家门，每个人都在享受着秋日的动人时刻。这些形形色色的人中，有人推着婴儿车，有人提着购物袋，还有人正骑着自行车。

我们推门走进星巴克咖啡店。杰森问我："和平时一样？"我点点头，心里涌上一股的暖流：有人知道我星巴克的平时点餐喜好，那真是再温馨不过了。我充满爱意地望着正在点餐的杰森，他面容如此英俊，开司米毛衣正好合身，我的心脏怦怦直跳。“你真的需要找个机会换换口味，小麦。”他笑着递给我咖啡，一杯特烫、无泡沫、无脂肪的拿铁。

“你知道我是个墨守成规的人啦。”我抓起一个纸板杯套，套在杯子外面，向上提了提，让它和饮用口保持平行，我们端着咖啡，又走到室外去享受清新的空气沐浴。我和杰森十指相扣，我喝了大大一口拿铁，一种平静而释然的放松感在我全身流淌。

“你看起来好开心，我就知道我从前的女朋友又回来啦。索尔再也不能折磨你了。”

“他只是这会不折磨我而已，谁知道呢？他也许躲在什么角落里，思考着周一的例会上怎么折磨我们吧。”我眼前浮现出一幅画面：索尔坐在他的办公室里，就像恶魔那样双手的指尖轻轻碰击，还对着他想出来的变态计划大笑不已。

杰森的眉毛古怪地扭由了，他奇怪地问我：“不是说交易已经终止了吗？”

“终止？”我摇摇头，“也许陷入了僵局，但是我没有接到停止手中工作的通知”。

“你没接到通知？”杰森看起来非常迷糊不解，“哦，我是觉得，你能挤出时间出来休息，肯定是交易终止了呢”。

“希望你一语成谶哦。”我轻轻捏了一下拉着的他的手。

我们穿过大都会艺术博物馆门前草地，那里一个慈爱的父亲正在挥舞着吹泡泡的手杖，巨大的泡泡让他两个孩子欢欣雀跃，他们还开心地一直喊着："再来一些，再来一些！"

我的思绪也开始游走。再来一些……我在想会不会再来一些尽职调查报告呢，甚至再一次被发配到埃特蒙顿去。哦，天哪，要是下次被发配过去的时候，莎拉也一同过去，那该怎么办？我尽量想把这些消极的想法驱逐到九霄云外去，但是我却不能控制地感到胃里一阵翻腾。与其一个人默默担忧，我决定还是认真思考一下怎么去处理这些顾虑。

"啊，你今天能休息真是正当其时啊！"杰森说。

"嗯？"我仍旧有点分神，心不在焉问道。

"我们今天晚上有周年纪念日晚餐啊。"他拖长了音调，富有深意地说道。

"今晚？"我停止了分神，思绪重新回到了现在。

"我昨天在你电脑上贴了个即时贴留言了嘛，你没看见吗？我在米其林餐厅格梅特伦已经预定了餐位，九点。"

我飞速计算了下时间。如果我明天早上起来得够早，用最快速度去做的话，周一的时候应该能顺利把尽职报告的备忘录发给本。

"听起来就很棒！"我把他拉向我身边，本来就紧扣的手指扣得更紧了，我靠近他的嘴唇，等待他亲吻我。"我买了你应该喜欢的礼物给你，特别适合今天。"我手指像弹钢琴一般在他胸口轻轻点过，内心对网络购物充满了感激。

“唔。”他轻声呻吟。

在我们一起走去格梅特伦餐厅的路上，杰森搂着我的后背，我决定把所有工作上的烦恼和最近的争吵都付诸脑后，今晚，我只需要静静享受这温馨的时光。我把一切都安排得非常妥帖——至少外出服饰搭配安排得已经尽善尽美了：我穿着红色的爱丽丝与奥莉薇亚牌的无袖连衣裙，连里面的内衣都是红色拉佩拉系列——复古蕾丝胸衣和成套的小内裤。我们最近分开这么长时间，彼此关系当中也出现了裂痕，事实上我还是十分担忧的，然而，我已经下定决心，要重新让一切回到正轨，要重新经营我们的关系。所以，我花了三百美元来买这么一套性感的内衣。似乎杰森也有一样的决心，因为今天晚上的他和最近的他也完全不一样——他今天显得尤为轻松、专注，并且特别迷人。

“你猜我们的服务员让我想起谁啦？”他靠到我身旁，神秘地悄声问道。

我佯装四处张望，快速瞅了一眼我们的服务员，他这会儿正在用唱戏一样的语调给我们后面一桌推荐特色菜品。“那谁谁谁——那什么酒店里的那个人。”我伸出手指在杰森面前摇来摇去，试图把脑海里那个人的名字想出来。

“雅克。”杰森特别夸张地戏剧化地卷着舌头说出了这个名字，我忍不住笑了出来。雅克是杰森弟弟结婚时候，酒店里的礼宾人员。杰森的弟弟娶了个南方姑娘，在得克萨斯美丽的海边组建了他们的家庭。一开始我挺担心的，因为杰森全家都要出席他弟弟的婚礼，不过杰森向我保证婚礼非常的低调，而且他家人肯定会爱上我的。当然，我对低调的定义和克莫德家族对低调的定义完全是风马牛不相及的。他们家为不在城里住的客人把酒店一百六十间客房都包了下来，还配了一个专门的礼宾人员，那就是雅克。雅克给人的感觉就是，他最大的生命乐趣在于使客人都满意而归。“请尝试一下我们久获褒奖的早……餐吧，”雅克说话就像唱歌一样，卷舌音在不必要的时候也非常明显。我们到酒店不到十分钟，他就推着餐车来为我们服务了。在掀开餐盘上的银盖子之前，他会用戏剧化的方式来给我们报菜名，然后掀开盖子，用手指着我觉得我这辈子见过的、看起来最好吃的面包。看到我们的表情已经说明他给我们留下了深刻印象，他还会给我们小鞠一躬，极其有礼貌地退下去。当他走出去后，我们再也忍不住狂笑起来，笑得直不起腰，都趴到床上去了。

“是，是，是！”我拍了一下自己的大腿，瞬间恍然大悟，“我简直从来都没想起过雅克！”

“雅克对此深感绝望，”杰森咂咂嘴，“我相信他一定会想起你，小麦”。他面无表情地说道，嘴角幽默地扭成一个弧度。

“嗯，我倒是想过那个参加婚礼的周末的其他事情哦……”我的腿和他的腿在桌下紧紧地缠在一起，我伸出脚放到他的大腿上，我确实想过我们那个周末令人兴奋的床笫之事。没什么比泡在欢迎篮子里的昂贵香槟和八百支纱密度的芙蕾特[1]床单更能增加性趣了。我们在床上基本缠绵到婚礼举行才起来。我身体像过电一样，嘶嘶响起了期待的声音。今天晚上一定也会很棒。

“算了吧你，”杰森坚定地摇了摇头，“你就别开空头支票了”。他眼睛调皮地闪着充满魔鬼般魅力的光，这种眼神每次都能让我从头到脚趾都有触电的感觉。

“我晚饭以后就能兑现哦。”我略为害羞地说道，伸手从桌子这一头去拉住那一头他的手。他的大拇指在我手腕上划着圈圈，我们四目相对，眼睛都离不开对方。那一瞬间我们又彼此连接起来，似乎前面几个月发生的种种事情都不曾存在过。那些不愉快只会是我们亲密关系里的小小插曲而已。

“那就好，”杰森打破了沉默，“我真的好想你”。

“我也是。”我喃喃道，从我最近的日常生活中脱离出来，我感到无比畅快。我快乐的感觉不知何故就像闹钟一样，提醒着我，使我忽然想到了我的黑莓手机，它还在我包里，我已经一整个晚上都没检查邮件了。对大多数人来说，在浪漫晚餐时把移动设备放在包里无疑是有益的，但

〔1〕芙蕾特（Frette）：全世界历史最悠久的豪华纺织品制造商。Frette 诞生在意大利，不仅是意大利皇室和全球众多皇家贵族的官方指定供应商，也是世界知名的多家五星级酒店的供应商。

对我而言，不拿出手机就会使我产生神经的高度害怕和紧张焦虑。我低头悄悄朝包里看了一眼，闪烁的红灯在包里显得格外刺眼。

不要去检查邮件，麦肯茜，让手机待在包里，我对自己默默下了命令，但脑海却忍不住飞速运转起来。要是本怎么办？我可不能再一次错过他“马上处理”的邮件了。“等我一下。”我紧张地对杰森笑了笑，伸出食指点开了我的黑莓手机，打开新邮件。

收件人：麦肯茜·科贝特

发件人：莎拉·克拉克

法空交易的时间表再次加速了。索尔需要你把最近二十次就电信业务而公开提交的购买协议总结出来，马上处理。没有我的审阅不许发给索尔。

S

“靠。”我低声说道，我眼睛盯在邮件上简直不能移开。我真想把这女人给杀掉。我这种年纪的陪审员根本不会给我定罪。我慢慢把眼睛从黑莓手机上挪开，抬起头害怕地看着杰森，我知道他会是什么样的表情。“对不起。”我挤出一个鬼脸。

杰森的脸上立刻出现了失落了的表情，好像我俩一起中了什么魔咒，瞬间被击垮了那样。“你刚才不是说本周一的时候才需要那份草案吗？”他带着烦躁的语气小声问道，端起酒杯，喝了一大口酒，眼睛四处张望，根本不想看我。

“不是给本做的。”

他的脸上闪过一个疑惑的表情。“周六晚上来了新交易？”

“不是新交易，还是索尔那个。”

“小麦，这没道理啊。”他的语气显得十分不安。

“我知道，我也不明白为什么非要今天晚上让我来做，但是你知道索尔的。”我恼怒地摇了摇头。

“我不是说星期六晚上工作的事情。”他简单地回答道。

“那是什么意思，你是因为我要为索尔工作而离开我们的晚餐不开心吗？”

他压根没有回答我的意思，只是拿出了他的黑莓手机，一个劲地在上面疯狂地不停点击。

“你干嘛啊？”

“我估计咱们现在得买单了是不是？”他四处寻找我们的服务员，根本不正面回答我的问题。

我郑重地点点头，他开始故意仔细擦拭他的酒杯。冷冰冰的沉默在桌上氤氲开来，直到服务员拿着账单过来，我俩谁也没说话。我们已经准备要离开了，但是之前预定了三轮菜品，事实上还有一轮都没有上。

出门的时候，我几乎是一路小跑跟在杰森背后，当他在地铁口停下来，转过头面对我的时候，我还觉得一阵释然。我绝望地搜寻此刻可以用来解释的词语，但是他先开口了：“你可以打个车，我就在这坐地铁了。”他双手插到衣兜里，眼睛耷拉着注视着地板。

我在检查那该死的邮件之前还想着和他一起原路走回去，不过此刻好像不可能了。从他脸上的表情来看，他也不打算再走回去了。

“我是真的真的很抱歉，”我说着，向他靠近，“我不该看手机的，我只是……”我的解释不得不停下来了，因为这话我自己都听了不下一百遍了——我想说，你知道我们部门的合伙人需要我们随时待命，每天如此，必须随时回复邮件，受不了一点延迟；我想说，我没有选择，我不可能真的就一直把黑莓手机放在包里。我知道他不会理解的，说实话两年前我自己也不会理解的。

“晚一点补偿你好吗？”我满怀希望地问道。

他咬着嘴唇，不想把真正想说的话说出来，他简单点了一下头，转身走向地铁的入口。

“嘿！”他下楼梯的时候我在他背后大声叫道，“周年快乐！”

而他，根本没有回头。

周一早上。我坐在桌子前，盯着电脑，嚼着营养粮食条，喝着咖啡。我周六晚上和整个周日都在工作，自从我们在地铁口分别之后，我一直没再见着杰森了。我极其疲惫，极其烦躁，我一心想着莎拉千万不要来打扰我，这样我就可以在精神上为周一早上折磨人的例会做准备了，我知道我肯定又会被骂，只是不一定是会议的什么时候而

已。大约想了十分钟，莎拉真就出现在我门口了。

“早上好，麦肯茜，”她假笑着向我问好，手上缠着一缕头发不停地拨弄着。我从电脑上抬起头，露出类似的假笑，也向她问了好。整个房间有一种剑拔弩张的感觉。“交易终止了，”她简洁地宣布，“立刻把手上的活都停下来”。

“终止了？”我简直不敢相信。我牺牲了整个周末，更不用说还搅黄了和杰森的周年庆祝晚餐，这都没有任何意义了？“不是说交易要加速呢？”

“是的，结果法空自己改变主意了，他们不想卖了，打算走借贷的路子。或者，用媒体的话说，‘靠自己来掌舵’。”她手在空中做了一个引号的动作，继而翻了个白眼，好像就这个动作都使她疲惫万分一样。“不管怎么说，”她大口喘着气，“这样的话索尔不再需要那份报告了，我也就不用审阅了。”她停顿了一下，仿佛想要记起来还有什么没说的，她还想继续摧毁我这一整天。“哦，对了，你立刻把你在这宗交易中的工作时间报给我，我要把账单做出来。”她说完就露出了一贯的居高临下的假笑，转身而去，一路上留下高跟鞋噔噔噔的声音。

对于法空的交易来说，股东们比我更加吃惊。《法空移动令人震惊：收购交易业已流产，股价骤然下跌22%》，这样的标题在《华尔街日报》上醒目地被刊登了出来。不过股东的损失倒成了我的收获，这样我就可以百分百地投入本的交易中去了，一心一意去追寻那个令人垂涎的奖励。

15

周四下午，我推门走进盥洗室，迎面扑来浓浓的发胶和香水味。我用手在面前猛扇，想呼吸一点新鲜空气。一片烟雾笼罩中，F&D 所里的秘书们为迎接晚上的节日派对，正在镜子前精心打扮，那架势就像是要参加盛大的毕业舞会。我们律所一年只有两次会慷慨地打开钱包、邀请所有秘书一起去奢侈一把——一次是十二月的节日派对，一次是八月的夏日派对。其他时候，资金安排都严格保留给律师。

与秘书们不同，我现在心情并不轻松愉悦。我刚从本的办公室出来。我鼓起勇气问了他圣诞节我能不能回家几天，差点就像《雾都孤儿》里的奥利弗那样，拿着碗伸到他面前说：求求您了，先生。

大律所的合伙人是出了名的不爱准假。很多年前，一名律师在公司内部文件系统中发现了一份 PPT 演示文稿，题目是“律师交流技巧”，大概是用来教合伙人怎样与律师沟通。这名律师偷偷将文稿传到了法律博客“法律之上”，公之于众。一张张的幻灯片都要求合伙人与律师沟通时，需要“说‘谢谢你’和‘干得漂亮’”，还有一张幻灯片建议合伙人“谨慎取消律师的假期”，提醒他们律师也有家庭。我记得当时看到这份演示文稿时还在想，到底是情商多低的成年人，还要学习说“请”和“谢谢”啊。很明显，本没有看到过那份文件，因为他对我的回复是：“现在请假时机不大好，你就不能把你的假期改个时间吗？”

我冲他眨了眨眼睛。嗯……除非我能把耶稣的生日改个时间。“呃，我要回家过圣诞节，所以……”

“对，对，我知道。”本打断我，因为我这愚蠢的问题而显得有些恼怒。“但是麦肯茜，你不觉得我们所有人都想在节假日去见家人吗？”他扬起眉毛，一副居高临下的态度。

我突然想到，这律所里应该没几个人会想跟家人共度一点儿时光吧。如果他们真的想，那就不会审查同一份文件五遍，就为了看看有没有逗号用错地方，而是应该回家，真正地与家人待在一起。当然我没敢说出口，只是懊悔地点点头。

“麦肯茜，这是人的本性，”他继续说道，脸上严厉的表情温和下来，“你在高地酒店案子上干得很棒，你的努力付出不会被忽视的，但我们现在正处于紧要关头。这样吧，我不要求你取消所有假日行程，但我希望你二十六日大清早回来。把笔记本电脑带上，这样圣诞节你可以远程工作。可以吧？”他脸上闪过一丝自以为仁慈的微笑。在他脑海中，可能已经把本季度的慈善施舍份额用光了吧。

“当然，”我只好答应，咬咬下嘴唇说道，“谢谢你，本。”愿上帝保佑每个人。

“你觉得怎么样，麦肯茜?”丽塔手举在空中，摆了个姿势叫我看。

我眯着眼，透过厚厚一层喷雾看过去。如果她的裙子再低胸那么一点儿，我就能看到乳头了；如果再短那么一点儿，我就能看到屁股墩儿了。我敢肯定她要的就是这种效果。丽塔最近做了隆胸手术，看来已经准备好炫耀她的全新资本了。其实丽塔的胸以前已经够大了——可能 C 罩杯吧。但她坚信，要找到好男人，需要更大的胸部。

“男人‘重’不会说，‘我不能跟她在一起——因为她胸部太大了。’”她做手术前找我在病假申请表上签字时，如是解释道。两周后她回来上班了，走进我的办公室，她二十三岁的大女儿紧随其后，俩人的胸部都显眼地凸出来，自豪地微笑着。她俩一起做手术享受了母女特惠，坚持让我摸摸看是什么感觉。“特别自然，”丽塔的女儿斯凯勒尖叫着说。我难为情地戳了戳一个胸部的侧面，同时丽塔还跟我解释她是怎样每天做按摩，来保持胸部柔软。“简直就像被迫‘子’慰!”丽塔说完咯咯笑起来，她是一个不太讲分寸的人。

我艰难穿过精心打扮着的秘书们，一边躲避她们的目光，想尽量走近丽塔。“你看上去非常美!”我撒了谎。

她调皮地咧嘴笑起来。“每年弗雷迪和我都会在节日派对上亲热——有点像是个传统，”她说的同时抹着唇膏，还吧唧吧唧嘴唇。这种传统我真心没有兴趣知道，毕竟跟

"给圣诞老人留点曲奇饼"那种传统不是一码事儿。我比较纳闷的是弗雷迪有没有亲热中途停下来挖鼻子。

"你要去吗？"丽塔问我，谢天谢地中断了我脑海中她和弗雷迪的画面。尽管从根本上来说，办公室里不允许出现庆祝活动，但公司还是鼓励大家积极参与一年一度的节日派对。"不允许邀请客人，"邀请函上这样写着，仅限律所员工——律师、律师助理、秘书及其他 F&D 所雇佣的人员。去年我参加过节日派对，基本上就是典型的那种醉酒淫乱公司派对。不过也总有某些合伙人到处游荡，搜寻那些手上工作还不太满的律师，向他们抛出这个可怕的问题"最近你在忙什么？"律师们都很厌恶这个问题——包裹着友好的外衣，看似是关心你的生活，其真实含义是："我周末能给你安排些枯燥乏味的尽职调查工作吗？"

"如果我完成本安排的调查任务的话，我就去。"又是一个谎。

丽塔用手指指着我，责备地说："不……你不会去的，你要去跟你那帅帅的男朋友翻云覆雨一番，是吧？"她高声说道，还被自己的笑话逗得哈哈大笑。

"你太了解我了。"我咯咯笑起来，假装附和的样子，内心却在努力回忆我和杰森上一次任何形式的性爱是在多久之前，更别说翻云覆雨了。最近，我们睡觉前只会互相依偎搂抱几分钟，走过场一般索然无味。这段关系需要尽快补救。呃，所谓的尽快不是现在立刻就去他办公室，然后在他办公桌上开始亲热，至少也得等到今天晚上。

麦肯茜：今天晚上不想去派对了，到我家去玩点更有趣的吧☺

杰森：嗯……这还需要问吗？

麦肯茜：那九点我家见！

晚上八点，我还躲在办公室，丽塔她们一帮人早已去派对狂欢了。突然杰森和艾利克斯出现在门口。“快走吧，哭丧脸——奠酒等着我们呢。”艾利克斯煞有介事地说。

“你们先过去吧，不用等我了。我得帮本把调查任务做完。”我长呼一口气，尽量装得筋疲力尽的样子。我了解艾利克斯，他才不会接受“杰森和我需要一些单独相处的时间”这种借口。对他来说，没有借口不去好好享受免费的美酒和食物。我意味深长地看了杰森一眼，确定他跟我是一伙的。

“本？本今晚什么都不会看的。他一个小时前就走了——他现在肯定在给某位可怜的秘书灌烈酒吧，噢……”艾利克斯看了看表，“应该是灌了四十五分钟了呢，想要灌醉她然后吃她豆腐。”

“真恶心，”我做了个鬼脸，“你不是真要叫我去这个派对吧。我都已经受够弗雷迪和丽塔亲热的恶心画面了，真不需要你再来添加本了”。

“本，丽塔，弗雷迪三人一起乱搞——小麦，那可真变态啊，真变态。”艾利克斯看上去似乎在考虑这个事件发生的可能性。“不论如何，今晚没人要看你写的东西，所以快快起立，跟我们一起去一醉方休吧。”他边说边摇晃我的椅子。“现在是庆祝时间。万一你太忙没来得及看邮件的话，我告诉你哦，我们的金手铐更紧了呢。”

几小时前，管理合伙人给大家发来了有关奖金的通知，告知全体成员的奖金都会增加一万美元，同时也代表所有合伙人衷心感谢大家的辛勤劳动和付出。律师们收到消息后，全都挥舞拳头欣喜万分，并纷纷表示晚上要好好庆祝一番。如果我们这样辛苦工作确实是在出卖灵魂，那很高兴我们的灵魂比去年贵了一万美元。但我脑海中有自己的庆祝计划，与 F&D 无关。

“看看我！”我从头到脚指了指我素面朝天的脸，亟待修剪的头发，皱巴巴的衬衣，虽然我自己已经尽力熨过了，可看上去还是像我穿着它睡过觉一样皱。“我看上去真的是打扮好了要去派对的样子？”我低头扫视了下自己的脚，“看吧！”我穿着斯图尔特·韦茨曼[1]的鱼嘴鞋，脚趾头露在外面，“我连脚趾上的指甲油都脱落了！”我现在形象邋遢，成了另一个我无法参加派对的理由，这也使我意识到自己现在真的糟透了。等我有时间了，真需要打理打理自己了。任务清单：1. 剪头发；2. 拿回干洗衣物；3. 足部护理。

“你一直都很美。”杰森把手放在我肩膀上，帮我按摩了十秒。

---

〔1〕 斯图尔特·韦茨曼（Stuart Weitzman）：美国高端鞋履品牌。

嗯……今天晚上将会很美妙。

“我猜杰森应该也有很多工作要做吧……”我说话声音越来越微弱，等着杰森开口。

“你说这位?”艾利克斯指着杰森，一副被逗乐的样子。“你什么时候听说这位小伙子要加班？那甚至可能在信托部门属于非法的吧。”

我抬起头跟杰森对视，试图通过眼神交流会意。

“应该会好玩，我们确实需要庆祝一下。”他无奈地耸耸肩，面带窘色，似笑非笑。

我摇摇头，假装不同意。他已屈服于艾利克斯的有力劝说了。

杰森清了清嗓子说：“要不然我在这儿等小麦准备好，然后我们再碰头——”

“她准备好了。”艾利克斯打断了他，不屑地挥挥手。“就算你不修边幅素面朝天，当然我一直在告诉你这个理由不成立，你知道你仍然会比那派对上大多数人好看呀。如果你实在觉得脚趾难看，你可以穿另外一双鞋。”他指向我办公桌下方的迷你鞋柜。“我知道你下一个借口将会是你太累了，不过我们会帮你打起精神，像‘老板度假去’[1] 里那样让你惊喜不断，同时还保证你喝得开心。”

我只好甘拜下风，乖乖投降——艾利克斯很能说服

〔1〕 老板度假去（Weekend at Bernie’s）：上映于1989年的美国冒险喜剧电影，讲述两名保险公司职员一心享受一个毕生难忘的劳动节假期，不料，几天的快乐假期竟然经历了谋杀案、伤人罪及浪漫爱情等意想不到的事情。

人。就算是我已经决定了计划，他总能说服我改变。也不能怪杰森先改变主意啦。

“快起立，起立！”他指向门口，“奠酒等着我们呢！”

走进市中心W酒店[1]的宴会厅，眼前一派富丽堂皇的景象。如果经济大环境不景气，而你来到F&D的节日派对时，是丝毫察觉不到的。冰雕上堆满了蟹腿、虾、去头龙虾，一个巨大而浮华的装饰型拱门通向甜点屋（一整个屋子全是甜点，我见过的和没见过的品种，应有尽有），香槟倒入摆放优雅的香槟塔。美女服务员们在屋子里穿梭，端着寿司和鸡尾酒方巾纸，纸巾上还印着律所的标志。整个环境布置得非常豪华大气，派对地点的选择也颇具策略性，当然——得离律所的办公室足够近，这样派对结束后，律师们能方便回去继续工作为公司卖命。

一位服务生端着一盘倒满香槟的酒杯经过，我们每人取来一杯。“干杯！”艾利克斯喊道，我们碰了碰杯，四处观望，尽情享受这一刻。大厅很拥挤，四处都是人们的谈话声，舞池里挤满了人，秘书和邮政员工随着现场乐队的节奏，激情四射地跳着。律师们则站在一旁，一边喝酒一边浏览邮件。几位醉酒的男合伙人也企图要跳舞，抓住

[1] W酒店（W Hotel）：喜达屋酒店与度假村国际集团旗下酒店，是圣·瑞吉斯、威斯汀、喜来登等豪华酒店的姊妹品牌。

这个大好机会往秘书身上蹭，但看起来仅像是抽筋似的骨盆运动。

“嗯，很高兴看到奢侈之风在我们大律所依然盛行。”艾利克斯举起杯子，装作祝酒的样子。

“同意，同意。”我一口干了那杯香槟，把杯子放在了身旁的空桌子上。

“看来我们得再来一杯。”艾利克斯说完去拿酒，穿过一群正在喝培恩酒[1]的律师助理。我近乎病态地痴痴看着其中两人跳起贴身热舞，结尾还来了一段麦莉·赛勒斯[2]风格的电臀舞。

“终于摆脱他了！”杰森指了指吧台那边，艾利克斯已被一群仰慕他的女生围住，还被他逗得咯咯直笑，每次公司派对他都会遇到这种情况，也可能自从他长有一副粗犷帅气的模样以来，每天都是如此呢。

“如果我再听到艾利克斯把她们称为‘小鲜肉’的话，我会感到反胃的。”我怒视着眼前这幅情景说道。每年新招的一年级律师进入律所前，会有人负责把他们的登记照集合成册，发到每位员工邮箱里，每张照片旁边还会附有简短的介绍文字。本来此举的出发点是给大家提供新人的必要信息，这样我们可以正确叫出他们的名字，让他们初来乍到，感到温暖。结果演变成了男律师们躲在各自

〔1〕 培恩（Patrón）：原产自墨西哥的一种龙舌兰酒。

〔2〕 麦莉·赛勒斯（Miley Cyrus）：美国女演员、歌手、词曲创作人。行为大胆，很具争议。

办公室里，对艾利克斯所谓的“小鲜肉”评头论足。并非人力资源部最初设想的那样，会让新人感到温暖和受欢迎。

“啊……那就是莫妮卡。”杰森指给我看。莫妮卡是艾利克斯看完登记照后评出的最佳。我从文字介绍得知，她热爱旅游，喜欢学习新语言和踏板健身操。讲真——踏板健身操。那是啥？1992 年吗？

“估计今晚他会消失咯，说不定明天早上也见不到他呢。”杰森打趣地说，我感到一丝嫉妒。“那么，”杰森转移了话题，“我们来计划一下假期吧？”

“好的——我们开始吧。”我笑了，注意力回到了杰森身上。

周年纪念日不欢而散后，我提出了一个绝妙的主意——等高地酒店案子结束后，我和杰森一起出去度假。“去一个手机没信号的地方。”我向杰森保证道，说服他答应。手机没信号的地方还存在吗？希望如此吧。我想象自己懒洋洋地躺在超大沙滩椅上，享受着果味鸡尾酒，杯里还插着一把小雨伞，惬意地看着杰森在海里冲浪……或者浮潜……或者随便干什么，休假时随性就好。我要把皮肤晒成小麦色，忘掉所有烦恼，不用再穿职业套装。当然了，我知道杰森最近对我俩关系有诸多抱怨，讲实话，我自己也不满意。但我还不至于漠视我们之间的问题。一起度假能修复我们的感情，让我们终于能够真正地拥有二人世界——而不是紧张工作一天后，疲惫地见个面。这个假期正是我们所需要的。

我们又喝完一杯香槟，大致过了一遍细节。我们是去阿鲁巴、圣卢西亚、还是巴哈马呢？（他想去圣卢西亚，我想去阿鲁巴。）要定套间吗？（当然要——最好是海景套间。）住宿三餐都在酒店解决吗？（不要——我们想去体验当地不同特色的餐厅。）度假有趣的部分之一就是出行前的满心期待，我很开心可以与杰森一起计划这次旅行。

“再来一杯吗？”杰森指着我们的空杯子问。

“好主意。我们试试红色那种吧。”我指向一服务生，他端着一盘很喜庆的红色鸡尾酒，上面点缀着绿色浆果。名字叫作“F&D节日佳饮”，是W酒店的常驻调酒师专门为这次派对研制的一种特色鸡尾酒——由蜜桃露、两种朗姆酒、石榴汁和苏打水调制而成。我们点了两杯，然后走向一个空桌子。

“我很快回来。”说完，杰森把鸡尾酒放到桌上，转身穿过人群，朝洗手间走去。

我在桌旁站着等他，慢慢品尝我的“F&D节日佳饮”，一边还随着音乐节奏轻轻摇摆。酒精下肚后，我放松多了。突然，旁边响起一熟悉的声音。

“三颗橄榄的马天尼，听到了吗？三颗。橄榄。马天尼。”短暂的停顿，“给我重复一遍，这样我才知道你听清楚了。我没时间让你搞砸。”索尔对服务员大喊道，他恰巧就在我旁边的桌子。

我一下子僵住了，就像一只羚羊害怕被潜行的猎豹发现，一动不动。不敢。突然。移动。

“三颗，橄榄，马天尼。”服务员翻了个大大的白眼，回答道。

“对的，不是一颗，不是两颗，是三颗。”索尔趾高气扬地伸出三根手指头。

我想偷偷溜走，开始一点点后退，同时确保自己没有背对着那虎视眈眈的上司，否则如果被发现的话，会立马被攻击。

我得赶紧撤啊。我心想，疯狂地扫视整个房间找杰森，发现他正在洗手间外面跟一群律师欢快地讲着什么。我现在只得想办法给他示意示意，让他拉响火警警报来转移人们视线了。

“麦肯茜。”索尔大声叫我，打断了我的思路。

糟糕。我可以装死吗？

“你是我今天看到的众多低年级公司法律师之一，很明显我们没让你们太忙。”他说话时，唾沫星子飞溅到我脸上。眼神游荡到我胸前停住，我趁机悄悄拿起一张纸巾擦掉了脸上的唾沫。索尔喝醉时，似乎无法直视我的双眼，并不仅仅是因为我比他高出两英寸。

“噢，我不会待很久——办公室还有很多事情等着我做呢。”我热情地回答他，不确定他是不是在开玩笑。我最不愿意发生的事情就是让索尔觉得我有空闲时间，好被他磨人的工作填满。服务员端着索尔点的三颗橄榄马天尼回来了，毫不意外，里面放了三颗橄榄，很可能还被吐了一大摊口水吧。

“听你这样说我很高兴。”他停下来打了个嗝，端起刚来的那杯酒。“替我先尝尝，”他命令道，不等我同意就放到了我面前，“告诉我喝起来怎么样。刚刚那杯放了他妈的太多苦艾酒了，如果酒保再那样给我调，我就要把那该死的酒保徒手撕了”。有那么一会儿我以为他在说笑，但从他持久的怒气冲冲的表情判断，我基本肯定索尔不是爱开玩笑的类型。

我犹犹豫豫地端起杯子，凑到了唇边，眼神迅速在大厅里搜寻刚刚那位服务员，希望她能给我使个眼色，好让我知道这酒里有没有本是给索尔喝的恶心玩意儿。“这个……嗯……好喝。”我说完把杯子放回桌上，滑到他面前。

他怀疑地瞪了我一眼，端起酒杯，气势汹汹地猛喝了一口。“我很高兴听到你说还有其他工作要忙。我他妈的简直无法忍受交易突然在周五被终止，这让律师们无所事事。最糟糕的莫过于整个周末没事儿可干了。”

“周五？”我一定是听错了。我尽力想避免背景音乐的干扰。交易不是周五被终止的——是周一。那是在周末之后，在我跟杰森周年纪念晚餐不欢而散之后，在我做完他心血来潮要求的调查工作之后，在我差点像唐娅·哈丁[1]那样去雇人棒打莎拉之后，那是周一啊。

“交易终止后我就告诉莎拉，周五晚上之前把每人的工作时间上报，”他自顾自说着，不理会我的问题，“我

---

〔1〕 唐娅·哈丁（Tonya Harding）：美国花样滑冰选手，美国花样滑冰界发生的恶性丑闻主角之一。1994 年 1 月 6 日，她与前夫密谋，雇人将其最有力的竞争对手花滑名将南茜·克里根（Nancy Kerrigan）在更衣室过道用铁棍重击右膝关节，导致克里根很长一段时间难以行走，被迫退出当年冬奥会。

发现你是唯一一位没有上报的，直到周一。你他妈的忙得连工作小时都没空统计上报吗？”他怒视着我，一口喝完了杯中剩下的酒，然后立即环顾四周想找服务员再要一杯。

“我——我不知道……”我结结巴巴地回答，大脑因为缺少睡眠，而且刚还喝了颇具讽刺意味的“F&D节日佳饮”，已然无法思考，一片混沌。“但是你周末还要求我做了调查工作啊……”我百思不得其解，听起来我并没有回答他刚才的问题，反而是抛出了一个新问题。

“麦肯茜，你他妈的到底在说什么？什么他妈的调查？那该死的交易周五就被终止了。周——五——，”他重复了一遍，耀武扬威地刻意拉长了每个音节，唾沫星子再次飞溅到我脸上。“我他妈的为什么还要在周六让你去做调查？”

嗯……我也想知道为什么呢。但我知道，索尔的大多数问句都是反问句，不需要回答。

他低头盯着他的空杯子，皱起眉头：“见鬼。这服务员人生的使命就是不为我服务是吧？”他难以置信地四下张望，然后朝吧台走去。我站在原地，更加难以置信地张着嘴，想要弄明白他刚才到底是什么意思。

“好吧，麦肯茜，你现在听起来开始变得过分多疑了。”杰森脱下外套，倒在我家沙发上。与索尔的小插曲

之后，我和杰森在派对继续逗留了大约一小时，又喝了一杯迫切需要的酒，还去甜点屋装了满满一塑料袋的糖果（也是迫切需要的）。我直到回家的出租上，才告诉杰森跟索尔的谈话，想要彻底理解，搞清楚他到底是什么意思。“你真心觉得这个跟你完全不熟的女生，想害你被解雇？”他从袋里抓出一颗酸甜软糖丢进嘴里，“她有什么理由要那样做呢？她为什么要专找你的茬儿呢？”

“我知道，这听起来很疯狂！”我重重地倒在他旁边的座位上，想在口袋里翻找出巧克力麦芽球。“但你不认识这女的。”话音刚落，我昏沉沉的脑海里突然想起了刚刚派对上，跟杰森聊天的那群律师中，有一个不怀好意的、竹竿般瘦的身影。“等等，我是伏特加喝多了产生幻觉了，还是刚刚跟你在洗手间外聊天那堆人里有那女魔头？”

“洗手间外边？”他停了下来，好像在努力回想晚上的画面。“可能吧，我记不太清了。”

“我都不知道你俩居然认识。”

“哦对，几周前我们在法律继续教育培训会上遇见，座位正好挨着。”他漫不经心地说，顺手又丢了个花生酱杯到嘴里。

我困惑地盯着他。

“我没告诉过你吗？”

我摇摇头。

“噢，我以为我跟你讲了，”他耸了耸肩，“嘿，你知不知道她是哥伦比亚大学毕业的？她居然还是女性校友会主席，有史以来最年轻的主席呢。我记得读书的时候听说过她，但没有把这些事情联系起来，没想到就是我们律所这个莎拉·克拉克。”他的语气里透露出欣赏，我的嘴唇撅了起来。

莎拉是某协会的主席，还是一个致力于帮助其他女性的协会？噢，对，我想起来了，翻了个白眼。我怎么能忘记她对整个妇女运动所做的杰出贡献呢？

“不管怎样，从你对她的描述来看，我还以为她头上有犄角，身后有尾巴呢。可是结果发现她人挺好的，还大方借了我一支笔呢。”

“挺好？”我愣了一下，重复了一遍，“你是没有听我讲话吗？那女的一直都在折磨我！你觉得她那样算挺好？”

“我只是说，她似乎没有你描述的那样坏。”他耸耸肩。

我内心一阵沮丧。莎拉折磨了我数月，然后随随便便借给杰森一支笔，突然他就觉得她人挺好了？退一万步讲，哪怕我对莎拉的厌恶毫无缘由（其实并没有），他作为我的男朋友，难道不是理所应当要讨厌我讨厌的所有人吗？好吧，也不一定是所有人啦，但必须讨厌那些想方设法让我过得很痛苦的人啊。

“杰森，她自己捏造了调查任务！索尔根本不知道我在说什么。”我激动地挥舞双臂。

“麦肯茜，”杰森的语调像是在劝说一个站在写字楼顶层，想不开要轻生的人，“我看到索尔了——他喝得烂醉，很可能他自己都不知道自己在说什么”。他接着帮我分析道：“你要知道，在索尔的世界里，周几根本不重要——

对他来说，周五完全可以跟周一互换。都是工作日，都是适合拿来虐待律师的日子。”

杰森说得不无道理。索尔不是还长期搞错自己规定的截止期限吗？明明说了周三，结果变成了周一。我猜这次应该也差不多同样情况吧。

“你为什么总是这么……有逻辑。”我咕哝着，杰森凑过来吻我。我瞬间被他融化了，莎拉、索尔以及其他一切统统被忘得一干二净，全世界只剩下我们俩。

16

我坐在办公桌前凝视着窗外，门外吵吵嚷嚷的匆忙之声意味着新的一天又将开始了，我正享受着这开始前的最后几分钟宁静。办公室窗外的魅力景色可以一直让我心情不错，而黎明时分的美景格外令人惊叹。我喜欢清晨第一缕阳光闪烁在摩天大楼的样子，阳光下的大楼看起来都金光闪闪，分外明媚，好像是纽约城的上帝在鼓励人们那么早就赶来上班。

“麦肯茜，”丽塔小声叫我，走进我办公室，还锁上了门。她看起来有点不在状态，让我怀疑她还没从假日派对上缓过劲来。

“早上好，丽塔，”我转过我的椅子面向她，全身心地把注意力都集中到她身上，“有什么事吗？”

她绞着双手，看起来就像带回家一张难看成绩单的小孩，“我得问你一些事情”。

“你没事吧？”

“嗯，这家律所没事吧？”她双臂交叉在胸口，眉毛上扬，颇具指责性态度，“你们这些律师在做一些庞氏骗局是不是，我是不是得另外找个工作？”

我斜着身子看着她。

她靠近我，压低声音说道：“今天有人来拜访文斯，他看起来就像是朗白先生[1]，你知道广告上那个朗白先生吗？”

我点点头。

“不管怎么说，他连耳环和其他的那些行头都有呢。他说他是证券交易执行部门的。”

我扬了扬眉毛。不得不说，丽塔知道那个部门是做什么的让我有点刮目相看。

“我刚看完关于大骗子伯纳德·麦道夫的书，”丽塔解释道，好像她能看穿我的心思一样，“我喜欢看关于真实犯罪的那些东西。”她耸耸肩。“所以我给他们送完咖啡以后专门把门留了条缝隙，这样我就可以听他们说什么了。虽然电话响个不停，但是我还是听到了一些东西”。她眼睛朝身后瞅了瞅，好像担心有人尾随她进入了办公室。接着，用她最温柔、最小声的声音告诉我：“麦肯茜，这家律所正在接受调查。”

“调查什么？”我用丽塔的夸张语气问她。她经常在座位上阅读《国家探秘者》杂志，读完还和我侃侃而谈外星人的遭遇和转世的故事。在她看来，所有的天气预报都

〔1〕 朗白先生（Mr. Clean）：宝洁公司旗下的清洁产品品牌，产品设定的广告人物形象为一名秃头、肌肉发达、左耳戴着耳环、擅长清洁的男子。

是天气紧急报告。

“他说到了 F&D 里面有一些交易不正常，你们会不会被扣上手铐拖离办公室啊?”她的眼睛因为害怕而双目圆瞪。

在一瞬间里我非常渴望看到索尔被铐上手铐带离这栋大楼，但是丽塔眼睛里害怕的神情把我从幻想中拉回了现实。我用我最平静的声音对丽塔说：“丽塔，没人会被扣上手铐拖离办公室。不管什么时候，只要有不正常的交易，证券交易委员会就会调查所有参与的人——所有的律所、各家银行、客户们，他们会整理出参与这笔交易的人员名单。他们会简略地整理出所有的内幕交易人员，要求他们不再继续交易。”我之前一直以为证券交易委员会一般是以来函的形式进行询问，而不是派人亲自来调查。我没对丽塔说这个，因为此时我觉得她需要的是开导性的解释。

“哦，所以你知道朗白先生会来律所调查啦?”

“我不知道，不过这是标准程序啦。”我向她保证。

她缓慢地点了点头，“那就好，我就说嘛，要是有什么不对的情况，你肯定会告诉我的”。

“你知道我肯定会的。”我回答道，对联邦探员来刺探每个律所工作人员的消息我仍旧觉得有点嗤之以鼻。

“那就最好。”她从架子上抓了一瓶健怡可乐，啪一声打开它。“我说，看起来你已经在办公室安家了。”她指了指我的书架，上面摆着十六瓶健怡可乐，还有七瓶波兰山泉水。我抽屉里塞满了各式各样的调味品——酱油、沙拉酱、番茄酱和胡椒粉。我桌下藏了六双鞋子，办公室门背后还挂着一套熨烫好的套装。我还准备了三支唇膏和五包湿纸巾，以防有什么场合我需要拾掇拾掇自己——湿纸巾就是洗不成澡的时候找的替代品。如果有人把我锁在办公室，我可能能自己活个好几天才需要寻求外界支援。要是有人从门缝里塞些水果条给我，可能活个好几周都不成问题。

“如果我把床都搬来了，那才是囤积癖好者呢。”

“你今天晚上又要加班？”

我点点头。

“你为什么可以睡那么少？小麦。”很早之前看电影《华尔街》的时候我也问过自己同样的问题。那些人都不睡觉，他们怎么可以一直工作？他们不会在某个时刻直接就垮掉了吗？目前，对我来说，答案显而易见是否定的——我还没垮掉嘛。不知为何，身体就是会连续地运作下去。可能是肌肉记忆吧。我的身体重复着做了若干次的事情——行走、说话、阅读。可能只有这样解释才能说明为什么我如此疲惫的情况下，不眠不休之后还可以继续生存下去。

“会好起来的。”我又保证道。

会好起来的。

“好了，我们多快能完成供应合同？”我翻动着尽职报

告清单的表格。现在时刻是晚上九点钟——作战室的晚餐时间——不过我想再多做点事情，所以在等待中餐送来的间隙就赶紧询问帕德里克尽职报告的最新进展。

“慢如蜗牛，不过这可不能怪咱，”帕德里克回答道，“他们大部分都还没提供给我们呢。他们提供了文件应该储存的地点，但是我们去找的时候才发现，压根没文件”。

我点点头，在本子上作了记录，要在规定的时间里找公司索要剩下的文件。

“晚饭来咯。”加文大声宣布，他把三大包塑料袋拎进了作战室。我们打开每个袋子，分别告诉大家自己打开的那些热腾腾的外卖容器里装的什么菜，把餐盒放在会议室以便大家都能分到一些。然后我们把二十瓶汽水瓜分殆尽。

每个律师四十美元的晚餐预算让我们可以吃到自己想吃的东西，而且使用恰当的话，剩下的钱还可以买些零食和饮料储备在办公室里。糖果条、汽水、水果、坚果包、麦片、饼干、燕麦棒、牛奶、脆饼、奶酪，甚至还可以从Seamless里面买红酒。所以，如果你的晚餐只用了十五美元，那就等于说你白白扔掉了十瓶水的外快钱。大家都会在预算内尽量把钱用完，存一些燕麦棒和佳得乐以备日后需要，这种感觉就像我们在为末日到来储存食物一样。好像用不完那四十美元就会愧对自己。

当然，一个地方有那么多A型血人格[1]的人，有人把Seamless顺带的购买习惯发展到全新的阶段也不足为奇。迈克·亨德森，财务部从事创业部门业务的一名律师，就找到把这种外快拿来赚钱的方法。他总是会点最便宜的套餐，然后把剩下的钱拿来买各式各样的东西堆在自己的办公室里。他那些成堆的货物都按照每样五十美分卖给大家。他的办公室因此在律师中得名“亨德森的酒窖”，而且随时都向想要买东西的人开放。凌晨两点想要来一个特趣巧克力条？你只需走到“亨德森的酒窖”去，带上你要的东西，往钱罐里投上五十美分就行。这是一个靠自觉的系统，不过据我所知，目前还没有白拿的情况发生。我们才不会扯自己人的后腿呢。每个月末的时候迈克就会清空钱罐，拿当月的“收入”去买彩票。他自豪地告诉其他的律师：“这就是我的‘退出计划’，总有一天我会中个大奖，然后我就可以说：‘去死吧，F&D。’”他这样说的时候还会配合竖中指的动作。显然，这是一位仍有梦想的男子。

“你们知道吧，作战室就像拉斯维加斯，”我若有所思地一边说，一边向我的盘子里扒拉一些西兰花烧鸡、蒸饺、红烧肉饭和牛肉炒面，“它们都没有窗户，你完全不知道现在几点了，而且有人送吃的来”。帕德里克环顾四周，好像在思考我说的话。

---

〔1〕 A型血人格：据称A型血的人性格比较火爆，有闯劲，喜欢竞争，善于寻找商业目标。

“也不是，拉斯维加斯至少还有酒水。我倒是觉得作战室更像疯人院。它闻着就一股子变质食物和体味的混合味儿，而且我觉得那边那一摊印迹看起来像是口水印。”他指了指墙角的红木桌。“唯一不一样的就是现在还没人在那儿打呼噜，不过再过几个小时可能加文就要实现这个遗憾了。”我们都笑了，在我们临时的饭厅里吃着高地集团赞助的晚饭，仿佛也变得可口了。

盯着面前盘子里油腻的中国餐，我的思绪飘回到法学院最后一年的寒假，我月周末的时间去看望杰森。我一结束最后一门考试就迫不及待地登上了开往华盛顿特区的长途公共汽车，一分钟也不想耽误。杰森提出来要为我买美国铁路集团的票，他希望我旅途能够更为舒适一些，不过我拒绝了。出生在小镇，我就是有一种天生的敏感性，我觉得既然汽车和火车都能到同一个地方，我干嘛要多花几百美元呢。但是当我登上长途汽车那一刻，才惊觉我宁可花双倍的票价换一个舒适的座位——至少椅背上没有什么东西一直顶着我后背；那汽车里满是扑鼻的臭味，满是破败的景象，没有洗手间、没有食品供应，周围的邻座看起来好像刚从看守所逃离出来的样子。结束七个小时的漫长折磨，车子最后在晚上十一点钟的时候在中国城停了下来，还好杰森已经守在那里等我了。他一下子就看出来我既疲惫又饥饿的窘态，立刻把我带去了最近的餐馆。那家餐馆叫作“繁荣饺子”，但其大门如同在墙上挖了一个小洞那么袖珍，可是即使坐在这种店铺里面，我吃点心的样子也和海上漂了好多天的幸存者没什么两样。我们蜷曲在角落的卡座里待了好几个小时，把饺子当作盛宴，喝着青岛啤酒，还开玩笑说以后我到了纽约每周要吃一次饺子，当作固定仪式。“干脆咱俩都辞职去写旅游书籍算啦，”杰森打趣道，“书名就叫《点心的冒险》”。

我戳了戳面前的西兰花，忽然觉得此刻只想待在家里，依偎在杰森身边。金还说我不想真的和杰森一起住，她根本不知道自己在说什么嘛。我当然想和杰森一起住，我只是考虑了其他的现实问题而已。

“你听说了没，旺德玛的交易流产了？”帕德里克的问题打断了我游走的思绪，他正狼吞虎咽地吃着糖醋猪肉。“本原来在做那一单交易，现在这样他就有更多时间来认真管理我们了。”

我的心脏不由得沉了一下。萨帝尔说莎拉也在跟那宗交易。

“看起来莎拉就要另外找人拍马屁咯，”加文在咀嚼的间隙挤出这么一句话，“她成天跟在本的身边，就像是本鞋底上粘着的口香糖一样”。

我能感觉到肩膀好像绷得更紧张了。加文不是一个喜欢传播律所里八卦消息的人。如果连他都觉得莎拉成天黏着本，他肯定是自己亲眼所见。

帕德里克不屑地哼了一声：“我倒觉得莎拉不只拍一个人的马屁。”

我忽然被嘴里的炒面呛了一口。

“你没事吧，小麦？”

我点点头，拍了拍自己胸口，又大喝了一口健怡可乐。“我没事。”我挤出一个回答。莎拉穿着她红色细高跟在本的办公室里闲庭信步的样子浮现在我眼前。她会靠上床的方式帮助自己事业上升吗？我赶紧揉了揉太阳穴，想把这种想法赶出自己的脑海，我需要理智地思考。本让我来做公司里面最大的交易肯定是有他的原因的。我得抓住机会好好做好这个交易，我才不要让莎拉扰乱我的思绪，让我怀疑自己呢。

“哦，对了，谢尔顿今天去哪了？”我为了转换话题，问大家。谢尔顿一般也不和我们一起吃晚饭。我们三番五次地邀请他一起吃饭，他每次都非常有礼貌地拒绝了我们。后来他向帕德里克坦言，他其实就是喜欢一个人单独吃饭。他说作为一个摩门教徒，他相信就餐时间可以使身体健康，提升忍耐力，还可以提高智商水平。就餐时间需要把身体当作神庙一样供起来。我琢磨着，他的这些目标在他看见我们吃着油腻的中国餐时，确实很难达到。不过从昨天开始他一直都没出现，这就有点奇怪了。

“他用的那台电脑出问题了，在电脑部门同事修好之前，他只能回办公室去做事了。”帕德里克一边大口嚼着食物，一边回答我。

谢尔顿是那种需要有不停的监督才能保证不偏离工作正轨的人，因此我一吃完晚饭就向他办公室走了过去。我们要审核的文件实在是太多了，我可不想他一个晚上就盯着一个文件，字斟句酌地纠结于微不足道的细节问题。我不想再看见一篇关于合同里语法问题的总结报告。

“嘿，谢尔顿。”我敲了敲他和另外一名律师共用的办公室的门，我还从来没到过他的办公室。他的桌子出奇的整洁——根本看不到乱糟糟的文件堆。事实上，他桌子上一张纸也没有。满满一笔筒的笔，以及摆在正中间的插在皮质底座上那满是墨水笔记的日历，这就是他桌上的全部东西。他桌子的旁边，有一块人形的硬板剪纸。

“哦，”他像魔盒里的小丑一样戏剧化地抬起头，“嗨，麦……麦肯茜，”他非常紧张地喃喃念道我的名字。他的脸变成了深红色，那模样看起来就好像他正在电脑上看色情影片，被我逮了个正着。不过我知道那种事情不可能发生，因为他所在的教会不允许他那样做。他告诉帕德里克，他的教会要求所有的已婚男人在日记里记录下自己性冲动的次数，然后每周会举行个会议一起讨论日记里记载的内容。我绝不骗人。我压根不愿意去想那是种什么会议。

“呃，那是什么？”我指着他桌边的人形纸板问道，我内心虔诚地祈祷着千万别是什么他日记里记录的脱衣女郎。

“这个吗？这可是真人大小的亚伯拉罕·林肯！”他激动地回答道，把纸板摆正，以便于我能看得更清楚。好吧……这家伙比我想象中更古怪。我是不是低估了谢尔顿呢？他会不会是那种在CNN电视台出现的，拿着整盒子弹和枪到工作场所要替天行道解决我们这些罪人的枪手啊？我忍不住在脑海设计出一场访问：谢尔顿发疯之前有没有任何迹象？嗯，我想想看，你是说除了他的手淫日记和他办公室里真人大小的林肯纸板吗？

"你觉得怎么样？"谢尔顿满脸微笑地望着我。这是我见过的，他最生动的表情。

"嗯……"我还真不知道说什么好。我自然不希望成为他以后枪击案的第一个目标。我若有所思地捏了捏下巴，说出了我觉得我能想到的最佳答案："我一直以为林肯还要再高点。"

"哇哦！观察力太敏锐了你！麦肯茜！"他一副震惊的表情。"亚伯本人确实还要高两英寸！据史书记载……"

"谢尔顿，"我不得不打断他，我必须问一问，"我能不能问问为什么你有一个真人大小的林肯剪纸板呢？"

他用一种"这答案不是显而易见吗"的眼光打量着我："不仅仅因为荣耀的亚伯是出色的总统，他，还是一名出色的律师。我觉得没有任何东西能像这个剪纸板一样可以给我无限的鼓舞，我一走到办公室就能看见他。"他用崇敬的眼神爱慕地看着他的纸板。看着谢尔顿对自己的偶像如此深情，我还挺羡慕他的，我就没有找到这般的执业楷模。是的，虽然他的楷模不是来自大律所里面，但是至少他有自己的楷模来激励自己。对我来说，今天晚上最激励我的就是一场好好的安睡，不过这种激励和在奔跑的动物面前挂个胡萝卜也没什么两样。而且，我的激励目标也没法剪出来个真人大小的纸板。

两天之后，在我埋头在办公桌上吃着晚餐（从沙拉吧

带回来的鲜虾沙拉）的时候，我终于打开了妈妈发来的邮件。这邮件在我收件箱里已经躺了一周多都还没打开，我觉得特别惭愧。一般来说，要是我没在一个小时以内回她的电话或者邮件，妈妈就会认为是一场灾难，所以我完全知道妈妈现在一定已经抓狂了。

收件人：麦肯茜·科贝特

发件人：妈妈

嗨，宝贝，

我们25号早上会在火车站接你，你记得告诉我们是哪一班火车，我们会带着铃铛（圣诞节铃铛哦！）过来欢迎你！哈哈哈！

爱你

妈妈

圣诞节。这个词像霓虹灯一样在邮件里闪着光。明天就是圣诞节了。我简直不敢相信现在都已经到节日了。我曾经是那种在梅西百货刚买完感恩节的礼物就开始迫不及待地等待圣诞节，等待圣诞老人的人。我喜欢听圣诞颂歌，喜欢松树和树上的松油味儿，我甚至也喜欢节日前购物狂潮的黑色星期五。而今年，我也没落下黑色星期五，索尔发给我的愤怒的邮件让星期五暗黑无比，空气中似乎也真的有一股圣诞树的味道（当然也有可能是厕所里松油味儿的空气清新剂）。我今年唯一一次听见圣诞颂歌是早上在星巴克不耐烦地等着我日常咖啡因供给的时候，星巴克放的颂歌。此时此刻，我一点都没有感觉到节日气氛。节日提醒倒也不是没有，一楼大厅里有一棵八英尺高，装饰齐全的圣诞树，每天我上班去乘坐电梯的时候都会经过，每天精疲力竭从电梯下来踏上回家的路上，也会经过。与其说那是一棵节日的欢乐之树，倒不如说它是一棵站在巨大的垫子上的虚伪之树，它的存在仿佛就是高高在上地嘲笑我们："希望我能为你们糟糕的一天带来一点圣诞的快乐之情！"

我又读了一次妈妈的邮件。我能感到她的兴奋之情……真累啊，这绝对是赶回家过节最糟的时间了，我自己给自己说道。我有那么多工作要做，要是不用工作的话，我也不想赶回家，只想……睡一会。

我的邻居和远亲们肯定会问我很多关于工作上的事情，我才没状态一一回答呢。"你什么时候出庭呢?"（永远不会出庭，我做公司法，不是诉讼法。）"你们律师的生活真的就像电视里演的那样吗?"（你是说每一分钟都有新的证据来出示，以挽救自己的案件，然后和衣冠楚楚的同事在庭上拥抱庆贺吗？不。）"你能不能帮我兄弟免除陪审员义务?"（不能。说实话在那坐上一天，看看报纸，等着人家叫名字的经历对我来说就像是天堂一样——你兄弟应该心存感恩。）

不过关于我的工作的最烦人的问题一般都是妈妈问的，比如说"你为什么不告诉他们你那么晚都需要工作会很累呢?"（因为，数十年诸如此类的压力，律师们都顶住了，什么劳累或者其他的缘由，都不能作为不工作的借口。)

但是这样和我父母解释是一点意义都没有的。他们永远也不会懂的。他们怎么能懂呢？他们的事业并不要求全天候工作。他们的事业不会被邮件、黑莓手机威胁，不会因为接个电话就战战兢兢。他们结束一天工作回家的时候，那一天的工作真的就结束了。他们对于大律所的要求完全没有概念，我去大律所之前也一样。

我可以坐圣诞节当天早上六点十四分的火车回去，圣诞节那一天可以完全待在家里，二十六日早上的时候早点回律所。我在心里默默设计着。忽然我想到：礼物！我忘记买礼物了！我不可能两手空空地在圣诞节回家啊。我赶紧看看时间——晚上七点三十八分了。该死！该死！该死！该死！我抓起我的外套向我知道的离办公室最近的能买到礼物的商店跑去——杜安里德药房。

进药房门的时候我差一点就撞到了自动门上。他们干嘛把这些自动门设计成这样？开关的速度真他妈的慢。一进门，我就快速扫视货架上的物品，脑海里飞速列出清单——我都需要给谁买东西。我购物的每一分钟都得以晚上少睡一分钟作为弥补，一旦清醒地认识到了这一点，我不得不抛弃购物的乐趣，尽快完成整个购物过程。我先是在门口的购物架上抓了一个塑料篮子，然后就飞快向过道跑去，只要是看起来符合我脑海中清单里的人的礼物，我统统扔进篮子里去。一把伞？——完美！爸爸不是总抱怨自己爱丢伞吗？好，另外一个架子。玉兰油套装——妈妈总得用一点皮肤滋润的东西吧？继续扔进篮子。下一个通道。给姐姐买个吹风机。她总是早上起来吹干头发，对吧？每天早上如此！她说不定正需要全新的吹风机呢！放进篮子。阿迪达斯运动香水——给姐夫。他是运动型的男人——我估计他也希望闻这种运动型香水吧。下一个通道。一个穿着圣诞老人衣服的绒毛猫玩具，正面写着“喵喵圣诞节”。小朋友最喜欢毛绒玩具了，对吧？我拿了两个毛绒玩具——我两个侄子一人一个。

买完这些，我赶紧去结账的队伍排队，一路上随意把圣诞节糖果扔进篮筐。要是礼物不够，这些糖果还可以凑凑数。每个人都喜欢糖果嘛！一盒夏威夷口味的混合糖，一包红绿搭配的软糖，还有锡纸包装的圣诞老人巧克力。圣诞节采购的最短时间出炉了。

大约离开办公室二十八分钟以后，我急匆匆又赶回了大楼。我跑得飞快，几乎在大厅把一个快递员都撞翻了，他手上的一大包塑料纸包着的中国菜都掉在了地上。“对不起！”我拎着我的购物袋一边跑一边含糊不清地道歉。没时间停下来帮忙。经过巨大的圣诞树时，我觉得它都在失望地对我摇头。

你没资格批评我，“树先生”。我进了电梯，不停地按着二十七楼。这些都是容易让人接受的圣诞礼物，对不对。但是似乎圣诞树还是在看着我，批评我。“滚吧，树先生。”我嘴里念着，眼睛瞪着圣诞树，直到电梯门缓缓关上。

回到办公室，我猛地摊在椅子上，低头审视了一下刚才购买的礼物。这袋糖果好像是去年的。糖果也会过期吗？我真的买了阿迪达斯的香水？一家以做你脚上穿的鞋子而出名的公司真的懂香料工业吗？我感觉有点泄气。这些东西堆在一起确实看起来像一堆垃圾。那混蛋“树先生”是对的。

“麦肯茜？”我一抬头就看见本站在门口，不满地看着我的购物袋。“你圣诞采购完成以后，你能不能来我办公室一趟，我们正在讨论尽职调查的工作。我四十五分钟之后就要去机场了。”很显然，假期也得工作这个原则对于合伙人来说并不适用。

我笨手笨脚地对购物袋一顿胡塞，想让它待在桌子下面。“好的，本，我马上就过来。”我尽量用最显专业的声音回答道。

“你软糖掉了。”

“啊？什么？”

他指了指我身后的窗户，玻璃的反射正好照出我的购物袋，一包软糖破了，落得满地都是。

“哦……嗯……谢谢。”我弯下腰去捡起软糖，却不小心把头磕在了桌沿上。当我直起身的时候，我装作什么都没有发生，紧张地笑了笑，事实上本已经转身走了。

我干渴的嘴唇里发出长长的一声叹息。愚蠢的软糖。我应该把你们扔在那棵该死的圣诞树下。

17

我带着笔记本电脑，走下火车。这是圣诞节的清晨，周围的乘客收拾起大包小包，慢慢往火车外挪动。他们包里装满了节日礼物，包装精美，洋溢着节日的喜庆。我感到很难堪，想到行李箱里那个简陋的塑料袋，里边装的是在杜安里德店里草草购买的礼物，甚至都还没来得及包装。

“宝贝儿，这里！”妈妈在人群对面热情地向我挥手。我都差点忘了 F&D 之外的人们原来这么活泼。看到妈妈兴高采烈的脸，我的眼眶湿润了。直到看见爸妈，我才意识到自己有多想念他们。

“我们大城市的律师女儿回来啦。”爸爸低沉而有力地说道，同时把我拉入怀里。

“圣诞快乐！”妈妈在旁边高兴地附和。

爸爸的拥抱太舒服了，我简直不想放开。尽管我在纽约的生活是争分夺秒地向前飞驰，但我与爸爸的时光似乎还被冻结着。跟爸爸在一起时，我还是那个七岁的小姑娘，比萨就能解决一切问题。

“宝贝你看上去很棒。”妈妈激动不已，一把抱住我。“但你是不是瘦了？”她又把我从怀里拉出来，仔细打量我，戳了戳我的肋骨，脸上满是心疼。

“没有吧，妈妈。”

“好吧，我要让你在回去之前多长点儿肉。我做了爆米花！”就算家里其他人都不喜欢，妈妈还是会按照我最爱的口味准备圣诞大餐。我还知道，她应该已经把我的房间打扫干净了，然后在床头柜上放一碗我最爱的糖果，床上还有为我准备好的新毛巾。

“妈妈，谢谢你。”我笑着说，一边眨了眨眼，止住了差点流出的眼泪。

“咱们回去吧，”爸爸说完，揽着我一起朝出口走去，“大家都很期待见你呢。我也很想听你讲讲纽约的精彩生活”。

精彩？那我必须得省略掉一些糟糕的部分。

一进家门，我就闻到新鲜出炉的圣诞饼干的香味。这是我从小成长的家，在这里我不用咬紧牙关，全身都感到放松，心里那些疙瘩也解开了。我回家了。要是能够每天把这香味用管道输送到办公室，那该多好。

“其他人两点才到家，还有几个小时。你吃午饭了吗？”妈妈问着，一边朝厨房走去。“我可以用微波炉给你热点意大利千层面。如果你想吃清淡点儿的话，我就给你烤个百吉饼。”她拿起圣诞老人的围裙穿过头顶，然后伸手到背后系上。

午饭？我看了看时间，上午十一点四十五分。大多数时候，如果我能在这个点吃上早饭，就算幸运了。

“百吉饼吧，妈妈。”我在餐桌旁坐下，看着妈妈在厨房忙里忙外：切好百吉饼，放入烤面包机，然后从冰箱拿出奶油芝士。

我突然想起，妈妈任何时候进厨房，都会穿上围裙。她随时准备着做饭、做小吃，或只是再擦一擦已经很干净的台面。如果她出生在另一个时代，会不会是在管理公司而非操持家务了呢？我想知道，如果那样的话，她会不会更快乐，更有成就感。很难讲。看着她在我的百吉饼上涂抹奶油芝士，嘴里哼着“铃儿响叮当”，我已经很长时间没看到过得这么心满意足的人了。

她把百吉饼端到我面前，欢快地告诉我圣诞节的大致安排。“大家两点钟到齐，然后开始准备礼物和装饰。说出来你都不信，我想办法搞到了埃文向圣诞老人许愿要的电子游戏。”之后妈妈开始滔滔不绝地讲述她怎样帮助了当地的玩具商店老板，我的思绪却游荡到了行李箱里打算送给埃文的那只猫咪毛绒玩具。我长期在外工作，已经是不称职的姨妈了——我到底在想什么啊？居然还给他买了个便宜的猫咪毛绒玩具？送礼物时节到来之时，难得回趟家的姨妈至少应该送份大礼啊。要不然我塞一百块钱进去吧。可五岁的小孩会喜欢现金当礼物吗？

就在妈妈快要讲完她的胜利故事时，我及时把注意力调整了回来。“他收到货时，立马给我打了电话，我赶紧跑去拿了回来。其实当时我正在看电影，只好中途离场，不过这都值了。埃文看到礼物会小眼睛放光的。”她面带胜利的微笑。

“太棒了，妈妈。我其实不太有……嗯……时间去给他买像样的礼物。你能不能在礼品卡片上也加上我的名字啊？”我不想这么早就在他们幼小的心灵中成为全世界最糟糕的姨妈。

“当然，没问题，宝贝儿。”妈妈知道我在想什么，补充道：“无论如何，他们看重的也不是找你拿礼物啦，别担心。玛格丽特已经告诉了两位小伙子，你明天要带他们去看最新的布偶电影，那会比他们今天收到的所有礼物都好。”

“妈妈，我没时间去！”我急忙大喊。她的表情一下就黯淡了，我深吸一口气，语气缓和了下来：“对不起，我明天必须搭早班火车回去，办公室还有好多事呢！”我强行让自己听起来很愉快。

“你明天就要走吗？那你在家二十四小时的时间都没有啊。我知道你工作很忙，但是……”

“看吧，这就是大城市里成功律师的生活。”爸爸热情地加入谈话，走进厨房，手里拿了份报纸，准备跟我讨论最新时事。妈妈转过身去继续忙活。最近我似乎令每个人都感到失望，所幸至少爸爸还能理解。

“你看看，他们现在用我们纳税人的钱都干了些什么呀？”他坐下来，摆开架势要跟我讨论一番。

“首先，我们需要一杯酒。”玛格丽特从碗橱里拔出两个大大的红酒杯放在台上。

“我可不记得配料清单上有这一项。”我窃笑着说，玛格丽特打开一瓶灰皮诺[1]葡萄酒，倒满两大杯。

“这是秘密配料。”她咧嘴笑起来，递给了我一杯。我把手机调为静音，放进口袋，然后端起酒杯。“所有大厨的招牌菜都是在醉酒的情况下完成的。”她举起酒杯，隔空跟我干杯，满足地喝下一大口。

“好吧，看来美食广播网[2]里这个细节我还不知道呢。”我转身背靠着台面，偷偷观察着姐姐。尽管已经生了一对双胞胎，她的身材仍然足以在健身杂志上当模特。她体型健美，腹部漂亮的马甲线媲美杰西卡·阿尔芭[3]，完美的翘臀，简直无疵可寻。我呢，的确是瘦，但全身毫无线条，更谈不上凹凸有致了。健身杂志肯定不会找上我。

“好了！”玛格丽特放下酒杯，双手在牛仔裤上擦了擦，低头开始研究食谱，“我们要怎么做这玩意儿？”

“这是我的拿手菜，肉桂奶油姜饼卷，”我指着妈妈的菜谱上的图片，安排说，“你负责搞定肉桂奶油，我来做

---

〔1〕 灰皮诺（Pinot Grigio）：葡萄品种，词源为意大利语，现已成为大众熟悉的葡萄酒品种。

〔2〕 美食广播网（Food Network）：美国第一家全天候 24 小时播放的美食专业频道，深受大众喜爱。

〔3〕 杰西卡·阿尔芭（Jessica Alba）：美国著名电影明星，身材火辣性感。

姜饼卷”。

我在厨房忙活着准备碗和食材，嘴里竟不知不觉哼起了歌儿。听到熟悉的锅碗瓢盆的叮当声，呼吸着香草、肉桂和姜的味道，我想起自己曾经也是烘焙界的一名忠实粉丝。我喜欢烘焙给我的感觉：从零开始创造，精心配好面粉和糖的比例，撒入新的配料，再加少许肉豆蔻就能改变整个味道。我爱把饼干烤至金黄，香气溢满整个房子。但我已经……我都不记得自己上一次烘焙是什么时候了。

“纽约的生活怎么样？”玛格丽特问我，顺便把手指伸进她调好的配料里尝了尝。

“噢，很好，”我轻快地回答，“一切都挺好的。”

“挺好？你简直是人生巅峰了好吗！我真羡慕你，我的意思是，趁着年轻的时候，你能够生活在纽约，享受那里的一切——那里的艺术、食物、活力。”玛格丽特充满渴望地看了会儿远方。“卢克和我非常想去纽约看看你，可能等我们小孩再大一点儿……”她的声音越来越小，开始混合碗里的配料。她用力过猛，我觉得碗都快掉下来了。

“你们记得来哦。”我热情地点点头，突然意识到这是第一次玛格丽特羡慕我所拥有的。过去那么多年，我成长在她的阴影下，希望自己能像她一样，拥有她的生活。而现在呢，我却成了被羡慕的那一方。玛格丽特说得对，纽约的生活确实丰富多彩。我得到了自己所渴望的一切。只要我能坚持度过接下来这几个月，我默默告诉自己，一边把香料放进鸡蛋里搅拌。那个时候高地酒店的交易就会结束，我将顺利获得借调去星空公司的机会，走上合伙人的康庄大道，一切都会井然有序。

“肉桂奶油做好了！”玛格丽特骄傲地宣布，我正在把调好的糊状物舀进烤盘。

我放下铲子，拍拍她的背。“我马上把姜饼卷放进烤箱，烤好之后，我们就可以进行最后一道工序了。”

“那我先去楼上包装礼物吧。”玛格丽特朝门走去，又倒回几步，拿走了她剩下的半杯红酒。“带上这个。”她坏笑着补充道。

我靠回台面，把刚刚手指上沾到的姜饼糊舔干净。默默感叹在心里没有疙瘩的时候，食物真是美味啊。烤箱里飘出阵阵香气，圣诞颂歌轻柔地播放着，窗玻璃上是圣诞树的倒影，上面的灯光一闪一闪。我感到真挚而简单的小幸福，端起酒杯，长长地呼出一口气，感觉全身心都得到了净化。

嗡……

过了一会儿，我才反应过来裤子为什么在嗡嗡作响。

收件人：麦肯茜·科贝特

发件人：本·吉拉尔迪

麦肯茜，

文森特在墨西哥，酒店没有打印机。你能否把最新版高地酒店案子的购买合同及其修订版本用联邦快递寄给他。地址如下。尽快。

本

这一定是在开玩笑吧！我内心默默地尖叫起来。当合伙人到底有什么特殊之处，让他们连打印文件这种简单的任务都无法独自完成？去年冬天，就因为文森特嫌在自己家里打印麻烦，艾利克斯不得不顶着暴风雪，踩着厚达十四英寸的积雪，步履艰难地亲自给他送去六十七页的购买合同。

我怒火中烧，文森特一定能够在酒店附近找到打印的地方。他为什么就一定要尽快看到文件呢？我们又不是在中东地区进行和平调解——就休息这么区区一天，交易还是能够顺利完成啊。但“尽快”两字好像在屏幕上对我吼叫，我没时间冷静下来，然后说服自己此行目的是回来陪家人，以及文森特明天收到文件也不会死。我冲上楼，赶紧拿出律所发的工作笔记本电脑，登录账号。

爸妈家的网速奇慢无比，我登录了很多次，可每次都遇到同一出错信息。本用户名已在其他地方登录，请先退出再试。如信息有误，请联系技术支持中心。

我听到客厅传来笑声，爸爸正在给大家讲述他去商场圣诞采购的遭遇。“我偷偷跟着那人，想把车停在他的车位上，结果发现他是停车场的巡逻警卫！”他的声音低沉而有力。“他以为我是偷车贼，正在探察停车场呢！”又是阵阵大笑传来，我拨通了技术支持中心的电话。

“因为安全原因我们不允许雇员同时多地登录。”技术员语调平平地告知我。

“我并没在其他地方登录，”我气冲冲地回答，“我离开办公室之前就已经关掉了电脑”。

她似乎觉得我很愚蠢，叹了口气说：“不是你办公室的电脑，你现在的账户是外部计算机登录状态。”

“没有，我现在正在尝试从外部计算机登录，但我登录失败。我不可能同时在两台电脑登录。”我知道技术中心的人很难缠，只好尽量压住怒火，强装平静。

“好吧，我已经把你的账户退出了，”她自顾自地回答道，“所以现在应该可以了”。

我盯着电脑屏幕，出错信息消失了。

“如果你还有问题，可以再联系我们。”她冷冰冰地说。

“等等！”这毫无道理啊。“嗯，刚刚我的账户是在哪里登录的呢？”

“那台电脑不是律所发的工作电脑，我无法得知具体位置。”

“谢谢。”我挂掉电话，凝视着电脑屏幕，感觉有什么地方不对劲，但很快将这种想法赶出了脑海，因为还有工作要做呢。我找出最新合同版本，添加修订格式，添加至邮件附件，发送到文件服务部门，嘱咐他们用联邦快递寄给文森特，处理好之后给我回电话。如果晚餐前我还没有收到他们的确认电话，就必须得想办法自己搞定。为了以防万一，我极不情愿地打开了爸爸的老式打印机，抓起鼠标，点了打印键。父母家里好多东西都很陈旧，打印机很多年前就应该换了。但我爸爸生活节俭，只要是勉强还能够使用的东西，他都不会扔掉或者换新的。于是我下定决心送他们一台新打印机作为迟来的圣诞礼物。就在这时，妈妈大叫："什么东西烧煳了？"我赶紧惊慌失措地跑下楼。

"该死的。"我轻声骂道，拉开烤箱门，与此同时妈妈丢了一块抹布盖住烟雾感应器。"真该死，"我又骂了一声，把烤盘砰的一声摔到炉子上。"都被毁了。"我低头盯着黑乎乎的蛋糕卷，悲从中来。

妈妈走到我身后，试探性地将手搭在我的肩膀上，好像生怕我会转过身攻击她。"宝贝儿，没关系的，"她声音很轻，差点跟悄悄话一样，"我们有很多甜点，吃都吃不完呢"。

两个小时后，大家酒足饭饱，都开始帮妈妈收拾饭桌，并对丰盛美味的晚餐赞不绝口。而我呢，之前享受的那种平静的满足感已荡然无存，取而代之的是紧张焦虑和烦躁不安。晚餐时，我不停地偷偷在桌底下拿出手机，希望有哪位文件服务部的好心同事打过来告诉我事情已经办妥。我几乎没怎么碰碗里的食物，实在不想再增加胃里的负担，我也无法理解饭桌上大家的谈话，所有的声音混在一起，成了手机响亮的蜂鸣声。我隐隐觉得，自己好像不在整个场景里，我似乎是被“过去之灵”[1] 带回到过去，他要让我感受一下一家人过节的欢乐氛围。你现在是在2015年的圣诞节，被手机束缚……你下午刚烤煳了姜饼卷……

“你能帮我拿下那盘火鸡吗？”妈妈给我指了指，“我想把它放冰箱里”。她一只手端着一叠餐盘，另一只手端着半碗剩下的菜豆。我端起火鸡，随她走进厨房。我还没有接到文件服务部的任何消息，我必须得自己去找个地方寄文件了。但是我必须想好策略，不能让爸妈知道我在干什么。他们会觉得我疯了，然后让我放松——工作可以等等。他们不会理解的。

我用保鲜膜包好火鸡，整理一下冰箱挪出空间，然后放了进去。“妈妈，我要出去迅速办点事儿。”我尽可能随意地说。

“现在吗？但是我很快就要上甜点了呢，”妈妈表现出不安，“你去哪里啊？”

“我十分钟就回来！”我大喊道，跑出厨房，一把抓走爸爸的车钥匙，以及由极其缓慢的打印机打出来的那份二百三十四页的文件。我不敢告诉妈妈我圣诞节还要工作，

---

〔1〕 过去之灵（Ghost of Christmas Past）：查尔斯·狄更斯的经典小说《圣诞颂歌》（A Christmas Carol）中的角色之一。富有而冷漠无情，连乞丐都不愿向他讨要的自私透顶的吝啬鬼斯克鲁奇（Scrooge）在圣诞夜被三个圣诞精灵造访：“过去之灵”“现在之灵”（Ghost of Christmas Present）、“未来之灵”（Ghost of Yet to Come）。“过去之灵”带斯克鲁奇回到过去，看到姐姐对他倍加关爱的情景，还看到仁慈的老板圣诞夜与员工欢度，款待他们的情景。于是被深深感化，对自己从一个贫穷却快乐的年轻人变成一个富有却失去亲情的老板感到懊悔。

那会让她伤心。最好的方法就是完全忽略掉她的问题，一会再想怎么解释。

我希望最近的联邦快递分局还在营业，然而当我靠边停车后，发现所有的灯都关着，黑漆漆一片。如果你们扬言一直营业，那你们就应该一直营业啊。我生气地想，满心沮丧地使劲拍打着方向盘。除了我就没有其他人要工作吗？好吧，接下来怎么办？好好想，麦肯茜，好好想，我命令自己，一边用食指揉太阳穴。我收到邮件也不过几个小时而已，可我觉得本好像就坐在副驾驶上，气得满脸通红，对我大喊：“立刻把那该死的文件寄出去！”我的手机又响起来。

收件人：麦肯茜·科贝特

发件人：本·吉拉尔迪

算了——联邦快递不够快。文森特的酒店有传真机。传真号码 011 223 476 9933。发过去后告诉我。

本

传真机？现在什么年代，1988 年吗？我想起附近有一家小超市，是周围唯一一家还在营业同时可能会有传真机的地方，便发疯似地冲了过去。感谢上帝，世上还有勤劳的小商人。我停好车看到灯光亮着，感动不已。一名男子坐在收银台后。好人，就是他们。

“一美元一页，”收银员指了指传真机说，“这么多页会花些时间。”他的眼神几乎没有从手中的杂志上挪开。我纳闷是什么透露出我的迫切需求，让他这样乘人之危——是我绝望又慌张的眼神吗？还是我死死攥住那234页纸的样子，好像里边写着解开宇宙奥秘的答案？

我把信用卡丢到柜台上，把厚厚的文件递过去。他一动不动。

“只收现金。”他把手上的杂志翻到了下一页。

“他妈的，”我咕哝着，打开钱包看看还有多少现金，发现只剩四张一美元纸币和几个二十五美分的硬币。“好吧，我马上就去取钱，你能现在先开始帮我传真吗？”我恳求说，“有人正在墨西哥等着这份传真呢，这真的很重要。”希望我的语气已经表明了情况有多紧急。

“不行，只能先付款。”他厉声说道，头都不抬。

理所应当。

十五分钟后，我给本发了邮件，告诉他传真已在路上，然后身揣一叠现金回到店里，近乎抓狂。我把钱摔到柜台上：“好，开始吧。”我喘着粗气，鼻翼张开，怒视着他，好像我俩马上要干上一架。他根本没注意到——他几乎都没有看我。我只是对着他头顶怒目圆睁。

他放下杂志，慢悠悠地站起来，开始悠闲地、一张一张地传真。宝贵的时间一分一秒地流逝，他拖拖拉拉，毫不在意。我满心沮丧，心急火燎地在柜台上敲打着手指。“很多页，要花一段时间。”他平淡地说。

四十五分钟过去了，每一分钟都是痛苦而漫长的折磨。我终于收到了确认信息，传真已经顺利发过去了。“圣诞快乐。”我离店时店员朝我喊道，我猛地摔上门，头也不回，门上挂的铃铛在背后叮铃铃响着。

我到家时，妈妈已在厨房清洗甜点碟了。“你回来了！”她感叹道，明显松了一口气。她放下正在清洗的盘子，用毛巾布擦擦手，然后问：“麦肯茜，到底发生了什么事情？”

“什么意思？”我摆弄着手里的钥匙，避开妈妈怀疑的目光。

“你刚刚晚餐后就消失了。一切还好吗？”

她关切的声音让我差点无法控制眼里即将溢出的泪水，有那么一会儿我真想告诉她真相。一切都不好：我睡眠不足，喝了太多咖啡，导致已经头痛好几周了；我很确定内脏里的烧灼感是日渐严重的溃疡；我已不记得上一次连续睡觉三小时以上是什么时候，也不记得上次晒太阳是多久之前了；我现在极其需要的，是让妈妈抱住我，告诉我我做得很棒，告诉我一切都值得。但当然，我并没有说。如果妈妈知道我工作时间那么长，还忍受了那么多虐待，她会立刻坚持来纽约照顾我。或者更糟，让我辞职回家，成为一个失败者。我已经离目标如此之近了，我不能冒险让妈妈的过度关心成为阻碍。所以我拼命眨眼，忍住了眼泪，回答道：“妈妈，一切都很好，”语气显得过分活泼，“我只是去了趟银行”。

“银行？”她拧着双手，“宝贝，你是遇到了经济方面的问题吗？”

“没有，妈妈！你为什么会这样想？”

“呃，你送的礼物……”她没说完，一阵令人尴尬的沉默。

噢天啊，礼物。我都已经忘了家人收到我的礼物时，会出现的结结巴巴说“谢谢”的尴尬情景。我到底在想什么？给家人买了那堆不值钱的垃圾货。难怪现在可怜的妈妈在考虑是否需要去银行抵押房子，二次贷款来帮我摆脱糟糕的经济状况。

“妈妈，我向你保证我没有任何金钱方面的问题。一切都很好，真的。我只是迅速跑去自动提款机取了个钱，因为明天早上没时间去。我一大早就得回去呢。”我提醒她。

她点点头，一言不发。

“只是今年圣诞节来得有点儿让我措手不及……”我含混不清地说，从餐桌下拉出把椅子，一屁股坐上去。

我能感觉到妈妈在仔细观察我，不由得想到眼前这幅场景会不会演变成跟往常一样，每次妈妈觉得哪里出了岔子，她就会死死地盯着我，反复询问“你确定你很好？”这样足以让我眼泪决堤，说出实话。但今天并没有这样，可能我表现得比想象中更有说服力吧，也可能她只是在尽量避免冲突，再或者她终于放心让我独立解决问题了。如果她怀疑我的解释，她会沉默不语。

隔壁房间传来响亮的电视声，时不时夹杂阵阵大笑，大家都在一起看《疯狂圣诞假期》[1]，这是保持了十五年的家庭传统。我最爱的电影。

我真想也蜷坐在沙发上，盖个毯子，跟他们一起大笑。现在快演到我最喜欢的部分了——克拉克告诉艾迪他唯一想要的圣诞礼物是把老板包装好，还要戴上蝴蝶结。于是艾迪就去绑架了克拉克的老板。每次看到这里我都会爆笑。

“好吧，”妈妈深吸一口气，走到冰箱面前，打开门，拉出锡纸包好的一个盘子，“我们本来想尽量推迟甜点时间，等你回来一起。但一个小时后大家等得不耐烦了。”她把盘子放入微波炉，用力按下按钮，“我帮你把这个派热一热”。

我居然错过了妈妈的苹果脆塔派新鲜出炉的时刻，我气得再次默默诅咒本，在脑海里幻想着有人能把他绑架了，也用蝴蝶结包装好，挟持到这儿来看看他的为所欲为把别人家的节日欢聚弄成什么样了，让他认识到自己的错误。他可能会愧疚得在现场立即把借调机会奖励给我吧。毕竟切维·切斯[2]就遇到了这样的好事呢。

“上面放冰激凌还是生奶油？”妈妈问。

我感觉手机又在口袋里嗡嗡响。“冰激凌。”我心不在焉，拿出手机偷偷看了看信息。

---

〔1〕 疯狂圣诞假期（National Lampoon’s Christmas Vacation）：一部圣诞题材电影，于1989年出品。影片夸张幽默，笑料百出，温馨浪漫。

〔2〕 切维·切斯（Chevy Chase）：前面提到的电影“疯狂圣诞假期”中，克拉克的饰演者。

收件人：麦肯茜·科贝特

发件人：本·吉拉尔迪

谢谢。

本

第 2084 号危机终于解决。

第二天清晨，我走进厨房，看到爸爸站在炉灶边做他最拿手的薄饼。妈妈在爸爸面前，只对两样食物的厨艺会自愧不如——那就是薄饼和烧烤。多年来，爸爸每逢周日和节日都会为我们做薄饼，技艺已经炉火纯青，做出的薄饼堪称一绝，是我吃过最棒的。夏天，他会在薄饼里放上新鲜蓝莓，差不多是我最爱的夏日记忆——夏天第一份蓝莓薄饼。“你起得真早。”我说，随之从碗橱里抓出一个马克杯，倒上咖啡。

“我可不能让你空着肚子回纽约啊。”

爸爸从来不是一个轻易表露情绪的人。妈妈喜欢外在地表达情感，会有充满爱意和热情的肢体接触，会在我的饭盒里留下暖心的便条。而爸爸恰恰相反，他不善言谈。我长这么大，他最热情洋溢的情感表达莫过于夸一句“干得漂亮”，以及拍拍我的背。但这并不代表他不会表达爱意，他只是通过实际行动表现出来。知道我的回程火车是早上7：22，他五点半就起床为我准备早餐，不让我饿肚子，真是满满的爱意。

“你昨晚突然消失去了哪儿呀？”他问道，舀了一勺和好的糊状物倒入煎锅，“连甜点都错过了，这不像你。”

“只是临时要去办点事啦。”我含糊地答道。

“嗯。”一阵突如其来、令人难受的沉默。他搅拌了一下那碗面糊，又舀了一勺倒入煎锅。“听我说，”他清了清嗓子，“妈妈觉得有什么事情你……呃……在瞒着她。她说毫无理由消失这么久，不像你的风格。”

我翻了个白眼。烤糊了姜饼卷，错过一顿甜点而已，突然就成了家庭危机了。

“她好像觉得……嗯……我应该跟你谈谈，”爸爸的眼睛一直盯着锅里煎起泡的薄饼，“那么，有什么你想聊聊的事吗？”

可怜的爸爸。被逼无奈说出“有什么你想聊聊的事吗？”这句话，他心里应该觉得跟炼狱一般难受吧。不要曲解我的意思，爸爸不是害怕交谈，只是涉及的话题必须得在他感到舒适的范围内——如政治、书籍、运动、电视。而这种开放式问题，可能会引导人们深入谈及自己的内心感受——或者更糟，让人痛哭流涕——这对他来说是天大的折磨。如果现在妈妈派爸爸来当枪手了，那她一定是觉得情况非常不妙。

“爸爸，真的，没有什么事情。”我希望回答的语气能够让他放心。

“不是感情问题吧？是吗？”我注意到爸爸的耳根已经变成亮粉色。我知道现在这一刻对我俩都一样痛苦。如果他突然说出“你用了保护措施吗？”那我真的会尴尬地打开烤箱爬进去。

“不是，爸爸！我只是工作真的很忙。仅此而已。我不知道妈妈为什么会觉得奇怪。天啊，我还以为你和妈妈看到我工作努力，会很开心呢。”

“我们当然开心，我们开心。”他重复了一遍，看上去对谈话内容明显感到自在多了。“你工作时还是乐在其中吧？对吗？”

“嗯哼。”我点点头，并不记得曾经告诉过爸妈我很享受工作，不过争论这些细枝末节毫无意义。况且，在爸爸看来，如果一份工作收入可观，他从来都无法企及，那就像是每天都中彩票。那当然是很享受的。

“那就好，听你这么说，我感到很高兴。”爸爸微笑起来，他的任务完成。

“你最近有没有跟迈克叔叔联系呢？”我力图转变话题。迈克叔叔是我爸爸的一个兄弟，圣诞节没能到我家一起吃晚餐。他和女儿阿米莉娅在波特兰过圣诞，阿米莉娅换了份新工作，圣诞不能请假回家。

“其实我昨晚就跟他聊了聊天。你知道最近阿米莉娅在干什么吗？”他手拿刮铲指着我问。阿米莉娅一直都是我们家族的叛逆者，这让她保守派的爸爸非常懊恼。十七岁时，她就宣布不念大学了，要跟男朋友的乐队去四处表演，她打手鼓。她爸妈心急如焚，想尽办法劝说她去读大学，还威胁道如果不去大学，就断了她的生活费。结果阿米莉娅并没有动摇，她之后的十八个月都跟着乐队路演，直到她与鼓手分手，一文不名，不得不回到父母家。打那以后，她换了大约十三份工作，领域从专业抗议者横跨到动物气球艺术家。

“参加了马戏团吗？”我打趣地说。

“她给波特兰的一个会计师当起了秘书。你敢相信吗？阿米莉娅干办公室工作？”爸爸难以置信地摇摇头，然后转身回到煎锅前，把薄饼翻到反面继续煎。“毫无疑问，她的老板也真是个疯子。他给秘书开出的工资远远高于市场价，可恶的是，他其实有足够时间去自己完成那些工作呢。没人想为他干活儿！我猜这就是为什么阿米莉娅居然得到了这个机会吧。”他微笑着，盛了四个薄饼到盘子里。“据迈克叔叔说，那人糟糕透顶。他居然毫无缘由地让阿米莉娅在圣诞节上班。那人没有家庭，也没其他事可干。”

我脑中浮现出一个画面：曾经放浪形骸的堂妹被困在某昏暗的办公室，听任另一个本的差遣，满足那些荒谬无理的要求。

“不管怎样，阿米莉娅说她就坐在那儿，无聊到跟自己的手指玩了一整天。唯一做的事情就是发了几封传真。其实她根本不需要待在那里！你能相信吗？在根本不必要的情况下，老板害得她错过了跟家人团聚过圣诞节的时机。”爸爸又摇摇头，把那盘薄饼放到我面前。“不用担心你妈妈那边，我会告诉她的。相信我，看到你一直这么奋发图强，我们俩都很开心。我们深感幸运呢，”他说道，拍了拍我的背，“我们的女儿永远不会为那样的混球工作”。

我点点头，拿叉子拨弄着薄饼。突然觉得自己不是很饿了。

18

我手里攥着一本全新的拍纸本和一个快被高地集团交易文件撑爆的文件袋，走进了文森特的办公室。重新回归生活，回归现实。从沮丧的回家之旅回到纽约，其实也是一种解脱。回家让我感觉很挫败，我不能给家人他们需要的东西——我的注意力、时间，甚至像样的礼物。在纽约，至少我不用再去面对妈妈关切的眼光和侄子们失望的小脸蛋。我不用打起精神来再假装工作并非是我最看重的东西，也完全占据了我的思想——在这里，在大律所，我就应当那样想。

文森特朝我的方向点了点头算是打招呼，直到我坐在他办公桌前的毛绒沙发上，他的眼睛仍然没有离开电脑屏幕。现在时间是 12 月 30 日，他刚刚从墨西哥回来。他马上要启程去阿斯彭度过每年例行的新年滑雪之旅，这之前，他很着急地召集我们开一个情况报告会。他绝对不会浪费他在纽约度过的这二十四小时的旅行间歇，一秒钟都不会浪费！

文森特的办公室和索尔的办公室分布在大楼里对角线的角落里，里面不同的装饰风格多多少少也体现出这两人的区别。远一点的墙边树立着巨大的红木书架，上面摆满了各种尺寸的蒂芙尼铂金照片框，里面都装裱着家庭照片：一个五官清晰的少年拿着冲浪板在海边；一个带着牙箍的小女孩的校园照片，她笑起来就和她爸一模一样；文森特和他妻子在宏伟的楼梯间的合影，文森特在照片里穿着严肃的黑色领结套装。窗台上有一个马克杯，上面写着"世上最好的爸爸"，旁边则放着带有亲笔签名的棒球。这些都是办公室之外的生活细节——索尔的办公室里绝对是看不到的。不过，尽管这些温馨的笑脸从相框里笑盈盈地凝视着我，但是我可没有被骗住。

F&D 里，每个秘书要为两个律师服务。丽塔刚好就是为文森特和我服务的。作为文森特的秘书，丽塔需要帮他浏览所有的信件，将重要的信件过滤出来。不仅仅是工作邮件，而是所有的信件。"你才不会相信我读到了什么呢！"丽塔在被分配为我的秘书之后，悄声对我说，"比如那些疯狂的个人信件！"丽塔继续八卦，原来文森特的现任妻子叫林恩，是他第三任妻子，不过在文森特和第二任妻子蒂娜还没分手的时候，林恩就已经是文森特的情人了。林恩一直毫不厌倦地追求仍在婚姻关系中的文森特，他们确定情人关系以后，林恩在一场需要带黑色领结的慈善宴会上让蒂娜知道了她和文森特的关系。

"你相信那个贱人那样做了吗？她在蒂娜所有朋友的面前告诉蒂娜她老公是她情人？是我的话，我就要揍她了。”丽塔夸张地尖声说道，并朝着空气握紧拳头挥出一记漂亮的出拳。“不过蒂娜也没让文森特好过，”丽塔又轻轻地笑了笑，“他们离婚几个月之后，蒂娜给文森特发送了一封邮件，说她和文森特最好的朋友上床了，并且终于明白了什么是真正的性高潮！我专门把那封邮件标了着重强调的小旗子。我想他应该了解一下”。丽塔做了个调皮的笑脸。

而且，并不是只有婚姻给文森特带来了困境，他的孩子们也一点不省心。他的儿子在文森特办公室的照片里看起来那么单纯无辜、热爱阳光晒得黝黑、活泼健康，最近却因为吸食可卡因进了康复治疗中心。他儿子才十八岁，刚刚进入大一。“周末的时候文森特到佛蒙特州把他儿子从大学接了出来，送到了康复治疗中心去。朗达，他第一任老婆，也就是儿子的亲妈，使了九牛二虎之力也没能撬开他手上的黑莓手机。他居然一直用手机在进行电话会议——基本上都没出酒店房间的门。那是什么样的爹哦？我是说，怪不得他的孩子会有问题，对吧？”

丽塔还说，文森特的女儿，艾玛，目前在读高中，却已经开始和暴食症斗争。因为文森特给朗达发邮件，说女儿的这毛病是遗传了她。“‘你从来不肯放下甜甜圈，现在你女儿也一样了。’这就是那个混蛋和自己亲生孩子的母亲说话的样子，”丽塔边说边摇头，显得非常厌恶，“你能相信吗？他在地狱里腐烂也一点不冤枉。”她做出用双手绞住脖子的动作，伸出舌头，鼓出眼珠子。“他身边的人没一个‘整’心快乐的，”她再一次摇了摇头，“把全世界全部的钱给我，我也不想过他的生活。太不值当了”。

“好吧，”文森特终于把眼睛从电脑屏幕挪开了，注意力集中到本的身上，开始说话。本在文森特对面两把椅子中的一把上坐着，另一把椅子坐着从财务部门过来的合伙人。我赶紧让自己视线从文森特的照片框上挪开，抓起笔，准备做笔记。文森特抓起一堆纸上的镇纸，上面写着“即使相信，仍需验证”，他拿出那堆纸的最上面一页看了看，皱了皱眉头，又把镇纸放到另外一大堆纸的顶部。他双手握紧，身子靠在肘部向前倾，来回看着本和财务部的合伙人，问道：“我们进行到哪一步了？”

“嗯，我们已经让尽职调查的团队尽可能加油干活了，那边没人拉后腿。”本看了看他手里我精心准备的备忘录，给了我一个确信的眼神，好像在说：“我说的不对你就要提出来。”我点点头表示同意，但是忍不住猜测他到底有没有读我写的备忘录。“我们等着您签署最新的购买协议版本，然后我们这边事情就可以告一段落了。”

“你什么时候发给我的？”文森特打断道，他抓起鼠标，从眼镜后面眯起眼睛审查着电脑邮件。

“麦肯茜给您传真到墨西哥的。”本看着我，需要我的确认，我赶紧点点头表示赞成。

文森特揉了揉他的脸，看起来像是努力在回想是什么传真。我此刻也在思考：他到底让多少可怜的初级律师给他传真文件了。“哦，那个啊？”他忽然笑了，“我扔到垃圾桶了，墨水太浅了，太阳底下根本看不清”。

我气得咬牙切齿。

“哦，好吧。”本在他座椅上不安地看起来很不适地扭动了一下，显然他也被文森特的出尔反尔有点激怒了。“麦肯茜，你这里有最新版本吗？”他用手指了指我带来的一大堆文件。

“在这儿。”我从一直攥着的文件袋里抽出文件，站起来递给文森特，他瞅了一眼，说道：“我今天出发前看看。还有什么吗？”他转身向财务部的合伙人问道，我也回到自己的座位上，整个人气得快爆炸了。

我仿佛听到爸爸的声音在脑海里回荡：我们的女儿永远不会为那样的混球工作。

晚上八点半，纽约的跨年夜，我正埋头于办公桌前，戳着从 Seamless 叫回来的外卖炒宽面，新邮件的声音忽然响了起来。

收件人：麦肯茜·科贝特

发件人：杰森·克莫德

我希望这是我们最后一次在不同的海岸过新年。我希望我能在你身边一起迎接 2016 年的新年钟声。晚上给你电话。

1－4－3

杰森在洛杉矶完成他作为克默德家庭成员的圣诞使命，昨天他发短信告诉我他已经出发去拉霍亚冲浪了。“你明年一定要和我一起参加，”他在短信中写道。“明年一定。”我也在短信里向他许诺。

我把杰森的信读了三遍，点开了他的图片附件。杰森光脚站在金色的沙滩上，身后是蔚蓝色的大海，海滩上形形色色的沙滩遮阳伞在清风中摇曳。这图片本身就是一副明信片的背景了，不过杰森却做出了大拇指朝下的手势，他嘴巴也撅了起来，表示出我不在身边的不满样子。我不由得笑了。他的古铜色肤色像是被阳光亲吻过一般，手臂和宽厚的肩膀看起来都如此迷人；海水的盐分让他的头发略微卷曲，那种性感的冲浪式卷曲；落日的余晖不知何故让他的眼睛也看起来更为明亮了。我真的应该和他待在一起，我脑海里发出呜咽声。我们可以一起躺在海边的吊床上，他搂着我，我躺在他胸口，一起看日落。我给他发了一个快捷回复：“我也好想你。我在我的新家里（别名：我办公室）。”然后我可悲地滑进了我的椅子里。

“我要绑架你，麦肯茜。”我正沉浸在一个人的忧伤派对中，一个声音打破了这份安静。

我一抬头就看见艾利克斯站在办公室门口。他穿着深色的牛仔裤，和一件 V 领的约翰·瓦维托斯[1]的丝绸加开司米 T 恤。他的深灰色雨果博斯的短夹克衫和米色的羊

〔1〕 约翰·瓦维托斯（JohnVarvatos）：纽约新锐时尚男装。

绒围巾搭配得非常齐全。艾利克斯再一次完美地完成了“我太酷了根本不用费心打扮”的装束。我还嗅到了浓烈的古龙香水味儿，这进一步证明了艾利克斯压根就没打算在新年除夕夜待在办公室的计划。

我微笑着放下手里的叉子，双手交叉在胸前，仰起头问他：“绑架我？”

“我正要去参加‘小村酒吧’的派对，忽然吧，我就想起来你还一个人坐在办公室里嘛，那么孤独，那么阴郁。我就是不忍心让你这朵小鲜花在新年除夕夜枯萎啊。我知道你被压在……”他指了指我桌上成堆的文件，“不过呢，我觉得你应该能挤出点时间喝一杯。我一个小时以内绝对送你回来，保证！”他拍着胸脯说着，脸上满是调皮的笑容。

我看了一眼时间，估算了一下会不会错过杰森的电话。

“就一杯，”我强调道，深深地庆幸自己穿了一条紧身牛仔裤上班，而不是像以往一样穿一条露露柠檬[1]的瑜伽裤就来办公室了。在周末和节假日办公室不要求正式着装，但我只有想整晚躲在丽塔桌子上胡吃海塞糖果的时候才会穿上特别有弹性的裤子。穿紧身裤有助于让我抑制住这种念头。“不过要是出去的路上有人看见我了，我就要取消喝一杯的行程。”我从门背后拿起外套，虚张声势地把另外一件外套搭在椅子上，以防万一。

〔1〕 露露柠檬（Lululemon）：一个迅速火起来的瑜伽服装品牌。

“遵命，首长！”艾利克斯严肃地敬了个礼，说道。

第二大道总是聚集了很多的早早就来迎接新年的人，所以我们挤进了最近一家有空桌的酒吧，一坐下就立即朝服务生示意。从办公室逃离的珍贵时间一定要最有效率地利用起来。艾利克斯在我还没来得及反对的时候就点了一瓶香槟。“你说的‘喝一杯’，严格地说，这就是一大杯。”

“只有律师才能这样解释‘喝一杯’。”我干涩地笑了，拿出黑莓手机看是不是有标记着“立即”的邮件，还好一封也没有。我把手机放在桌子上显眼的位置。

“祝我们……”等服务生回来的时候，艾利克斯举杯说。他刚举起杯子，我却已经提前一步，喝掉了半杯酒。

我不由得舒服地长叹一声“啊……”艾利克斯是对的——此刻我确实需要喝上一杯酒。或者七杯。

他饶有兴趣地看着我喝酒，说“慢慢来嘛，小麦。你今天晚上会不会叫我一起上演一出《离开拉斯维加斯》[1] 吧？”

“真好笑。我觉得这工作要把我变成个酒鬼了。我现在都没法慢慢喝酒。就是没法。没什么帮助戒酒的电话热线可以帮助我。得来个人使劲撬才能让我离开酒桌。”

“好吧，那我就做最后拉走你的人吧。”他笑着又给我倒满一杯。

---

〔1〕 Leaving Las Vegas：尼古拉斯凯奇主演的电影《离开拉斯维加斯》，讲述的是一个失意剧作家去拉斯维加斯酗酒而死的故事。

我捏着玻璃柄举起酒杯，仔细观察着气泡上浮到顶部然后破裂的样子。金可能在某处唱着卡拉OK迎接2016年的到来。玛格丽特应该早早就把双胞胎哄睡了，和卢克一起观看新年彩球[1]的下落，互相祝福新年好运。杰森在追逐滚滚的海浪。也许真的有些东西就像艾迪说的。我问道："你有没有想过还有更轻松的方式？"

艾利克斯认真看着我，笑着说："当然。我一直在思考。你呢？"

我耸耸肩："我不知道，最近我也在疑惑。"

"那你想出了结果记得告诉我。"

外面喧哗的吵闹声和欢呼声越来越高，这提醒我，2015年所剩不多的时间正在滴答滴答滑走。"对了，你不是应该和那谁出去约会吗？"我努力想回忆起来艾利克斯约会对象的名字。我记得他们一起约会过几次，不过试图记得艾利克斯诸位女朋友的名字一般都会以徒劳告终。

"帕米？"

"哦，千万别告诉我她自己也说那就是她名字。"

"哎呀，不好意思，帕米也是律师哦，"他说，"不过，我今天晚上不和她约会。"

"你们是因为她的名字分手的吗？"

"你真够刻薄的，"他对我摇摇手指，"不是那个原因，是我不小心问她想要什么样的生活。"

〔1〕纽约时代广场的彩球：美国人庆贺新年的一种方式，它会在倒计时钟下落，发出耀眼的彩光。

"我想想，她的目标是想要世界和平？"

"糟糕多了，她的人生目标就是要见碧昂斯。"

"不是吧！"我忍不住拍桌子。

"绝不骗你。"

"哈，有个目标总比没有的强，"我又抿了一口香槟，"那你说你想要什么样的生活？"

"我？"他似笑非笑地看着我的眼睛，张了张嘴，却没有说话。沉默了一小会儿，他严肃的表情变成了狡黠的笑容："你知道，我就想要每个男人都喜欢的生活：模特和酒。"

"不是吧，你不是真的说'模特和酒'吧。"我大笑起来，拍着他的胳膊："那你和帕米简直就是天作之合。"

"嘿，"他做出投降的样子，"我一直想找适合我的女孩，不过你就是活生生的例子，好女孩都已经名花有主了。"

我一定是喝了太多的香槟有点上头了，因为有那么一小会儿，我们身边的空气好像是凝固了，我有种血脉偾张想要亲吻艾利克斯的念头。我脸唰一下红了，因此我赶紧低下头，希望艾利克斯没有注意到。这时我看见黑莓手机一直在闪，我拿起来一看，心跳得更快了：是杰森的邮件。我觉得有种愧疚感，好像我自己做了什么对不起他的事情，被他抓了个现行。我告诉自己，我只是和朋友一起喝酒而已，这个朋友最擅长就是本能地调情。

收件人：麦肯茜·科贝特

发件人：杰森·克莫德

我给你办公室打电话了，不过肯定错过你在办公室的时间了。你回家以后看看你床边的抽屉……在新年除夕夜工作的人值得得到蒂芙尼耳环作为礼物哦：-）

想你，爱你，……及，新年快乐！

J

我把邮件来回读了两遍，我能感觉自己在傻笑。我瞬间感觉头晕目眩，这绝不是因为闪闪发光的耳环而已。更令我感动的，是杰森愿意在我身上花时间、花心思。即使是在千里之外，杰森还是有办法让我的心为他荡漾。

“我想不是工作上的事情吧？”艾利克斯问道。

我摇摇头：“还好不是。”

“需要再来一瓶吗？”服务生问道，他指着我们桌上的酒瓶，我这才注意到，酒瓶都已经见底了。

艾利克斯和我目光相对，他抬了抬眉毛表示询问。

“我倒是想呢，不过我在烂醉如泥之前必须得赶回办公室去。”我在包里摸索一阵，拿出信用卡给服务生，说：“今天我请客。”

艾利克斯不让我请客，但是我坚持要请：“不是你把我拖出来的话，我今天整晚上都困在办公室了，而且你值得让我请客嘛，你不是才伤害了可怜的帕米的心吗？”我笑着签了账单，收起黑莓手机，拿起外套，把最后一口值得庆贺的香槟倒进嘴里。

“你先走吧，”艾利克斯说，他指了指他的黑莓手机，“我发信息让我朋友到这来了，我们待会还要去派对”。

“好吧，玩得愉快。新年快乐！”我站起来转身离开。

“嘿，小麦。”艾利克斯说。

我转回身子看着他。

“你还没回答那个问题呢。”

“我想过什么样的生活？”

他点点头。

“就像每个女人喜欢的，舒舒服服的足底按摩。当然，还要世界和平。”

“希望你两个愿望都实现，”他温柔地笑了，“新年快乐，小麦”。

回到办公室，我眼睁睁地看着时钟从 11：59 到了 12：00，我脑海里全是家里等着我的蓝色小盒子，满是杰森和拉霍亚，满是我强烈想和他在一起的愿望。

19

新年伊始，但工作并没有喘息的机会。本说得很对——时间很紧张，达成交易压力巨大。整个一月，我都没能在同一天之内上下班，这让我疲惫不堪。随着工作时长的增加，每一秒钟都变得很宝贵。我做每件事都争取更快，以求节约数秒的宝贵时间。我步行加速，说话加速，吃饭加速，日常生活分秒必争。我会走到地铁站台的末端，以便坐上离出口最近的车；我会站在火车上离门口最近的位置，车一停我第一个冲出去。任何人如果被我认为是粗心低效，哪怕只浪费了我一秒钟，我也会感觉上当受骗，生气不已：那意味着我晚上的睡眠又得减少一秒。

新年一周后，我收到了意外的惊喜，来得正是时候。杰森比计划的提早了一天回来，出现在我办公室，让我大吃一惊。我进门看到他站在办公桌后，还短暂地以为自己是因为睡眠过少出现了幻觉。“杰森！”我轻声说，“你回来了”。

让我更加震惊的是，他一言不发，绕过桌子，关上门，一把将我拉进怀里，开始激情而热烈地吻我，我身子往后倾，差点倒在桌面上。一切来得太突然，太真实，又太刺激，以至于我能做的只是控制住自己不要锁门，不要当下立即扒掉他的衣服。

“我想你。”他低声说，接着继续吻我。他用手抚过我的全身，从背部往下，然后是臀部，然后环在腰际。

“我也想你。”我头埋进他脖子里，差点没空说话。我俩呼吸声越来越重，连周围的空气都激情四射，好似触电一般，现在的问题不是需要考虑我们要不要做爱，而是在哪里做。我从未有过如此强烈的欲望。

“我们……”杰森小声说，他闭着双眼，亲吻着我的耳朵，我感到从头到脚一阵酥麻。

就在这时……叮！

我全身一下子僵住了，整个屋里只听到新邮件到来的提示音。

他妈的。就这样，刚刚澎湃的激情消退了，就像海浪退回到大海。

“我真讨厌那提示音。”我幽怨地说，手指轻抚他后脑勺的头发，极度想要回到刚才那刻的感觉。我想让杰森的嘴唇回到之前的位置，继续吻我。

杰森摇摇头，似乎收回了刚刚那句话的后半段。我们仍互相拥抱着，但他的肢体语言已有所收敛。

“我一直戴着这个，想着你呢。”我指了指耳环，想让气氛轻松一点。

他把我的头发轻轻往后拨，立刻开心起来：“我品位不错，是吧？”

我抱着他答道：“当然。”我并不想过问，但其实也感觉挺好奇的：他以前不接受家庭的资助，现在是不是已经改变立场了。因为如果没有的话，我耳朵上挂着的这对钻石玩意儿可能花掉了他所有奖金，这也是我所拥有的唯一的真钻石。“它们很美，”我在他耳边轻声说，“不过你没必要给我买这么贵重的礼物。”

“我知道。我只是想让你知道，我一直在想着你呢，”他吻了吻我的额头，“噢，我差点忘了，我还有东西给你。”他灿烂地笑着，递给我一个信封。

“这是什么？”

他耸耸肩，仍然面带微笑：“打开吧。”

我从信封里拉出一张支票，不由得倒抽一口气。

杰森揉着我的肩膀：“我知道，你说你想等四月房租到期，然后再搬来我们一起住。所以我就想了个办法，帮你把租金补上得了。”

“但是，”我缓慢地说道，“那可得花两万美元呢。”

他耸耸肩，“等你得到借调机会了，我们能一起去度假，就当为度假投资咯。”

“杰森，”我犹豫不决，“你不能就这样……”我没说完，不知道要怎样结束这句话。我把支票放回他手里：“这真的很贴心，我很感激你这么做。但我不能接受。”

“麦肯茜！”丽塔的声音从对讲机传来，“他们让你去作战室”。

“我很快就到。”我声音沙哑着回复她，仍然看着杰森的眼睛。

一阵严肃的沉默之后，杰森说话了：“考虑一下吧。我知道因为这笔交易，你工作很忙，所以我不会来烦你。你就考虑一下吧。”他把支票放回信封，丢进了我的信件箱，然后离开了办公室。

第二天清晨，我坐在桌前，已经是周五了，我知道不能再往后拖了，现在必须把尽职调查的每周进展情况发给本。我敲击着键盘，胃里一阵紧张。我在邮件里详细汇报了审查文件过程中遇到的障碍。高地酒店还有上千份必要的文件没有提供，其中包括他们在购买合同的披露清单上所列出的协议。高地酒店的购买合同中包含陈述与保证，而披露清单上列出那些文件则是其例外情况。在我方客户签署受法律约束的协议之前，我们肯定需要认真审查所有文件。

我点击发送键，打起精神，做好准备，感到远处有一阵狗屎般的疾风骤雨袭来。

两分钟后，本出现在我办公室门口。让人惊讶的是，他这次穿着熨好的深蓝色西装，人模人样。我呢，相反，睡眼惺忪，身上还是二十四小时前穿的衣服。

“让我先搞清楚状况，”他喘着粗气，开始说道，“那群混蛋居然在披露清单上列出了还没提供的文件?”他越说越大声，一边伸手到裤裆调整蛋蛋的位置。这是大律所律师的默认姿势——不自觉地抓胯部。大家都这样干——无论时间、地点和观众。

无论我见过多少次这种情景，我依旧百思不得其解。我是说，他们是在检查蛋蛋是否还在原位吗？还是说他们的裆部真的需要他们如此频繁地整理？你不会看到我在公共场合整理自己的内衣吧。诚然，有时候我也想整理一下，但至少我谨言慎行，有自己明智的判断力。为什么这些男人就不能慎重一点呢？更明确地说，为什么本就不能呢？他一直在不停按摩自己的蛋蛋，好像会有精灵突然冒出来似的。

“是的。”我回答，尽量不看他。他正在认真地挠，甚至稍微抬起了一条腿。

“他妈的混账东西！”他重重一巴掌打在门框上，“他们在玩儿我们。那些混账在玩儿我们。”本似乎总是觉得每个人都在“玩儿他”，很可能是由于他一直都在“玩儿他自己”吧。

“我们需要召开紧急全员电话会议，跟客户讨论一下这破事。安排一下，今天中午。”他大喊，随即怒气冲冲地离开了。

“好的。”我嘀咕着回答，意识到疾风骤雨正在加速。

三小时后，我坐在会议室桌上，参会人员还有律所最高层的大佬。紧急全员电话会议总是很激动人心，但第六感告诉我，这次会议会结束得很难看。

其他参会者接线进来。文森特在三角扬声器电话前就坐，关掉静音键。

“这里是 F&D。”他低沉有力地宣布。

“好吧，文森。告诉我们他妈的怎么回事，”奥伦——飞马合伙公司的管理合伙人之一，高地酒店的潜在买主——回答道，“现在他妈的是个什么情况？”

文森特深吸一口气，紧握双手。“是这样的，最新一轮尽职调查进展比预期中慢，我方有足够人力审查对方提供的文件，但对方节奏缓慢，文件提供几乎堪比细水长流。我们现在仍然还没有审查到主要部分，这对整个过程造成很大阻碍。”

片刻沉默后，奥伦说话了：“你他妈在逗我吧？讲真的。你他妈在逗我吧？他妈的搞些什么东西？”

“我认为问题在于，他们从洛杉矶远程管理，纽约这边没有了解情况的人负责，也没人知道他们在他妈的干什么。”文森特的声音依旧平静。

我又在纸上加了一笔，页面上已经有五个勾了。有时候为了防止自己在电话会议上走神，我会记下“他妈的”这个脏话的出现次数，不过最后往往因为太多记不下来而收场。

奥伦怒火中烧，几乎无法控制情绪。“找人他妈的去给他妈的 CEO 打电话，告诉他，他得派他妈的一个团队来纽约，必须得他妈的带上文件。”奥伦咆哮道。“他妈的带上文件，”他又重复了一遍，“如果他们需要租架飞机才能他妈的派人来纽约，那就租架飞机。我要周一前文件他妈的送到我们手里并完成审查。”

电话会议上，只有一件事情比脏话咒骂更容易预测，那就是露骨的男性权力抗衡。其实倒不如他们所有人都把阴茎放桌上，比比谁的更大，这样效率会高得多，会议就可以继续了。我低头看看笔记——十三个勾了。考虑到会议刚开始几分钟，今天应该会破纪录。

“奥伦……”文森特开始说话。

“文森，”奥伦打断了他，“听我说。在那之前，我他妈的不关心这些人是不是要吃饭、睡觉或者去厕所——那些文件周一前必须给我审查了。没有借口——生活可不都是母爱和冰棒。”

我在心里偷笑起来。“母爱和冰棒”——这可是一句新鲜话。看到合伙人被客户大喊大叫，亲眼见证这种角色的转变也是挺有趣的。我想起鲍勃·迪伦[1]的一首歌：你也许是魔鬼也许是上帝，但你都得为他人服务。

文森特在奥伦的咆哮面前泰然自若——他的工作就是和这些人打交道，自然已经免疫。他深吸一口气，继续道：“我们只是想确认，你们想让我们采取强硬路线，奥伦，看来我们已经拿到许可令了。”他环顾了一下整个房间，确认在座的都已明白新时间表是客户的直接要求。狗屎般的疾风骤雨已经演变为狗屎飓风了。

我难以置信地摇摇头，我是会议室里级别最低的，但似乎只有我才明白现实状况。显然，他们此刻不敢告诉客户一个合理的时间表，理智已然输给了畏惧。我真想知道

〔1〕 鲍勃·迪伦（Bob Dylan）：1941 年出生，美国摇滚、民谣艺术家，被称为“摇滚诗人”，创作了无数充满社会批判意识的作品。文中麦肯西提到的歌曲名为“Gotta Serve Somebody”，收录于 1979 年的专辑“Slow Train Coming”。

奥伦那种人的生活是什么样子。有权有势，如此自信，任何时候、任何东西都唾手可得，那是什么样的感觉呢？不管你怎么对待别人，都可以无所畏惧。他到底是凭什么觉得自己可以为所欲为？如果是我，我会怎么样呢？

收件人：麦肯茜·科贝特

发件人：杰森·克莫德

今晚你午夜前能下班吗？如果不行，我就直接回家，明天见咯。

1－4－3

收件人：杰森·克莫德

发件人：麦肯茜·科贝特

午夜可能有点儿赶。那我们明天见吧。希望明天可以早点下班。

1－4－3

麦肯茜：还在办公室吗？要不要去喝点咖啡？你一定

得去看看谢尔顿办公室里那玩意儿。给你个提示……跟真人一样大。

艾利克斯：还在呢。很悲剧，现在还跟罗斯在会议室起草帝国投资公司的收购合同。真人大小？我真想知道……

麦肯茜：我几个月前帮帝国投资做过一项交易，我把那次的收购合同发给你了。你看看——说不定会有帮助。

20

我在我抽屉的最上面一层翻找着大号瓶装的 Advil 牌布洛芬止痛药。自从奥伦上次命令大家说谁都不能吃东西、不能睡觉甚至去厕所以后，我就在我的藏身之所藏了一大瓶止痛药。就着温的健怡可乐把两片药送进嘴里吞下，我开始看接下来一天的待办事宜。

“你觉得怎么样？”艾利克斯一边问，一边走进我办公室，自顾自地坐在客人椅子上。他的眼袋又黑又深，看来我并不是一个人昨天晚上熬夜在工作。

“什么怎么样？”我蹬掉鞋子，盘腿坐在椅子上，内心对还能够有人和我聊天感到万分庆幸。

“看看你桌子下面。”他笑了。

我奇怪地看了他一眼，向桌子下看去。“这家伙从哪来的？”我尖叫道。

艾利克斯竖起手指放在嘴唇上做了一个“嘘”的样子，他说：“低调点，这里的人可不喜欢愉快的噪音哦。”他站起来去关门，然后解释道：“我听说萨帝尔去参加一个收工活动了，我想着他没工夫惦记着他的奖品——足部按摩仪。你明天早上悄悄还回去就可以了。”

“你怎么知道我这会就想来个足部按摩啊？”我兴奋极了，不由得鼓掌表示庆祝。“萨帝尔居然没给这货安个报警器，太不可思议啦！”我把脚放到按摩仪上，选择了“慢速脉冲”挡位。

艾利克斯看起来也很高兴：“你发给我那份合同对我正在做的案子来说是一份很棒的先例，你帮我节省了好多的工作时间。我想应该也回报回报嘛。你今天晚上又要在项目组熬夜？”

我点点头：“看起来本要以通宵工作来庆祝他的生日了。”

“他今天过生日？”

“是呢，我路过他办公室的时候听见电话免提里，他的孩子们在给他唱生日快乐歌。我觉得他好像在躲着他家人，或者有其他什么事儿。”

“你家要是有那么一个疯婆子，你也会躲着的。”

“那倒是，”我再次点头，琢磨了一下，说道，“但是我觉得本是最快乐的合伙人之一了。”

“哦，亲爱的。”艾利克斯看着我，那眼神就像人们看着一个刚刚失去自己小狗的孩子。艾利克斯是那种可以对任何女人说“亲爱的”，但是听起来绝对不是好色而烦人的女性歧视者，或是浪漫电影里那种桥段的感觉。“你可别告诉我，你现在还住在软糖房子里，以为快乐和在大律所的工作可以互不排斥。”

"你真觉得在这儿工作不可能快乐吗?"我问他，好奇地瞪着他。

"你赶紧醒悟吧，闻闻百忧解[1]去，麦肯茜。大律所里没人是快乐的。即使是那些赚钱最多的律师也一样。我们为那些道德已经沦丧的客户服务，他们为一些迂腐无聊的狗屁事情喋喋不休。律所呢，就给咱们好吃好喝，还有钱，这样我们就不会注意到其实我们早就没有自己的私人生活了。"

"天哪，你可别在我面前搞笑了，"我窃笑道，"不过，这不是百忧解，当然它也能有帮助。"我向后靠去，欣赏着窗外的景色——我每天有十二个小时的时间都对着这扇窗户，博思通[2] X180 的巨大广告非常引人侧目。

艾利克斯说着"记得要在明天早上给萨帝尔还回去!"走出我的办公室。

我的新一天已经开始了。运气好的话早上的时候就只剩下我一个人了，这样我就可以检查一下加文昨天晚上的工作。希望他做的时候没有掉链子。我重新坐好在椅子里，开始翻阅他整理的概要。

"敲门，敲门。"本带着微笑出现在我办公室门口，他拖着他的两个女儿，她们整齐地穿着女童子军的制服。"我带来了两个销售小姐，她们有问题想问问你哦。"他

---

〔1〕 氟苯氧丙胺（Prozac）：商品名叫"百忧解"，是一种治疗抑郁的药。

〔2〕 博思通（Brookstone）：美国一家专业零售商，供应各种功能多、质量好、设计独特新奇、在市面上较难找的消费产品。

急切地俯身看着他两个稚气满脸的女儿，“艾丽莎和瑞秋，”本用我从来没听过的最最友好的声音推荐道，与此同时，两个小姑娘像唱歌一样问道：“你想买一些女童子军的饼干吗？”

“哇，听起来很好吃啊！我要两盒！”我努力用最热切的态度回应道，天知道我睡眠压根儿就不够、并且还有漫长的一天等着我。

“哦，我想你可能需要更多哦！”本朝我使了一个眼色，“艾丽莎和瑞秋正在努力拿女童子军饼干销售冠军”。

“是啊，玛利亚·威廉姆斯现在是第一名，不过我们真的、真的、真的很想当冠军！”艾丽莎尖声的声明听起来就像是一种抱怨。

我看了看她们热切、坚定的小脸蛋。我觉得她们的未来已经写在脸上了——最开始的时候你只是想获得女童子军饼干销售冠军，接下来你的追求就是做工作时间最久的员工了。我忍住我内心的冲动，我想握着她们幼小的肩膀，直直地看着她们的眼睛，告诉她们：“你们不要总是垂涎吊着的那根胡萝卜！放下这些饼干，姑娘们，回去享受你们的童年时光！”

“你说服我啦，”我奋力挤出了最甜的笑容，“我得要四盒啦——两盒薄荷口味，两盒萨摩亚口味”。我深深地祈祷，我的姿态会换来本的回报。

“看吧，你们多么有说服能力！姑娘们！我几乎可以预见你们以后能在法律界呼风唤雨啦。”本带着艾丽莎和瑞秋准备走出办公室，临走前又朝我使了个眼色。

“哦，本，请问您看了我昨天晚上发送的分配章节的报告吗？”我抓住一切机会想要寻求一点回复，这样我就可以尽早按照他的要求进行修改了，由此更可以省去另外一个熬夜的夜晚。

“什么分配章节？”他看起来很茫然。

呃……就是你说你立马需要的那个分配章节啊，我好多晚上加班做完的分配章节啊？就是因为你必须要审查，所以使我无法好好睡上一觉的分配章节啊？就那些分配章节啊？

“哦，是的，是的。”本顺口回答道，仿佛他已经看出了我的想法。“我今天没来得及看，我要做的事情太多了。你吃点饼干保持好体力！麦肯茜。”他指着我刚买的饼干。“今天晚上又得熬夜！不过你也得保证不要一次性吃完，免得会长成那些久坐不运动的秘书的样子。”他夸张的鼓着腮帮子的表情使整个脸看上去像是河豚一样，两个小女孩咯咯笑起来，他们关上门离去了。

简直是够了。十二小时过去了，我吃了两条薄荷饼，我还困在我的办公室里。就在这时，熟悉的“叮”响起了，又有新邮件了。匆匆把饼干塞进嘴里，我看见邮件的时候差点被噎着——来自文森特·克里德的邮件。一封直接由文森特发送给我的邮件。文森特从来没有直接给律师们发过邮件。老实说，我对于文森特竟然知道我是谁感到非常震惊（虽然我多次和他一起开会，虽然我们办公室挨着，虽然我们共用一个秘书）。“初级律师算个屁，和奥帕伦帕[1]没什么不一样，”文森特在圣诞派对上喝多了以后曾说过，“我怎么可能分清楚他们谁是谁？”

如果文森特绕过了本直接给我发邮件，那肯定是十万火急的事情。归根结底，大律所里最怕的就是十万火急的事。这些事总是不切实际的难办，而且都有着不切实际的截止日期。它们就像是电视真人秀里那些荒唐的“不可能完成的任务”。你将用四个小时来筹划一场一百人的婚礼，以下产品必须用到……一个除草剂，一个渔夫篮子，两把椅子还有一管唇膏，出发吧！

我在 F&D 待了一年半，对于十万火急的事已经习以为常了，它们总是那么密集和疯狂。终于，我觉得我已经适应了。我屏住呼吸，点开了文森特的邮件：

收件人：麦肯茜·科贝特

发件人：文森特·克里德

现在就找到这个

————————转发邮件————————

收件人：文森特·克里德

发件人：奥伦·席福曼

---

〔1〕奥帕伦帕（Oompa Loompas）：《欢乐糖果屋》里的工人，他们个子矮小，戴着绿色发套，不被人重视。现在被人用于带有侮辱性质的语言中，通常指小人物。

文森特，

我们的财务人员提醒说，高地酒店和欧洲世瑞公司的联营合同，由于反垄断的考虑应该终止，现行合同下到底是否允许我们签署联营合同？

奥伦

一阵恐慌的大火将我昏昏欲睡的头脑立刻点燃了。“尽快”一词并不存在于文森特的字典里，他要的是“现在”。就像是“你要是还在看邮件，你已经落后了”。你这小小的奥帕伦帕，我又有新的任务给你。

联营合同只能在高地集团的律师办公室里查阅，由于其高度机密性，根本不允许复印。所以加文花了三天时间在韦克斯勒和立德的会议室里整理汇总情况。这就意味着我们对这份合同唯一的信息来源就是他的笔记了。

我冲进加文办公室的时候，他正在睡觉。

“加文!”我直接冲过去摇醒他。

“走‘凯’啦。”他喉咙里挤出一句话。我觉得他不仅仅是极度疲惫，可能还因为不知道嗑了什么东西的原因，嗨劲并未退去。

“加文，你在韦克斯勒做的关于联营合同的笔记在哪里?”我清楚而缓慢地问他，期待他能够明白我在说什么，但他两眼空空瞪着我，强行睁着睡眼惺忪的眼睛，含糊不清地说着不搭调的事情。“加文!”我抓住他的肩膀，“听着，拜托集中注意力!”我已经尽量用了自己最平静的声音和他说话了。我知道我对于文森特能否及时得到消息已经抓狂了，一切必须全力以赴。找加文要资料是我唯一的出路了。“文森特需要你查阅的合同的细节，你的笔记在哪里？”我眼睛开始在他办公室四处打量。

他指了指办公桌上摞着的一大堆文件，我开始疯狂地翻找起来。

“螺旋的，螺旋的。”他呻吟着。

我从文件堆里翻出印有螺旋的笔记本，快速翻阅着。加文的书法简直是一场灾难。我完全不能分清哪份笔记是记录的哪份合同。我甚至不敢肯定他写的是英语。“加文，我需要你把欧洲世瑞公司的联营合同概要找出来。你给我指指在哪里。”我的语气就像当伊万藏了玛格丽特的车钥匙，她用的那种语气。

加文接过笔记本，指了指一页涂鸦的笔记。

我斜眼看着笔记本：“加文，我根本不知道你写的是什么！”妈的，妈的，妈的！我的慌张感再度提升了。忽然，我想到一个办法。“好吧，加文，你赶紧把你的概要打出来发给文森特。”我拿起键盘，键盘正好滑到他又昏睡过去的头上，正正中中打在他脸上。“就现在！”我的嗓门提高了，而且听起来绝对带有进攻性。

加文转向电脑，双手放在键盘上，眼睛直直地看着屏幕，然后又睡着了。

“加文！”我吼道，我的挫败感已经爆破了。

“我醒着呢，醒着呢。”他直身做好，肩膀也终于直着，开始敲字。打了没几行字，他再度闭上了眼睛。

我已经处于了完全的慌张模式了。好像有一个巨人在我脑子里，“滴答，滴答，滴答。”我就像是百战天龙[1]，面对着马上将要引爆的炸弹。

我想也没想，随手就抓起他架子上的压缩罐。压缩罐可以吹出气，一般来说是用来吹键盘缝隙里的脏东西，压缩罐上面专门写着不要接触皮肤，因为可能引起冻伤。但是此刻我已经完全抓狂了，我拿起压缩罐对着加文的脖子，按下了开关。

呲……一阵强大的空气让他立马醒了过来。你这小小的奥帕伦帕，你要是聪明的话，你就得听我的。

他从椅子上一跃而起：“我的天哪！麦肯茜，那他妈是什么？”

我曾经对待他人都会确保给予了足够的尊重和客气。也许以前我看见加文睡着了我还会给他搭个小毯子，免得他着凉了，说不定我还会每十五分钟看看他，以免他出现什么意外。现在我却是这样，用空气压缩罐作为武器。我已经从道德感中剥离了出来，失去了控制，我最终可能会成为 F&D 的“整顿者”，就像迈克·克莱顿[2]那样。不过加文还能用完整的、能够理解的句子说话，多少也让我宽心了，不管我用了什么手段，他总算清醒了。唯一重要的是让文森特马上拿到他需要的材料。结果可以让过程变得

〔1〕百战天龙（McGyver）：美国 20 世纪 90 年代电视剧，主人公足智多谋，利用多种方法化解各种难题。

〔2〕乔治·克鲁尼主演的电影，检察官迈克·克莱顿（Michael Clayton）从检察官身份离职以后，去纽约的大律所里开始了整顿和清理工作。

正当。

“我只是帮助你清醒，加文。现在马上开始写。”我命令道，用手指着键盘。我的心怦怦直跳，我的良心正在抨击我的自私行为。

他坐得笔直，在我的监督下开始敲击键盘。我在他身后监视着他，手里还捏着空气压缩罐。他要是再敢合上眼睛我又要喷他。呲……“赶紧写，加文。”

加文给文森特发完邮件以后我走回自己的办公室，此时我的心跳才恢复了正常，呼吸也没有刚才那么急促了。我默默祝贺自己又完成了一件工作。我的方法可能不寻常，但是我又能有什么办法呢？我都能听见本在我脑海里说话，只有那些在我眼里把自己和别人区别开的人，才有资格更上一层楼。

收件人：麦肯茜·科贝特

发件人：妈妈

嗨，宝贝儿，

我希望你自己好好照顾了自己，并且保持了足够的睡眠。玛格丽特说她晚上九点的时候给你打电话，你还在办公室——那对于工作时间来说也太晚了！告诉那些合伙人你需要休息——他们会理解的。

爱你

妈妈

收件人：麦肯茜·科贝特

发件人：金·鲍沃斯卡

好久没你的消息啦——一切还好吗？我是不是得亲自到你办公桌前来，刺探一下你在做什么？赶紧给我打电话！！！

21

我抿了一口气泡水，环视饭店。芭芭拉·沃尔特斯就坐在两个隔间开外，亨利·克拉维斯——私募股权投资巨头 KKR[1] 的创始人——在我们的隔间背后。我很确定自己还看到约翰克里坐在角落。四季酒店的餐厅从来不缺白领中的伪名人，这儿是纽约市里与实力派共进午餐的首选餐厅，午餐人群的年收入可能比一个小国家的 GDP 还要多，因此，这里也是 F&D 招聘新人的理想之地。

“面试午餐对于餐厅的选择极为重要。”我记得招聘部门负责人在去年的“成功招聘技巧”研讨会上如是说道，当时我和其他同年律师都被要求参加。在我们进入外面的世界去宣传 F&D 之前，需要学习吸引法学院学生的技能。我在研讨会上四处张望，发现我们是被选中的那群“正常人”。他们没有邀请奶酪男或谈话中会自动睡着的律师，

〔1〕 KKR 集团（Kohlberg Kravis Roberts & Co. L. P.）：中译“科尔伯格 - 克拉维斯”，是老牌的杠杆收购天王，金融史上最成功的产业投资机构之一，全球历史最悠久也是经验最为丰富的私募股权投资机构之一。

而是选择性地征召了几位女性，为显示公司的热情友好，来填补合伙人当中女性代表的空缺。“我刚分发的招聘册里，为大家提供了一系列合适的餐厅。”他像传道者举起圣经那样举起了招聘册，“你们会看到有 Le Cirque 法国餐厅，四季酒店等。没我的允许，不要擅自脱离册子上列出的谈话内容，”他警告我们道，然后继续讲到小册子的最后一页，“要诚实以对，但不要吐露过多”。“瞧，”他讲道，“大家都知道律师工作时间很长，但你没必要详尽论述这一点。人人都想吃香肠，但没人想知道香肠是怎么做的，如果你明白我的意思的话”。我记得当时写下了这句话，还划了两道下划线，仍然不太懂他的意思。

“那么，斯宾塞，你还想知道 F&D 的哪些事情呢?”本问，他很想将这位暑期实习生纳入麾下，这将我的思绪一下拉回现实。

我用叉子戳着面前的莴苣沙拉，尽力想把注意力集中到饭桌上的谈话。一般来说，如果有人请我吃奢侈到会花掉我一个月伙食费的一顿午餐，我会很开心的，然而，本今天早上叫我跟他一起参加招聘午餐时，我的第一反应是拒绝。我还有一大堆事情要做，根本承受不起一顿耗时两小时的午餐。不过很快我意识到本不是在问我，而是在通知我。所以我现在坐在这儿——一边吃着浪费时间的午餐，一边被桌上堆积的工作困扰着。

尽管食物是免费的，招聘午餐还是让人近乎痛苦。应聘的律师总能被归为以下三类之一：第一，令人极度尴尬的内向之人。这类人脸红结巴，会让你感到比他本人更不自在；第二，自命不凡的超优等生。滔滔不绝讲述自己所做的志愿工作，中途还表示对最近在学校读到的晦涩的法庭裁决表示兴趣，问问你的看法；第三，身家显赫、天生聪敏过人的某兄弟会男生。法学院在读时多数时间都处于宿醉状态，但最后仍是班里的尖子生。最后一类人往往有一堆华尔街的工作任其挑选，但还是想让每个求贤若渴的大律所招待他一顿免费午餐。不过这些午餐最气人的部分还不是应聘者的个性，而是一切都那么虚假。我是帮凶之一，要阻止人们看到香肠的制作过程，这意味着无论何时我张嘴说话，说出口的都是谎言。对，合伙人都很平易近人！当然，我们一直鼓励公益服务！我总觉得自己在吟唱某种古怪祭礼的颂歌。我猜这就是生命的轮回吧——我曾经也听过同样的话，而现在我又把同样的话讲给后来者。

我叉了一勺沙拉送进嘴里，一边咀嚼一边抬头盯着洞穴状天花板上闪烁的吊灯，不停眨眼，尽力让眼皮不要垂下去。

“那么，”斯宾塞回答，“你觉得所里律师们之间的工作氛围如何呢？”那是直接在法学院面试手册上提供的问题啊，我暗自想道，偷偷瞄了一眼手表。斯宾塞属于第一类人，这使午餐更加折磨人。我加快咀嚼，想赶紧把食物吞下肚再回答，不过本已经先开金口了。“我们的律师非常善于相互支持。其他律所可能会过分强调竞争，导致出现一种‘你死我活’的工作环境”——他还用手指做出了引号手势表示强调——“但在F&D，这种情况是不存在的。”我点头表示赞同，假装配合，开始走神。“我们的律师不会对彼此隐瞒工作；相反，我们互相关照。老实说，麦肯茜和我现在就在合作一桩交易，这笔交易是任何公司法律师都极其想参与进来的。另一名律师并没有因为麦肯茜得到了这个机会而心生怨恨，反而还很支持她，提议让她同时参与律所里两笔最大的交易。”

等一下。倒回去一点。他刚刚说的什么？另一名律师提议让我跟索尔共事？就是毁掉我的周年纪念日晚餐，破坏我在本面前好好表现的机会，使我差点精神崩溃的那位律师？

“哇，听上去是一个很棒的机会呢。”内向先生看着我热切地回答道。我勉强挤出一丝微笑，感觉似乎有片生菜挂在了嘴边。

“是啊，”本继续说着，“我本来很担心麦肯茜工作会太多顾不过来，”他赞许地捏了捏我的肩，“但你把两笔交易都处理得很棒，正如莎拉所说的一样。”

两小时后我回到办公室，大脑已不堪重负。我拿起电话要打给杰森，但刚拨了第一个号码后，我就赶紧挂掉了。现在跟他抱怨这件事，可能只会惹恼他，我不想我俩之间再出现新的裂痕了。我迅速给艾利克斯发了一则短消息，简单问了句：“你能过来一趟吗？”然后等他回复。每当遇到工作问题时，艾利克斯已然成了我的私人救星，让我得以找到重心，不至于丧失理智。当我被索尔痛斥一顿后忍不住哭泣，同时还因为自己不争气的流泪而自责不已时，是艾利克斯让我明白，如果你被人大吼大叫，哭是正常反应。“如果你没哭的话，我反而就会开始担心了——那表明你成了个机器人。”他肯定地对我说。当本为了准备合同谈判会，要求工作团队连续通宵熬夜加班，而我前一周已高强度工作超过一百小时的时候，是艾利克斯帮我带来了镇痛药，缓解我由于喝过多咖啡而导致的头痛，他还耐心地鼓励我，最坏的很快会过去，就好像我在因某种严重的疾病接受治疗。他知道怎么处理这种情形。最起码，他可以当我的晴雨表，告诉我是不是疯了，阻止我冲到莎拉的办公室挖出她的双眼。

一小时后，我仍没收到艾利克斯的回复，于是给他的秘书打电话，得知艾利克斯并不在办公室，他去参与金融印刷商定稿[1]了。“他说这周他都不在办公室！”秘书大声说道。难怪我今天没有见到他。这是艾利克斯第三次参与此类大型股票发行，要求他全程跟进印刷商定稿。每一次都近乎从地球上消失。律师、投行业者和客户齐齐聚集在金融印刷商提供的洞穴般的会议室里，沉住气卯足劲儿地连续工作好几周，有时甚至好几个月，最终敲定出公之于众的文件终稿。

“那简直就像是炼狱，”他在第一次参与股票发行，待

〔1〕印刷商定稿（Printer）：公司准备 IPO，要向 SEC（证监会）提交招股说明书（offering circular）并等待相关修改意见，因为 IPO 前准备时间很紧张，为了效率，各方分别进行尽职调查后，会集中几次起草并修改。在将招股说明书定稿交给 SEC 前，公司会积极号召各方中介机构，一起奔赴印刷商再次修改，进行最后冲刺工作，完成最终定稿，这就是所谓的 printer session。在美国，这类印刷商必须具有相关资质。

在金融印刷商那里足足六周后，如是说道，“你一旦进去，就感觉永世无法超生了。他们倒不如把门封印上得了”。显然，这些金融印刷商想尽一切办法不让你察觉到修改文件期间漫长的等待，“他们雇有人员来专门为你服务，满足你的任何奇思妙想”。艾利克斯解释说，“凌晨两点你想吃哈根达斯？没问题马上送到。觉得太冷想要件毛衣？有专人会马上跑去萨克斯百货店给你买一件。工作人员重设打印机时要娱乐一下？那就在六十英寸等离子显示屏上玩玩桌球或者侠盗猎车手吧。嫌红牛饮料不是无糖的？马上给你送过来无糖红牛！”

我听起来觉得非常离奇，但是，就跟大多数此类伎俩一样，这样做是为了让你愉快地、昼夜不停歇地工作，给你提供足够多的咖啡因和糖分，让你无须停下来。当然，这一切最后还是由客户买单。大律所没有东西是免费的。

鉴于我的救星正在炼狱无法出现，我不得不独立面对这次危机。我试图强迫自己将注意力集中在起草董事会决议上。我摇摇头。集中精力，集中精力，我反复命令自己，但午餐时的对话像电影胶卷一样在我脑中不断播放。莎拉绝对不可能是出于好心提议让我参与索尔的交易。她的动机很明显，她想破坏我借调到星空公司的机会。

时间刚过十一点，我已烦躁不安了六小时，董事会决议仍不见进展，而我制订出了一个对付莎拉的计划。刚刚我装作不经意地问萨帝尔最近莎拉在忙什么，他便长篇大论地告诉我，麦斯威尔最近在负责一项资产购买交易，莎拉参与其中，因此每晚工作到很晚。萨帝尔私下颇爱收集有关同事们工作习惯的八卦消息，我就知道这总有一天会派上用场。我决定等到半夜十二点后去莎拉办公室，当面与她对峙。因为时间很晚，所以如果事情闹大的话（这很有可能），听到的人也不会太多。我要大闹一场，最少也得抓扯一番。

我深吸一口气，拿起电话打给杰森。我向自己保证，不会告诉他这件事。但我又不想独自一人去对峙。这么晚他肯定已不在办公室了，但我只要听听他的声音，就会觉得他在我身边陪我。杰森的手机直接转到了语音信箱，意味着现在没人能告诉我这是不是太疯狂——我要单打独斗了。

电影《洛奇》[1] 的主题曲在我脑海里大声播放，我默默地演练了一番要说的话："莎拉，我本来很想相信你，"（站起来，回到街上；迎来我的时机，抓住机遇……）"但现在我知道了，你就是针对我。"（去远方，现在我凭自己站起来了，是个真男人，带着求生的意志……）"我们必须有个了断，立刻。"（这就是猛虎的双眼，这就是战斗的刺激；站起来勇敢面对敌人的挑战……）"如果不能结束这一切，我就会跟你打一架。"（最后的幸存者深夜潜伏，跟踪猎物，他用猛虎般的眼

〔1〕 洛奇（Rocky）：西尔维斯特·史泰龙（Sylvester Stallone）主演的电影，影片讲述了一个寂寂无名的拳手洛奇与重量级拳王阿波罗争夺拳王的故事，该片获得1976年奥斯卡最佳影片。影片主题曲猛虎的双眼（Eye of the Tiger），此段括号内容均为此首歌的歌词，麦肯茜认为恰到好处描写了自己的处境。

睛，注视我们！）我浑身血液里充满着决心和果敢，朝着她办公室走去，准备好与这位冰雪女王一决高低。

站在莎拉办公室门口，我犹豫了片刻。我这样做真的正确吗？真的是恰当的时机吗？也许我应该在电话或者邮件里跟她对峙。或者至少等哪个正常人告诉我这样做不至于太疯狂，而非跟随某上世纪八十年代史泰龙电影主题曲的内容。此时，一声低沉的呻吟从莎拉办公室传出来，打断了我的自我怀疑。

听起来她似乎在哭。我猜，麦斯威尔可能刚刚才责骂了她吧。也许我应该等一会儿再来。我转身想离开，但双脚不听使唤。不，我现在就得跟她对峙！我得跟她决一死战，否则这事会没完没了。就是这样。我深呼吸，拧开了门把手。

我双眼惺忪，无法理解看到的景象——一头乱糟糟的棕色头发，以及半边臀部从我眼前闪过。噢！我！的！天！莎拉身上压着一名赤身裸体的男子！赤身裸体的男子！她不是因为受挫沮丧而呻吟，她是因为……噢，简直难以想象，太恶心太糟糕了！趁他们还没发现我，我迅速关上了门。

然后我僵在原地，突然反应过来我刚刚看到的画面，时间似乎凝固在了那一刻。我的心在狂跳。我知道那头棕发……我知道那臀部。我确切知道自己刚刚撞见了什么，这一切令人作呕。现在我的耳朵都能感到脉搏的重击。我再次打开门。

“杰森?”我气急败坏地说。

“麦肯茜!”杰森一下子跳起来,试图在地上站稳,同时慌乱地拉起悬挂在一边脚踝上的裤子。我能感觉到眼泪已经在眼眶里打转。我后退出门,转身,快速从走廊跑开。

我的天,我的天,我的天。我无法思考……杰森……一丝不挂……莎拉……

22

“麦肯茜！”杰森在大厅里大喊着我的名字。我急转过身，因为极度的愤怒，脸涨得通红。

“你知道吗，杰森——你要是想和我分手，你完全可以像个男人一样直截了当地告诉我。但是，出轨？和她出轨？像这样在办公室里？你是在开玩笑吧。”我处于狂怒之中，完全不在乎是不是有人会听见。

“你总是不在身边，”杰森哭了，“你不能要求我在你公寓里打着地铺等你回来，就为了瞅上你一眼吧”。他走向我，言辞变得很柔软，“我想和你说说话，真的，我努力过了……”

他的话就像一记响亮的耳光打在我脸上。“总不在身边？不在身边？”我生气地重复着他的话。“你那小女人就是我为什么不在你身边的原因！”种种头绪慢慢连接起来，我似乎明白了之前的一切，我身体里的狂怒之火燃烧得更猛烈了。“你……就是因为你，她要我跟着索尔的案子，她就是打算让我不在你身边。你……你是不是知道这一切？这是不是你俩计划好的？靠！我不在的时候你们是不是还在我桌子上乱搞？”

“麦肯茜，”杰森背后传来冷静的声音，“我们没有什么计划，一切就是那样自然而然地发生了”。我看见莎拉向我和杰森走来，她披头散发，带着悔恨的表情，看起来十分痛苦。我眼神恶狠狠地注视着她的方向。我跳动的脉搏里全是肾上腺素和耻辱感。“莎拉，你自己声称全心全意投入到你的事业中，但你却是个不折不扣的两面派，你这个贱货，想把别人的幸福都偷走，就因为你找不到自己的幸福。”说完这句话，我转身就走，闪烁的泪水刺得眼睛生疼，我一路小跑，回到我的办公室，那是我的庇护所。

我胸口中弥散着浓浓的挫败感。我深呼吸，靠在墙上，慢慢滑下坐在地上，用双手捧住脸。我哭得那么伤心，都快被自己的哭泣噎住了。人生在世，第一件事莫过于以哭泣开始生命的旅程，可是，一旦我开始哭了，就很难收场。我揉着太阳穴在脑海里回想着刚才看到的画面。杰森和我工作上的克星搞在了一起。我一直以来都觉得莎拉专门挑我的刺，现在一切都清晰了：她想要杰森，所以她必须把我派遣出去，这样他们就能在一起。我听见电脑发出了“叮叮”的邮件提示音，这意味着还有新邮件。我感到突如其来的一阵恶心。我必须逃离这里。抓住门把手，我好不容易站了起来，打开了办公室的门。我四下张望，确定周围没人以后，立刻冲向了电梯——此时我不想碰见任何人。

电梯到达平层以后，我立即冲了出去，跑到了第五十六街。止不住的泪水划过我的脸颊，我双手交叉在胸口，抱住了自己。我站在给员工准备的吸烟区，任凭泪水流淌，丝毫不介意睫毛膏已经晕开，鼻涕眼泪一起流了出来，挂在脸上。猪哨酒吧里传来大声的狂笑和吵闹声，四个穿着灰色西服套装的男人从酒吧里推门而出。即使是没有什么节假日的周二凌晨零点四十五分，城中心还是喧哗吵嚷。震惊和悲伤笼罩着我，使我不受控制地在人行道上摇摇晃晃地走着。似乎有一股更强的力量推动着我的身体，我的脚机械而木然地运动着，我挥手喊出声音的时候，那声音如此陌生，一点都不像自己的：“出租车！”

我完全不记得是怎样和出租车司机说的目的地，也不记得我是怎样按下了三楼的电梯。除了内心爆炸的感觉，我下一秒的记忆就是金打开了她的房门，出现在我面前。从她警惕的表情来看，我肯定看起来和我想象中一样糟糕。

“小麦，怎么了？”她的眼中充满了关心，我再次哽咽起来。“来，过来。”她把我拉进屋，关上房门。

“是工作的事吗？”她温柔地问道，仍然拉着我的手。

我摇摇头。

“杰森？”她的表情更加紧张了，脸上已经是一副愤怒的样子。

我点点头，发出一声巨大的抽泣。她把我牵到沙发前，我一下子就瘫了下去，把脸深深埋进自己的掌心。她抱住我，我此刻才意识到，这个拥抱是我最近几周来第一个拥抱。它是那么的舒服。我一边毫无掩饰地哭泣，一边告诉她整个事实的细节——和本的午餐，终日受挫，艰难决定去和她对峙，现场捉奸，极度的耻辱感——全部的经过。

我深深地吸了一口气，浑身还在颤抖。“我根本就没有预见到，金。我完全没有看出来。”

有那么一会儿，我们就那么静静地坐着，谁也没说话。金看起来似乎还在消化我一股脑儿给她的那么多信息。她听我说的时候一直很安静，充满了同情，但是现在她似乎在想一个最感性、最容易让我接受的方法和我说点什么。她把手搭在我膝盖上，温柔地问道：“小麦，他今天晚上什么表示也没有，你也没觉得有问题吗？鲜花，礼品，什么都没有，一个电话也没有。”

我看着她，感觉非常疑惑。

“麦肯茜，”金轻轻地说道，“今天是情人节”。我下意识地拿出黑莓手机查看时间。2 月 15 日，凌晨一点十五分。一股全新的悲哀冲击着我，我倒在沙发上，把黑莓手机默默塞回衣兜。我是怎么走到这一步的？我的私人生活完全被漠视了，我连自己的男朋友在情人节根本没费心和我联系都没注意到。我真的完全没注意到今天的日子，完全错过了一个情人应该过的节日。

“那个狗日的。”我哭着说。

金笑了，点点头。“我知道，亲爱的，”她搂住我的肩膀，眼睛紧紧地看着我，“他就是个狗日的，小麦。你们之间结束了，你应该庆幸。你刚刚拿到了‘免于牢狱’之卡。”

我将腿蜷在胸前。我们又一度陷入了沉默。“我就应该把他给我的支票兑现。”我嘟哝着，打破了沉默。

金看着我，迷糊不解。

我点了点头。

“那你等什么？把那狗日的支票兑现，我们马上去买机票。”

我擦了擦泪水，笑了出来。“够吸引人的，不过就我们目前的情况来看，也太不适合了吧。”

“好吧，不过每个被劈腿的女人都梦想着从出轨的男友那能拿到两万美元。”

“我知道。”我战栗地叹了口气。

“他还留了什么东西在你公寓吗？”

“应该有吧，”我回答道，我这才意识到，我回公寓的时间那么少，我压根儿都没注意到他是不是早把自己的东西清理干净了。

“我可以帮你打包，然后帮你扔掉。你要是有什么东西在他公寓里，我给他说直接扔了。这样还好一点。相信我。从我的经验看，彻底结束一段关系的最佳方式就是，像难民那样，什么都不带，赶紧跑，身上穿个 T 恤就行。”

我点点头，希望彻底结束关系就和听起来一样简单。

“我简直不敢相信你最终还是去和莎拉对质了。真为你骄傲。”她拍了拍我的膝盖。

她的名字让我耳朵里响起了“砰”的一声。我一直沉浸在恋爱关系的背叛与羞辱中，完全忽视了这里面还有另一个女人的脸孔。莎拉。

“金，我怎么和她继续共事才能忍住不发狂？”我的声音因为膝盖抵着胸口的原因，特别特别小，我正在拿手抹着眼泪。

“你应该问的问题是她在工作中还能怎么面对你！她搞了别人的男朋友，在她自己办公室，还是情人节。你说吧，这女人得有多绝望才会这样做？他明显根本不在意她，她自己也知道。莎拉永远将是个挖别的女人墙角的老贱货，独孤的老贱货。”金站起来，从她狭小的壁橱里拿出酒杯，用眉毛向我发问。还没等我回答，她已经给我倒上了一杯酒。我这时候忽然想到，并不是只有我一个人在情人节夜里单着。

“嘿，奎恩去哪了？”她递给我杯子的时候，我问道。

她抿了一口酒，用了很长的时间，似乎带着无限的可能，然后她说：“我们分手了，大概一周前吧。”

“什么？你们分手了？为什么？”

她耸耸肩，避免和我眼神接触。“因为男人都是混蛋——这不是什么惊天大新闻吧。”她说话的时候很平静很轻柔，但是我能听出她声音在颤抖。我花了点时间来理解这一事实，想象着奎恩可能做了什么糟糕的事情，才能被冠以“混蛋”这个称呼——说谎，出轨（现在对此我能感同身受)，不尊重人，暴饮暴食——我就是想不出奎恩能做出什么具体的事来。他明明对金很迷恋啊。和金自己说的相反，这就是个惊天大新闻。我回想起过去一次次金和那些傻子男朋友分手情形，我知道金最近的一次分手一定也是让她无比心碎。她的表情我总是能读懂。这表情不像是悲伤，更多像是一种挑衅。就好像我每次问她，是不是真的没问题，她总是说自己好好的。我认真地看着她，她看起来很难过、很孤单，甚至很阴郁。我看见了咖啡桌上空着的酒瓶，意识到，我来之前她一定在喝酒。我美丽而充满活力的朋友，一个人孤单地在情人节喝酒。她为什么不给我打电话？接着另一个问题立马浮现了出来：她为什么连分手都没告诉我？

"金，为什么……"

"行了吧，"她打断我，突然站起来，"失眠饼干还开着呢，让我们沉浸在巧克力片和花生油中吧。不要心形的饼干"。她说话的时候，我能看出她的下唇还在轻轻颤抖。

我低头看了看她的有线电视的机顶盒上面的时间，好像医生做的膝跳反射实验，我立刻摸出了黑莓手机，查看邮件。

收件人：麦肯茜·科贝特

发件人：本·吉拉尔迪

麦肯茜，你跑哪儿去了？我需要你为分公司做的解决方案。尽快。

本

我应该把黑莓手机扔进酒杯，和金一起去第二大道漫步，互相倾诉着失恋的痛苦，然后等着巧克力和糖分发挥它们的魔力。但是我并没有那样做。相反，我竟然搭了出租车赶回了办公室，法学院带给我的理智，也倾注到了工作中。工作召唤我，不管多么不情愿，我必须回应。我想，对于本在情人节晚上还埋头在文件中这一事实，唯一比我更失望的，就是本·吉拉尔迪夫人了。可能在某处，她正痛饮着情人节的龙舌兰酒，吃着情人节快乐的药片。我也真想来上一片药。

收件人：麦肯茜·科贝特

发件人：艾利克斯·布克

我秘书说你在找我？什么事？我还困在炼狱阶段。不过我想你一定喜欢这幅画面：罗斯蜷在地板的角落昏昏睡去了（请注意，他还抓着文件，看起来像个泰迪熊）。做个好梦！

23

我坐立不安，五分钟内已经看了五次时间。我为什么如此紧张？他只是艾利克斯啊。我们曾经单独约过无数次喝酒。但不知为何，今晚感觉有点不一样。自我撞见杰森和莎拉以来，已经差不多一周了，之后我再也没有见过艾利克斯。他当时还在炼狱当中，所以我不应对此太敏感，但我总觉得他在故意回避我。并不是说我很有空跟他聊天啦，过去一周我浑浑噩噩，像机器人一样工作。每天早晨七点到达办公室，工作一整天，早餐、午餐、晚餐都在办公室或会议室草草解决。凌晨两点我叫车回家，让司机在楼下等着我，我回家睡觉四小时，然后冲个澡、换衣服，直接坐上那辆车又去上班，于是整个流程再重复一遍。无须再浪费一分钟去等出租车。

令人惊讶的是，当你不需要自己花钱吃饭、交通或娱乐时，能够存下很大一笔钱。我甚至连干洗衣服都是客户付费。律师们工作太忙，没时间回去换衣服的话，都是这样子。为此，办公楼底层甚至还专门设有一个一小时干洗店。从严格意义上来说，我并没有住在办公室，但我仍然觉得自己理应让客户为我洗衣服埋单，毕竟是他们让我流汗。在我全新的大律所生存认知中，这仅仅只是在利用我所拥有的资源而已。

我的工作日程表让我得以回避几乎所有人，除了帕特里克、加文和谢尔登。我们仍像一个不正常的大家庭生活在作战室里，因此他们是我唯一需要面对的同事。偶尔会有消防演习，不过谢天谢地，我不用再拔出压缩空气罐。

白天一起工作时，我确实对之前发生的小插曲略感愧疚。我想，如果一年前你告诉我我会用空气罐作为激励工具，我会觉得你疯了。这就好比飞机坠毁在北极，幸存者们为了活命，只好吃掉别人。我敢打赌，如果你一年之前问他们，他们也将极其笃定，确信自己绝不会嗜食同类，但后来他们那样做了，我也一样。加文从未提及过此事。那次只是一时情急时发生的事情，你不会想告诉外人。正如那架飞机上难逃劫数的乘客，我们知道，外人不会懂。我还记得帕特里克有一次在作战室愤怒地将电脑撞倒在地，叫我们所有人自己回去操蛋，然后怒气冲冲地离开了。三十分钟后又淡定地回来，好像什么都没发生一样。后来我们统一口径，对信息技术部门宣称电脑自己掉地上了。从那之后，没人再提起他那次爆发。团队里发生的事情概不外传，这像是某种我们都心知肚明的缄默法则。我很幸运，空气罐事件也受到了该法则保护。

我知道他们听说了杰森的事情。现在谣言满天飞，怎么可能没有呢？但他们并未有所提及，至少口头上没有。

某天晚上帕特里克在像平时一样订晚餐时，加了一块芝士蛋糕，严肃地将它从桌对面滑到我面前，我们四目相对，我点了点头，表示感谢他的安慰。仅此而已。

正当我在思考如何最好地在艾利克斯面前处理杰森的问题时，他走进了酒吧。看到我后，他微笑着朝我走来。我下意识地用手顺了顺头发，刮了刮眼周，确保没有变成熊猫眼。"喔，看看谁涅槃重生了。"我打趣道，起身跟他打招呼。

"重获新生啊！"他胜利般地举起双手，"但愿能有一小时。"他招呼服务员，点了一杯古风鸡尾酒。

"你这很有唐·德雷柏[1]的风格。"

"我还打算跟他一样重新振作起来呢。"他一下子瘫坐在我对面的椅子里，面色苍白，无精打采，我以前从没见过他这个样子。日夜伏案在荧光灯下，凌晨两点还吃着油腻的晚餐和雪糕，这种生活不适合他。

"如果你还要返回印刷商那儿继续工作的话，得再来点儿红牛稀释一下。"

"对啊，"艾利克斯心不在焉地回答，双眼扫视四周。我确定他是在逃避我的目光，因为他不知道如何谈及有关杰森的话题。他或许会：（1）告诉我他完全不知情；（2）不停地道歉，没有尽早告诉我实情。只要他不丢出"重友轻色"的论调，我就打算原谅他。

---

〔1〕唐·德雷柏（Don Draper）：美剧广告狂人（Mad Men）主人公，古风鸡尾酒是他最喜欢的饮料。

“一切还好吧？”我主动开口问他。

“听着，小麦，”他呼出一口气，神情严肃，“我今天看到了一件事”。

“艾利克斯，”我抬起手制止了他，“我已经知道杰森跟莎拉的事了”。

他摇摇头。“不是那件事。不过我发誓我之前对此完全不知情，一无所知。我看到的是另外的。”他不安地咬着拇指头。

“好吧。”我端起杯子抿了一口，谢天谢地我们不需要讨论杰森。我已下定决心不可以自怨自艾。高地酒店的案子就快签约，我现在需要操心的事情够多了，绝不能让杰森或者莎拉或者其他人来扰乱我。“那是什么事啊？”

他把手放在裤子上擦了擦，一脸痛苦的表情，就好像警察凌晨两点来敲门，即将要告诉你坏消息说“刚刚发生了意外”。

我的心跳加快。

“我的秘书在为索尔整理文件的时候，我看到了你的名字。”

“老天，艾利克斯，你简直把我吓得不轻！”我把手放到胸前，松了口气。“我还以为你要告诉我有人死掉了，或者你被解雇了呢。”

“哎，我不会被解雇，你倒有可能。”他声音有点颤抖。

他的表情让我非常不安。“你这是什么意思？”

艾利克斯用手理了理头发。“小麦，你之前说过，你希望有更轻松的方法，那是什么意思？新年那天？”

“我根本不知道你在说什么。”我的语调变得严厉起来。不论是什么事，都开始让我烦躁不安了。

艾利克斯先四处张望，然后鬼鬼祟祟凑上来。“有你名字的文件，是 F&D 提交给证券交易委员会的调查反馈。他们索要了参与过五项不同交易的律师名单。”

“五项交易？”按照标准惯例，证交会不会同时索要参与过五项交易的内部人员名单。这意味着他们怀疑五项不同股票中，存在内幕交易，F&D 正在调查。这远非常态。

“麦肯茜，”艾利克斯压低声音，耳语道，“你是唯一一位同时参与了五项交易的律师”。

“等等。你是在问我是否参与了内幕交易吗？”我难以置信。

“我知道你不会干出那种事，但新年那天，你说过你在寻找更轻松的方法。”

“我的意思是想减少工作量！并不是我真的要变成现实版的高登·基科！老天，艾利克斯，你到底了不了解我啊？”

有那么片刻，我俩都沉默了。“我了解你，小麦，”艾利克斯终于开口了，低头盯着他的杯子，“但我也知道大律所就像关塔那摩监狱[1]。没有人出狱时还跟进去时候一个样儿。”

“也许那是真的，但你真的认为我干了这种事？摇身

---

〔1〕 关塔那摩监狱（Guantanamo）：美国军方于 2002 年时在古巴关塔那摩湾海军基地所设置的军事监狱。

一变，成了白领罪犯？”

“不是那样的！”他眉头愈加紧锁，一脸担忧。“我在文件上看到了你的名字，我吓坏了，小麦，”他轻声说，“我觉得你可能有麻烦了”。

我的大脑因为睡眠不足而浑浑噩噩——我太迟钝了以至于还不明白，这其中一定有什么猫腻，可以解释发生的一切。“还有谁也同时参与了这五项交易吗？”

他紧咬着下唇，摇了摇头。

我所读过的每本法律惊悚小说里的图像开始混杂到一起——勒索，出卖，逮捕，谋杀。我把手指按到眉骨，阻止自己异想天开。如果某人随机选了五项 F&D 上年接手的交易，发现一位律师均参与到其中，这完全是合理的啊，只能说明我参与了很多项交易而已。艾利克斯可能小题大做了。然而，那种感觉再次出现了，过去一个月我跟杰森约会时的那种感觉，一直被我忽视掉的感觉——某件事很反常。真的很反常。

“你觉得我是被陷害了吗？”话刚出口，我就略感尴尬，这听上去也太戏剧化了吧。

“我不知道，”他回答说，“但如果我是你，我会埋头做事、保持低调，仔细留意所有反常的事情”。

我点点头。在大律所这种一切都很反常的环境里，这简直就是不可能完成的任务。

埋头做事、保持低调倒是简单，我继续将自己隐藏于高地酒店交易的工作中。但有天早晨，我也许过分实在地采纳了艾利克斯的建议，在从咖啡间出去时，我埋着头差点撞上吹着口哨的本·吉拉尔迪。

“不错不错，喝点咖啡提提神儿——今天可是个大日子，”他愉快地说，“我们已进行到谈判前的最后一步了，终于是时候把该签的字签了。”他开心地摩擦着双手。

“哇，那真棒！”我尽量报以清晨咖啡前最大的热情回应。曾经，我以为签订收购合同会是这样子：CEO 身穿来自裁缝街[1]价值五千美元的西装，坐在四十二楼宽敞豪华的落地窗会议室，纯银的蒂芙尼钢笔摆放在签名页之上，一切准备就绪。签字完成后，在场的律师和高管鼓掌祝贺。而现实是，双方律师提前几天，让各自客户分别在单独的签名页上签名，成交之后，签名页的 PDF 文件通过电子邮件交换。没有想象的盛况，没有鼓掌祝贺。

我默默决定把签名任务安排给帕特里克。

“只是有件事，”本鬼鬼祟祟看了看四周，压低了声音，“税法部那边为了规避监管，需要操作一下。”我继续听着，本解释说他们成立了一个新的实体成为买方，斯图尔特·希金斯是唯一经授权的签字人，也就是说只有他本人才能签署购买合同。

[1] 裁缝街（Savile Row）：伦敦西区一条两百多年历史的小街，从十九世纪初，这里便逐渐聚集并培养了世界一些最顶尖的裁缝师，现在这里也成为高级定制男装的圣地。街上的店铺都是老字号，以手工制作男装为主。

即时我还处于没喝咖啡、昏昏沉沉的状态，一听到斯图尔特·希金斯的名字，我立刻竖起了耳朵。飞马合伙公司的创始人和头号人物，身家数十亿，声名狼藉的隐士。从根本上来说，他是在幕后操控公司。奥伦，他的得力助手，公司的门面人物，负责在台前与别人打交道，之前开会时发表过“不准吃饭、睡觉、上厕所”的言论。几乎没人直接与斯图尔特打过交道。在 F&D，只有寥寥几人勉强见过他本尊。

“要拿斯图尔特的签名有点儿……棘手。我不想把这种任务交给一年级律师，他们肯定要把事情搞砸。我需要你去做。”本看着我，表情好似要把我派出战壕，到敌人包围的领地。“可能最好的办法就是你亲自去找他，亲手把签名页摆到他面前。”

我点点头表示同意。“当然，没问题。”我表面淡定地答道，好像我已对这类事情驾轻就熟，然而内心激动万分。虽说找别人签字这种任务确实微不足道，但我是百里挑一的，可以亲自去见斯图尔特·希金斯呢！商界之王，独一无二的迷一般的传奇人物。这好比演员要去面见马龙·白兰度[1]，抑或棒球选手去面见贝比·鲁斯[2]。

“很好，你先找丽塔要到他秘书卡洛的电话，跟她约一下时间，”他把手搭在我肩上，“祝你好运，麦肯茜”。

〔1〕 马龙·白兰度（Marlon Brando）：美国历史上最伟大的男演员之一。

〔2〕 贝比·鲁斯（Babe Ruth）：美国职棒史上 20 世纪二三十年代的洋基强打者，带领洋基取得多次世界大赛冠军。

冲出战壕，进入战场，我一往无前。

“你好，卡洛，我是 F&D 的麦肯茜。”我顿了顿，听到对方不停敲打键盘的咔嗒声。我深呼吸一下，继续说。“我打电话过来是因为这里有份文件需要希金斯先生签字，是有关高地酒店的交易案。你看什么时候方便，我过来找他签字呢？”

对方除了敲击键盘的声音，一阵沉默。丽塔提前告诉过我，卡洛很难对付。“那女人对斯图尔特的日程安排严防死守，那阵势就像他是该‘屎’的总统一样，生怕你找到好时机去刺杀他。”

“你刚刚说你是谁？”她终于回答我了，语气充满指责。

于是我决定尽量用简单词汇，同时让句子简短清楚。“我叫麦肯茜·科贝特，我是 F&D 的律师，我现在正在参与高地酒店交易案，有一份文件需要斯图尔特亲自签字。”我停了一会儿，让她反应一下，确保能听懂，然后继续道：“我只是想跟你确认一下，什么时候去办公室找他签名比较好。那只需要斯图尔特一分钟的时间。”我补充了一句，尽量让自己听起来很愉快。

打字声，打字声，打字声。“呃，我不知道你要怎么做。”她不明不白地回复了一句。我等了片刻，希望她能解释一下。

沉默。

好吧，我换个说法再试试。“斯图尔特今天在办公室吗？”我问。

“不在。”打字声，打字声，打字声。

“嗯……那他明天会在办公室吗？”

“不在。”

我开始用指尖按压太阳穴。“有没有哪个时间方便见他一分钟呢？让他把这个文件签了。这是高地酒店交易案的收购合同——飞马公司正在做这个交易，非常大的交易案，备受关注呢。我只需要一分钟，随便他在哪里，我都可以去找他。”我差一点就要恳求她了。

“让奥伦签吧。”仿佛我之前没有想到过似的。

我尽自己所能，用最耐心的语气向她解释了十分钟，斯图尔特是唯一有权签字的人，她终于开始有了恻隐之心。

“好吧，斯图尔特打猎去了。在密歇根州。我必须警告你，他在密歇根的时候不喜欢被打扰。所以这最好是很重要的事，麦克唐娜。”[1]

上午十点零五分，我已坐上了从拉瓜迪亚机场飞往底特律机场的航班。我在大律所的此类经历实属首次——大老远去找客户就为了签字——不过对于这种优待百万富豪的奢侈行径，我已习以为常，更何况这次是亿万富豪。大律所的工作经历教会我一件事，即一个人身份越重要，就

[1] 秘书叫错了麦肯茜的名字。

越无法自己独立完成一项简单任务。

“除非有人到他那儿去，亲自把那该死的签字页放到他面前，否则我们永远得不到签名。”本如是解释。那个人就是我，麦克唐娜·科贝特。到了底特律机场后，我叫了专车直接开到葫芦湖，那是密歇根南部一个偏远的狩猎区。跟卡洛通话七小时后，我就已经抵达熊林庄园了。这是斯图尔特自有的丛林大木屋，建在茂密的森林深处，远离尘嚣。

这地方看上去像是住着恐怖分子，如果恐怖分子是亿万富豪的话。狭窄的车道沿路装着摄像头，尽头是雪松木建成的房子，大到让人误以为是酒店。但尽管如此奢华，这里还是充满诡异的氛围。新闻里会有在某偏僻小屋地下，发现埋葬着二十五具尸体的消息，这房子给人的感觉就跟新闻里的小屋一样——很诡异。

“他晚餐时间才会结束打猎，你在客厅等他吧。”卡洛的邮件如是吩咐。此时此刻，站在这栋阴森森的房子面前，我很好奇下面埋了什么（或者是谁），她的邮件让我想起了恐怖烂片的开头。

一名身穿迷彩服的男子开了门，将我带到洞穴般的客厅。“你在这儿等吧。”他咕哝着说，指了指沙发。他的胡子长得过于浓密，以至于他说话时我都没看到他动嘴。我想知道他嘴上挂着这玩意儿，怎么吃饭啊。我在棕色皮沙发上坐立不安。“斯图尔特黄昏时间会回来。”他准备离开，走出房间时朝我喊道，我有一种不祥的预感。

我僵硬地坐在沙发边上，大气不敢出，直到他蹬蹬的脚步声越来越弱。我低头看了下表，下午五点。坐在这个房间里，周围挂的都是步枪和各类动物的头颅，我的脑袋开始飞速运转。这个季节黄昏到底是几点？下午六点？黄昏指的是暮色刚至还是太阳下山？还是这两者中间的时间？为什么你会用“黄昏”这个词，而不告诉我具体时间？天啊，我能活着出去吗？

我环顾四周，到处都是死去的动物——地上铺着四张巨大的熊皮地毯；我还非常确定有一个灯罩是货真价实的斑马皮；房间里散乱地摆放着实物大小的狼玩具公仔，每一只都狰狞地露出牙齿，看上去像是赢得了人兽之战，然而现实是它明显输掉了。一张桌子的底座是一只木制秃鹰，桌面是玻璃，我的目光停在了桌子上方，那儿挂着一只裱好的鹿臀。鹿臀？他裱了个鹿臀？为什么会把鹿臀裱起来挂上？我是说，把动物头颅裱起来，作为战利品挂着无可厚非。虽然我自己不会那样做，但我能够理解，毕竟你曾与那野兽一较高下，它的头颅是你的成就。可是裱只鹿臀？我可没听说过。

我拿出手机，将注意力从动物尸体上移开。当我看到收件箱时，不由得猛吸一口气。

收件人：麦肯茜·科贝特

发件人：本·吉拉尔迪

我们需要尽快拿到斯图尔特的签名——高地酒店那边开始不耐烦了，我们担心他们要退出。他们不接受PDF文件——只要原始签名页。拿到签名后赶紧回办公室。

巨大的压力袭来，似乎要把我的喉咙堵住了。整个交易的成败，几个月的努力，现在都压到了我的肩上。不成功，便成仁。我要么拿到签名，凯旋，要么被裱起来挂在斯图尔特书房的墙上。我盯着面前阴森的橡木落地大摆钟，秒针一点点地移动，我眼睁睁看着时间滴答流逝，祈祷着黄昏赶快到来。

终于，极度煎熬的一小时之后，一名男子进来了。他从头到脚都是迷彩装备，套有一件马甲，上面起码二十个拉链，黑色高筒靴，裤脚扎进了靴里。暴露在外的皮肤全都覆盖了一层像黑色鞋油的东西，他还扛着步枪。

我会遇到敌人的炮火吗？我站起来伸出手。“你好，我是麦肯茜。”我的声音在发抖。希望他也能自我介绍一下，因为我完全不知他是否就是斯图尔特·希金斯本人，还是其他哪位在外面持枪巡逻的安保人员。然而他并没有，他盯着我的手，转过身背对我，向房间角落走去，径直走到了距离我最远的那把大斑马纹扶手椅边坐下。

我局促不安地坐回沙发。可能他不喜欢与人肢体接触？也不喜欢当面跟人讲话？我必须要小心处理此事。我等了一会儿，然后开口说道：“嗯……我今天来是为了让您在高地酒店的收购合同上签字。”没有任何回应。

可能他是聋子？真是那样的话，本肯定会有所提及的。

我不知如何应对这令人不安的沉默，只好硬着头皮继续说。“卡洛之前说她会告诉您我要过来。嗯……您一定知道这份收购合同是为收购高地酒店，现在合同已经拟好了……呃……需要您签字。”我结巴起来。

他完全忽视了我的存在，只见他缓缓将手伸到头顶，用拇指和食指捻起一小撮儿头发来回绕圈。等到那撮头发再也绕不动了，他便捻起下一撮儿，继续重复刚才的动作。期间他一直盯着地板，一动不动。

好吧——，我猜这位就是斯图尔特·希金斯本尊了吧。就是这位男子，谜一般的传奇人物。我听说过斯图尔特行为古怪，但眼前这种行为已不止古怪了吧——是彻底的奇葩啊。我就默默等他开口说话吧，我很快拿定了主意。我俩就这样坐着，默不作声。他的手指可没闲着，一撮儿一撮儿地玩弄着他的头发。

滴答、滴答、滴答。钟表的声音好似在对我尖叫，我的手机狂躁地闪烁着。

在大约一半的头发都被绕成一个个细小的死结后，他终于开口说话了：“你到底要不要把文件给我？”他问道，声音小到几乎听不到，眼睛仍然盯着地板。

“噢！好的好的！”我迅速起立，抓起放在我面前的文件。“只需要一个签名就好，签在红色的‘签名’标签旁边就行。”我走过去，把文件夹放到他面前的小木桌上，翻到签名页，揭开钢笔盖，在打开的文件上摆好。我站在旁边等了片刻，尽量让自己放松，但感觉实在尴尬，于是又回到了座位上。

他伸手将文件滑到桌沿，俯身向前，左手捏成了个拳头。如果他不是看起来这么……虚弱的话，我可能会很害怕自己被揍。即使穿着迷彩服，扛着把步枪，他看起来还是像白人版的斯蒂夫·乌克。[1] 他甚至还明显驼背。只见他把右手放到桌上，张开手掌对着紧握的左手拳头，然后左手像球似的往右手手掌轻敲。之后再把右手手掌移到左手正上方，用手掌轻敲拳头。他在徒手打网球呢。他的目光随着“球”来回移动，突然咧嘴笑起来。

好吧，现在我可是什么都看到了呢。我尽量控制自己往别处看，生怕打断他的私人游戏。但还是从眼角瞥见了全过程，我不禁好奇，这人是怎么做到的？自己赚得几十亿美元，让手下成为百万富翁，律师团队统统对他卑躬屈膝，最终成为业界巨头。高登·基科，跟他不一样。

我回想起高中认识的那群古怪的小孩，他们现在身处何方？可能在某处管理着市值数十亿的公司吧。

几分钟后，斯图尔特打完了他的网球赛，拿起钢笔，先打开，又盖上，反反复复好几次，目不转睛盯着它，入迷的表情仿佛是第一次认识钢笔。最后，他终于下笔了，签完字犹豫不决地将笔摆回到文件夹上，那样子就像是生怕用力过猛，就可能引爆炸弹似的。他随即又轻轻把手放在文件表面上，停了一会儿。然后站起身，一言不发，看都不看我一眼，就径直走出了房间。

---

〔1〕 斯蒂夫·乌克（Steve Urkel）：美国情景喜剧“凡人琐事”（Family Matters）里的角色，不招人待见的书呆子形象。

我如释重负，仰靠到沙发上，长舒一口气。

六小时后，我站在复印室，之前紧张的经历如同过山车般，让我筋疲力尽，感觉快要晕倒了。但终点已经近在眼前，我都能嗅到成功的滋味了。我只需要复印一份斯图尔特的签名页，然后将原件交给高地酒店的律师团队就大功告成。可悲的是，操作复印机这么简单的动作竟然都让我无所适从。这本来是秘书的工作，但我费尽千辛万苦才拿到这个签名，我不想让文件离开我的视线。我半梦半醒地从文件夹抽出签名页，放到复印机上。然后，倒霉事发生了，那张纸划破了我的手指。

哎哟！我缩回手，把流血的手指放进嘴里。无比心疼自己。我还能再倒霉一点吗？我把手指抽出来看了看，真的在流血。一阵疼痛感袭来，我又将它放回嘴里，用另一只手翻页，并将页面跟复印机对齐。就在这时，我才看到——一滴血滴到了斯图尔特签名的“斯”字上面。我弄脏了签名页的原件！我发疯似的在复印室到处寻找餐巾纸、纸手帕或任何可以用来擦拭血迹的东西，然而什么都没有。这房间里备着十种不同颜色的“签名”标签，却为什么连该死的一卷纸巾都没有？情急之中我抓起一张空白的打印纸，揉成一团，开始擦拭血迹。此刻，我满脑子的画面都是麦克白夫人[1]正在清洗她沾满邓肯鲜血的双手。走开！该死的血迹！我说了！走开！狂乱摩擦几下后，我移开那团纸，看了看补救结果。

这下子血迹将斯图尔特四个字都盖住了，还遮掉了一半希金斯的“希”字。我一把抓起沾染血迹的签名页塞进文件夹，冲出房间，沿着走廊飞奔，双手抖个不停。

“麦肯茜！”身后一个声音大喊道。

我猛地一转身，惊慌失措。

“你在这里干什么？”本怀疑地问。“你得把签名页拿过来交给高地酒店的律师。是那个吗？”他指了指我手中紧握的文件。

我的耳朵嗡嗡作响，口干舌燥。冷静点。

我感到呼吸困难。“是的，我只是先要复印一份，再把原件交过去。”我终于回答出来，声音颤抖着。

“好吧，快他妈拿过去。大家都在等呢。”

我轻快地点点头，继续飞奔到了丽塔的隔间。

“丽塔，”我小声叫她，焦虑不安，示意她到我的办公室来，并将门关上。

“老天，亲爱滴，‘妮’看上去像是见鬼了”，她说，“‘肿’么回事？”

“丽塔，我搞砸了。”我声音仍在颤抖，拿出沾染了血

---

[1] 麦克白夫人（Lady Macbeth）：莎士比亚四大悲剧之一《麦克白》中主人公麦克白的妻子，诱导教唆麦克白谋杀国王邓肯（Duncan），弑王篡位，最终两人都走上了罪恶的不归之路。

迹的签名页摆到桌上。褐色的血迹比在复印室里变深了一些，这使我加倍痛苦。一阵剧痛穿过胸膛，我紧紧闭上了双眼，好像我的肺只剩以前百分之二十的容量了。有那么一会儿，我以为自己心脏病发作。

“嗯……嗯……嗯……”我听到丽塔拿起那张纸仔细检查着。很快，她走到我的办公桌后，坐进椅子。“‘妮’密码多少，亲爱滴？”

“纸杯蛋糕2013。”我顺从地告诉她。此时我已脆弱得不堪一击，如果她找我要社保卡号和信用卡号，我也会乖乖地全盘托出，一个问题都不会问。

“纸杯蛋糕？”她嘴角幽默地上扬起来，一边敲击键盘，“我根本不会问你为什么哟。”

一阵尴尬朝我袭来。我知道大多数人会选择亲近的东西作为密码。丽塔大概以为我的密码会是某宠物名字吧。但事实上，我在设置密码时，脑海里第一个蹦出的就是纸杯蛋糕。

不久后，我的打印机开始呼呼运转，随即吐出一页纸，丽塔拉出来摆到自己面前。“给我。”她指了指那页弄脏的文件。

我神情恍惚地把它递了过去。

丽塔仔细研究了一番，然后在新打印出来的签名页上签好了名字，手法迅速而果断。她得意地将它交还给我。“问题解决啦。”她双臂交叉抱在胸前，咧开嘴笑盈盈地看着我。

“但是你怎么……”我盯着丽塔模仿的签名，惊呆了，简直跟之前斯图尔特签的一模一样，只是没有了血迹。

“亲爱滴，‘妮’如果在长岛[1]长大的话，是不可能不学会伪造签名的。”

我脑子一团乱麻，纠结自己应该如何抉择来处理当下的情况。也许我可以和盘托出，将签名延期，最后很可能导致交易失败，这必然毁掉我的前途或者……

电话响了，来电人显示是本·吉拉尔迪。

丽塔满怀期待地看着我，按下了免提键。

本不耐烦的声音回响在房间里：“麦肯茜，高地酒店的律师们正在我办公室等着呢。你拿来了斯图尔特的签名吗？”

一阵令人窒息的沉默，本和丽塔都在等待我的答案。

“是的，”我终于回答，声音嘶哑，用颤抖的双手拿起那张纸，“就在我这儿呢”。

“麦肯茜，我们无畏的头儿，敬你一杯——我唯一可以忍受一起共事的女律师！”帕特里克低沉有力地说着，把啤酒高举在空中。我们已经喝到第二轮，大家都放开了。

“我觉得似乎不太应该，但我还是要把这句话当作赞美咯。”我俩碰了碰杯。高地酒店的收购合同已正式签

〔1〕 长岛（Long Island）：美国东北部的一处岛屿，隶属纽约州。

订，我心里一块大石头总算落了地。我离星空公司的借调令仅有一步之遥了。加文和帕特里克一直在好奇我的熊林庄园之旅。斯图尔特长什么样？他的房子有多大？他老婆漂亮吗？他跟大家传说中的一样怪异吗？我回答了有关他财富的问题，但刻意对其性格含糊其辞。不知为何，我与斯图尔特见面的这一小段时间感觉很……私密。他怪异的行为反而让我觉得他极其脆弱。就好似他跟你坐在同一房间，让你看到他古怪的行为，向你展现自己的小秘密，这表明他信任你。而且，纵使他已坐拥亿万身家，手握巨大权力，我其实也很同情他。所以我不想散播流言蜚语。

交易成功了，本无疑心情大好。双方交换签名页后，他跟着我走到我的办公室，连连称赞："斯图尔特这事儿干得很漂亮，跟你团队的小伙伴们出去庆祝吧——律所埋单。"我深知革命尚未成功——交易结束日定在五月十五日，因此，还要起草扫尾文件，找监管部门审批。但我尽力把工作赶出脑海，今晚是庆祝之夜。

"那当然是赞美！"帕特里克由衷地拍拍我的背，"想有多好就有多好，幸运的小麦"。

我开怀大笑，陶醉在这愉悦的氛围里。事实上，今晚好事接踵而至。碰巧在我下班前，萨帝尔向我播报了"最新消息"。其中包括莎拉被安排跟麦斯威尔一起去参与准备一大型 IPO（首次公开募股），也就等同于她被流放到了印刷商那里，归期不明。我知道后心花怒放，最近上班不但可以摆脱她那张自以为是的衰脸，也不用再跟她一起为本做事了。眼不见心不烦。

“幸运的小麦？”金狐疑地看着我问。尽管我临时才邀约，金还是同意了加入聚会。“好吧，我本来计划看女子马拉松，不过我猜改天再看也无妨。”我下午五点打电话邀请她时，她如此回答道，“但是我们一定要跟那群无聊的律师一起玩儿吗？”我温和地向她解释我不能丢下工作伙伴，所以今天晚上不得不跟其他律师一起，还很可能会包括无聊的法律探讨，但也会包括免费饮料。“好吧，你赢了，毕竟我也算半个酒鬼哦。”她打趣地说。

今晚我采用的大律所生存技能就是：合理安排社交生活。在大律所，闲暇时间非常有限，所以一旦有空，就得高效利用。也就是说，如果可以有放松时间，那就干脆邀请通讯录上所有人一起玩。当然，这样可能会使不同圈子的朋友诡异地混在一起。比如，你可能会同时跟你的表弟和美发师一起喝酒，但至少你不会收到邮件上面写着“我们已经半年都没联系了——你还活着吧？”

“麦肯茜没有告诉你她赌博得来的绰号吗？”加文把手搭到我肩上，轻捏一下，“你去拉斯维加斯一定要带上她，她超厉害！”

“是吗？”金冷淡地答道，明显不高兴自己成了圈外人，无法听懂我们的笑话。

“是这样的，”我开始解释，希望我能让她理解笑点，“有个高年级律师叫罗斯”。

“他就是个混蛋！”加文插了一句。

“而且他超级抠门儿，”我继续道，“他总是去各个会议室里搜寻吃的。每天下午四点，他都会来我们的作战室”。

“作战室？”

“对不起，那就是会议室。我们叫它‘作战室’是因为……”结果我们为什么给它起了这个名字？“无所谓啦，那不重要。”我不屑地挥挥手。“不管怎样，我们渐渐注意到了他的行为。他会走进会议室，径直拿起午餐剩下的甜点盘，把所有剩下的巧克力蛋糕统统吃掉。一个接一个地吃掉。”

帕特里克表演了罗斯把食物塞进嘴里的样子，加文在一旁放声大笑。

“有一天我们实在无聊，就决定玩个游戏。打赌罗斯一次可以连续往嘴里塞多少个巧克力蛋糕。赢家就是在下啦。”我轻轻鞠了一躬。

“所以他吃了多少个？”金没有觉得很好笑，倒是一脸吃惊的表情。

“八个！”

“啊，真恶心。”

“噢，不过最好笑的是，罗斯进来之前，我们打电话问谢尔登，他是参与这项交易的另一位律师，问他要不要加入赌局。他说……”我停顿了一下，窃笑起来，金满脸期待地看着我。“不，但是我想过来观看。”

帕特里克、加文和我笑成一团，金没有理我们，她把目光转向了吧台后面的电视。

可能我不小心漏掉了一些最好笑的环节，所以金才没有理解到笑点。她今晚到底怎么了？

“嘿，你们看了最新上映的《X 战警》吗？”金转移了话题，“太——棒——了。其实吧，我不怎么喜欢这些超级英雄系列，但 3D 效果……”看到我们一脸茫然，她很尴尬，声音越来越小。

“这段时间我们差不多是住在会议室里，”我解释道，“我们根本没有时间去看电影，不过看样子真的很棒”。

今晚我的合理安排社交生活计划明显失败了。邀请金来这里让我回想起了五年级的时候，妈妈坚持让我邀请那位法国交换生去我家过夜。那简直是场灾难——她连后街男孩[1]都不认识，玩“真心话大冒险”游戏，她能提出最好的问题是“你喜欢你的老师吗？”诚然，这句话可能代表了她最高英语水平，但仍然是场灾难。刚才金还不如问问我们喜不喜欢我们的老师呢。

“再来一轮？”帕特里克提议。金礼貌地回绝了，她拿起外套，嘴里咕哝着，大概是第二天要早起的意思。

“我保证，这笔交易结束后，我俩出去好好玩玩，女生之夜。”我快速地拥抱了她，跟她道别。

“听上去不错。工作结束后告诉我吧。”

我热情洋溢地点点头。

“不要失去联系哦。”她回头朝我喊道，但我已经转身继续跟同事们谈笑风生了。

〔1〕 后街男孩（Backstreet Boys）：美国乐坛一男子团体，曾红极一时。

24

我把交易成功清单的最新版本从打印机取出来，向办公室走回去，浑身上下有种轻松感。在过去这八周里，我一直忙碌地工作着，为的就是保证这难以置信的时间表能够顺利执行，现在，交易就快要成功了。监管批文已经到手，所有的交易文件都已经签署完毕，而且，通过神奇的电汇，就在今天，飞马公司就能自豪地宣布他们拥有高地酒店了。

艾利克斯的头探进我办公室，他说："今天是个大日子哦！交易完成了吗？"

我摇摇头："资金要中午才能进账。"

"恭喜。我相信这宗魔鬼交易的完成使你万分高兴吧，"他走进办公室，关上门，"你听说关于派遣调令的消息没？"

"还没，不过萨帝尔今天发布的'最新'消息称，本每年都会在阵亡纪念日那个周末公布人选。所以，还有几个星期就知道答案了。"

我没有告诉艾利克斯，萨帝尔发布了小道消息以后，我在厕所里高高扎起马尾，对着镜子练习着我能表达出的最为吃惊的表情。我被选为借调人选了？那就是说我走上了要当合伙人的路了？我双手扶在脸颊上，像迈考利克金在《小鬼当家》里的招牌动作——太舞台剧的感觉了吧。用手捂住吃惊而张开的嘴唇呢？美国小姐那样——也太过戏剧化了。浅浅笑一下怎么样？蒙娜丽莎那样——好像又太过孤傲了。最后我觉得像詹妮弗·劳伦斯那样在奥斯卡颁奖礼的表情可能才最为合适。

“嗯，没人比萨帝尔更权威了。”艾利克斯窃笑道。他顺手从我书架上拿起一本书，漫不经心地翻阅起来，然后他的脸色变了，头也不抬地说：“另外一件事情，有消息吗？”

“没消息。”我摇摇头。

自从那天晚上在酒吧以后，这是我们第一次提到内幕交易的调查。即使是现在，艾利克斯还是竭尽所能用一些最为模糊的词，以免被人听了去。我倒是觉得他有那么一点过分偏执了，毕竟我早就满办公室搜索过了，我的办公室没有监听设备。很显然，我们都是《国土安全》看太多了。

“没消息就是好消息，”他把书放回书架，似乎不再需要什么东西遮遮掩掩，“晚上庆功宴以后要不要去喝点东西？”他快活的语气重新回来了。“我要为罗斯干点事情，不过应该不会超过九点钟。我们应该庆祝一下高地集团交易成功了，以及你即将要迎来的利好消息。”

“你别说出来！”我赶紧吼道，“说出来会招来‘扫帚星’。本可能把借调的机会给任何人。”

“哦，得了吧，小麦。公司最大的交易马上就成功了，这还得多亏了你。你自信点好不好？”

他是对的，确实应该多亏我。

叮叮叮——文森特碰了碰他的酒杯，拉开椅子站起来。

一群穿着白色上衣的服务员早就等在我们桌旁，给我们每个人的盘子上摆上了大块的上好牛排。我真正想吃的却是新鲜的沙拉，里面的大量维生素和矿物质正是我身体最为缺乏的东西。不过律师们要举行庆功宴，往往首选红肉食品——就好像红肉会让大家都觉得自己不再是机械的文件处理机，而是成功的猎人。

我扫视了一圈就座的人群，十九位男士，一位女士。这种感觉我已经很熟悉了，它集中了骄傲和不适感，我永远都难以习惯。我拽着裙子的下摆，要是我穿的是裤子就好了。

“我想要欢迎在座的每一位，你们在这宗交易上的辛勤工作让我印象深刻。”文森特专门停下来，让大家鼓掌。“这种规模的交易需要战场上有大量的士兵在拼搏。你们每个人的努力最后让球过了终点线。”我尽力忍住，千万不能笑出来。他成功地把律师们的工作用了两种比喻来修辞：战争和体育。

“为此，我感激不尽。”再次停顿，看着我们大家，似乎在等待着和每一个人进行眼神接触，以此给大家传达鼓励之情。“这宗交易会被载入史册，它将会是‘近十年来最厉害的交易’，它是我职业生涯里最复杂的案子！”

夸张——做到了！

“你们应该为自己感到庆幸——做过了这宗交易，你们将成为更好的律师。”

这就是那套“过去半年你牺牲了自己的生活来为公司服务，但是是为你自己好”的说辞。他做到了！

他清了清嗓子，继续说道：“我希望这并不是你们职业生涯里最辉煌的交易，不过我估计它事实上就是了。”

啊，老式的说辞，气焰嚣张。终于，大律所的庆功宴致辞结束了。该干杯了吧。

“看在上帝的份上，让我们他妈的把酒喝了吧！”安东·沃多夫从桌子另一边朝文森特扔来一个卷好的餐巾，说道：“按你这个致辞的速度，我们吃完饭还他妈整晚都清醒着吧”。

“你就没哪一天是清醒的，沃多夫！”

“他妈的老子就从今天晚上清醒行不行？”

就这样，全桌爆发出酣畅淋漓的笑声，大家举起杯子，庆功之夜随即充满了洋洋洒洒的自负、睾酮素的气息和对肉食大快朵颐的声音。

接下来的两个小时里，这种势头依然强劲，我们吃完了四道主菜，喝空了数不清的酒瓶，大家交头接耳说话的速度和喝酒简直不相上下。

“文尼（文森特的昵称）和我的职业生涯都开始于尼克松·维斯律所，”安东含糊地说道，整桌人的注意力都被吸引了过去，“我那时候是第三年的律师，文尼才刚刚进所里。我们一起度过了一些好时光。很好的时光。”他重复了一下，看起来像是在回味往事。“不过我印象最深的是有一天早上我的秘书上班的时候给大家宣布道：‘我昨天晚上睡了文森特·克里德’。”整个餐桌爆发出大笑声，有人甚至发出了牛仔最喜欢的惊叹声。我在椅子上很不舒服地挪了挪，恨不得此刻钻进手里的酒杯去。我的天哪，这些家伙太恶劣了，他们压根没注意到还有我在这里吗？或者更糟，他们认为我觉得这事很好笑？我几乎想象不出来他们会像牛仔那样“呀唬”，更难以想象他们能拿着牛仔的绳套或者做出任何牛仔那些动作。

“不要老是提那件事！”文森特回应道，他用手指着安东。“我那时候正处在几段婚姻的间隔期，不过，你的秘书确实性感。”更多的嚎叫。“可不像你现在那个秘书。”

“哦，你的秘书睡过你们那层楼太多的律师了，他们应该按照她的名字来取名了，”安东说道。可怜的丽塔，她也被扯进了这场醉酒的闹剧中。

“可以啊，姓垃圾，名公交车，”文森特回应道。人群中爆发出一阵哄笑，每个人都顺势往自己杯子里倒了更多的酒。我确信文森特压根就不知道，丽塔对他的感觉明明是感到他可怜，而不是欣赏他。他更不可能知道，他和前妻在床上的力不从心之事，对于丽塔而言，分明是一出喜剧（而且有可能她已经和很多人分享过这个故事了）。如果这个话题继续下去，我就要说一说他前妻提到的“完全没有高潮”的段子了。他活该。

我正在想着这样的念头，本在桌子的另一边尖着嗓子问道：“你们有没有听说福克斯纸业明天终于要提交申请了?”他整个晚上都非常沉默。鉴于他娶了那样一个老婆，我觉得他应该已经习惯了在酒桌上找个不那么引人注意的位置让自己一醉方休。今天晚上我第一次竖着耳朵想听一下他们说了什么。福克斯纸业的上市计划正是莎拉跟着麦斯威尔做的案子，她在过去的两个月因为这个案子仿佛被发配到了福克斯的保密印刷厂里，一直在那边忙个不停。如果明天福克斯提交了上市申请，那么，莎拉的那张丑脸就会回来晃荡在 F&D 的大厅里。

“我们他妈的已经为此搞了很久了——这个案子将他妈的让麦斯威尔风光一整年”，文森特怒吼道，“哦，为了他妈的提交申请，喝里路亚[1]，干杯，干杯。”周围响起了碰杯的声音，而我，在思考着如何和冰雪女王避免交锋。只要有本的星空公司借调令，我可以什么都不用再担心了。

我悄悄从大家都已经醉醺醺的晚宴上离开，来到了猪哨酒吧，此刻，我才感觉肩膀不那么紧张了。我这会最需要的就是和艾利克斯一起喝点东西，把刚才接收到的那些无耻的显摆的负面消息冲走。我把我的名字告诉了接待

〔1〕 文森特把“哈利路亚”改为了新的祝酒词。

员，站到一边，尽量不要被急切的其他顾客冲撞到。

“不好意思，”我感觉有人拍了拍我肩膀，“你已经告诉接待员登记你的名字了吗？”

“嗯嗯，”我回答道，还是目不转睛地盯着我的黑莓手机，因为艾利克斯给我发来了邮件，说自己被罗斯困在了公司的办公室里，哪儿也不让去，可是他们并没有真正的工作需要完成。“混蛋。”我自言自语说道，声音不由得还挺大。

“嘿，只是问一问你而已！问一问怎么就成混蛋了！”

“不是，不是，我是说我朋友——哦，不是我朋友，我是说我朋友的老板……”我从黑莓手机上抬起头，看见一双带着微笑的棕色眼睛。

此刻这双眼睛正盯着我呢：“你不记得我了，对吧？”眼睛的主人笑着问我，显得有点害羞。

“呃，帮我恢复一下记忆呗。”我冲他说道。

“飞机上？”

我大脑立刻飞速运转起来，直到我想起来……哦，天哪。这个人是去达拉斯的那位乘客。我靠在人家肩膀上睡着了。

“哦，嗯……”我脸红起来，“是你啊，我是说，嗯……我们……我们在飞机上见过”。我觉得“见过”这个词有点含混，但是我总不能说“我记得你，你就是那个我靠着睡着了，还把口水蹭到身上的人，就是那个听我咆哮着抱怨自己没法洗澡的人”，那样显得多不合适啊。当他站着的时候，我觉得他比我记忆中看起来更加的可爱一点。他的身材有点像游泳运动员——很高，肌肉型的，而且肩膀舒缓，丝毫不显得焦虑，连腹部也是线条分明。“对不起，我一直都不知道你的名字。”

“我叫劳伦斯，”他笑着说道，“但是你可以继续叫我混蛋。”我发现他笑起来的时候，一边的脸颊上有一个很好看的酒窝。

“哦，真是对不起啦，”我有点不好意思，挥了挥手里的黑莓手机，开始解释道，“我朋友本来打算到这里来见我的……”

“麦肯茜，两人位。”正在这时，接待员扯着嗓门叫了我的名字，谢天谢地，我不用接着解释了。

“我就是。”我向前一步，说道。

“你们人到齐了？”接待员大声问道。我最讨厌餐厅里的这种问题了。纽约应该是世界上唯一一个当人没到齐，店家就会拒绝你入席的地方了吧。他们觉得两个顾客会故意报四个人的位置，就为了坐的宽敞一点吗？

“哦，他是……”

“在这儿呢！”劳伦斯也向前走了一步。“就这样啊，”他悄声给我说，向我快速挤了挤眼睛。

我走进酒吧的时候才发现，自己的黑色套装和这里简直就是格格不入。就像是希拉里进了兄弟会的派对一样。我脱下外套挂在椅背上，心里庆幸自己还好里面穿的丝绸打底衫，而不是规规矩矩的正装衬衫。

“请问你们需要点什么？”

“我要喜力啤酒，这位女士……”劳伦斯指了指我。

"我也一样。"我点点头，朝酒吧四下张望，试图装作我们是第一次见面的样子，有点担心他会提起之前的事情。我心里一万个希望他已经忘记了。

"那个，我们上次聊天的时候，你正过着悲惨的日子，还没法洗澡，"他嘴角带着一丝笑容，开门见山地说道。

"我还挺希望你忘记这茬事情呢，"我做了个鬼脸，脸上发烫，"这样说吧，我们上次见面的时候并不是我状态最好的时候，我真的是长时间在工作，为一个疯子工作……而且，嗯……"我停下来，决定尽量减少解释的内容，免得再次陷入"信息过量"的深渊。

"嘿，我只是希望事情变得好了起来，至少这次你看起来很干净嘛。"他又笑了，还带了一点嘲讽的表情。

"是啊，是啊，我今天可是洗过澡的呢！"我挥舞双手，做出凯旋的样子。

"所以事情就是变好了咯？"

这个问题问得好。将男朋友现场捉奸，出轨对象还是我在这个世界上最讨厌的女人，这到底算不算事情变好了？不过，现在我和一个帅气的男生坐着聊天，高地集团的重担也从我肩上卸落，借调的机会好像也没有之前那么遥不可及，好像事情真的已经变好了。可能当初过得那么艰难，也不仅仅是因为高地集团案子带来的压力，还有我想留住一段停滞不前的恋爱关系。"嗯，那就要看你对'变好'这个词是怎么定义的了。"我神秘地笑着说。

他挑了下眉毛歪着头看我。哦哦哦……他可以挑眉毛，看起来特别性感。我对性感的男人挑眉毛从来都没有抵抗能力。

我摇了摇头，大笑起来：“你才不会想知道呢——相信我。我得喝到烂醉如泥的时候才能说吧。”

“服务员！”他举起手，“我们这里再来一轮酒”。他大声说道。我大笑出来，仿佛一切紧张感都已经消融了。

“说起来，你怎么进大律所工作的？”他抿了第一口酒。

“哦，我舅舅是一名律师，我一直都很崇拜他。他就是——”我忽然意识到我没能赶去参加奈吉尔舅舅的退休派对，那已经是五个月之前的派对了。我隐约记得他发了好几次邮件，但是我却不记得我是否回复了他的邮件。奈吉尔舅舅一直都很支持我，总是引导我实现自己的目标。而且他还带我去参观了世贸大厦，非常棒的一次旅行。他现在退休了，可能特别需要陪伴。我默默希望我回复了他的邮件。“他就是我特别崇拜的人。”我吞了一下口水，艰难地说完这句话。“那为什么一定要到大律所呢？”我耸了耸肩，盯着我的酒杯。“可能就是因为优等生的执念出了问题吧。当然，你要是看一看自己的还贷安排表，你的选择就很有限了。工作时间确实很长，但是……怎么说呢，你就得慢慢习惯吧，我觉得。”

“对，”他点头表示赞成，看起来感觉很有意思的样子，“就有点像是有些人慢慢习惯了身体的慢性疼痛”。

“差不多就是那样。”我笑了笑，喝了一口酒，努力思索着说点另外什么事情来改变谈话的主题，但是我却想不出另外什么事情可以说。我没有自由时间来参加其他的公司以外的活动，也没有时间看报纸。结果就是我现在变成了不可思议的无聊分子，除了工作，其他什么话题都想不起来，而我一点都不想听见任何和工作有关的话题。“不好意思，我并不是一直都这样无趣，”我紧张地笑了笑，“以前我也可以凭自己喜好去看看书，关心下时政，听听音乐……”我必须停下来，我不能再去想我为这份工作放弃了多少。我真的在极其认真地进行自我披露。闭嘴，麦肯茜！我对自己坚定地叮嘱道。你又要把你那些可悲的事情拿出来让这个无辜的可怜男人倍感无聊了。你又一次踏入了“信息过量”的领域。你在孟买宫[1]吃了唐杜里泥灶烤鸡[2]而拉肚子的事情是不是就要成为下一件你要说的主题了？赶紧打住，别再说下去了！“好啦，工作上的事情就不再说下去啦，”我淡淡地摆了摆手，“好像我总是忍不住去分享一些听起来就很累的琐碎事情呢。该你说说啦——有没有什么不得体的、特别私人的话想和我分享呢？”我开了个玩笑，希望自己能让气氛轻松愉悦一点。

“私人的？我想想看……”他挪了挪椅子，说，“嗯，我每天都冲澡，算不算私人的话题？”

“不算，不算，这种太小儿科了吧。你要说点特别难为情的才算数。来来来，我帮你起头，你看，我都告诉你我的工作情况了，你是做什么的？”终于不用再聊我自己

〔1〕 孟买宫（Bombay Palace）：一家遍及世界各地的印度连锁餐厅。

〔2〕 唐杜里泥灶烤鸡（Tandoori chicken）：印度的一种烹饪方式，先将鸡用酸奶和辣椒码入味，再放入名为“唐杜里”的泥灶里进行烘烤，属于比较辛辣刺激的一道菜。

了，我感到一阵欣慰。

他靠向自己的椅背，说：“我有个主意，我们都不要去说自己目前的工作。我们来聊聊我们做过的最有意思的工作。”他苦笑着看着我，停了几秒钟，制造出一种戏剧性的效果，接着说：“我最有意思的工作是做过遛狗员。”

我吃惊地大笑起来，差点把我刚喝到嘴里的啤酒喷出来。

“真的！遛狗员真的是完美的工作啊。我那时候刚上大学，对这个城市一点都不熟悉，这份工作结合了我最爱的两件事，狗，”他把手肘支在桌子上，竖起食指，“和发现城市的美好”。他竖起了第二根手指头，我注意到他的指甲修剪得十分完美。人们怎么说来着？对握手的维护？他的指甲，真是……维护得完美。“我每天都走不同的街道去遛狗，”他继续说着，“我走了一些我根本想不到自己会去的小路。我就是那样去了解了这个城市的。”他停下来，看起来若有所思的样子。“你知道吗，整个城里唯一的木质住宅在上东区的九十二街上？”

“这个我还真不知道。”我回答道。

“是真的哦，就在马克思兄弟老宅几个街区之外。他们的房子还在那里呢。你会不会觉得我有点啰唆？”他笑了，显得非常自信，又极富魅力。“我还有好多好多啰唆而无用的纽约的小段子呢，多亏了我最喜欢的工作。好啦，该你了。”他靠近桌子说道：“我们来听一听你最喜欢的工作。”

“嗯……”我停顿了，心里在掂量我到底要对这个刚认识的陌生人说多少我的事情。事实上，要去聊 F&D 反而还简单一些——对工作的喜好并不是那么私人的话题，工作的我并不是真实的我。但是，话说回来，这个男人已经见过我睡觉流口水了，我给了自己一个理由，管它呢，一不做二不休。

“好吧，”我说道，“和你一样，我最喜欢的工作也是在大学时期——我在离学校很近的地方打工，是一家烘焙坊，叫作‘甜蜜麦芬’”。我靠在椅子里，选了一个自己舒服的姿势。“一开始我就喜欢上那份工作了——你一打开门就能闻到新鲜的刚出炉的饼干香味，纸杯蛋糕覆盖着淡粉色的磨砂糖霜，客人总是很快活，一大早就给他们自己一点小小放松。那里总是有过节的气氛。你知道吧，在烘焙坊里很难让人不开心？”我忍不住沉浸在回忆里，笑了出来。我思绪飘回到我和金过单身之夜的时候，我们蜷在沙发里，金对我最新创制的作品总是欢喜雀跃，坚持要我把作品加进“甜蜜麦芬”的菜单里去。她总是最为支持我的啦啦队员，即使我只是烤了家庭健康小饼干也是如此。“那种喜悦总是伴随着我。我在法学院感到压抑的时候，烘焙的过程总是能让我放松。你只需要一些简单的配料，像是鸡蛋、面粉、牛奶这些东西，然后美味可口的食物就出来了。要是配料放得合适，只要从烤箱拉出烤盘，就会有好吃的东西——每次都是。我觉得吧，这里面肯定有什么科学的奥秘……”我停下来，回忆起每次我去“甜蜜麦芬”当值的时候的感觉。“好啦，我也告诉你一个段子哦——每年圣诞节前夜的烘焙坊，都是一年里最为忙碌的时间。你知道这一点吗？”

他给了一个灿烂的微笑，回答道：“我真不知道呢！”他假装非常吃惊地夸张说道。

“这就是烘焙坊的小段子啦。”

接下来的一个小时过得飞快，我们一个话题接着一个话题，愉快地交谈着。这些话题什么都覆盖了，就是没有我们的工作。我了解了他的家世——家里三个孩子里最小的一个，由单亲母亲带大，他说没有父亲在身边的时候，最困难的事情就是当他第一年打橄榄球的时候，没有人正确地给他示范那些装备怎么带到身上去。

我也聊起了我的父母，我那时候对他们在公共场所手牵手的行为总是感到非常尴尬，而现在，我才意识到我是多么幸运才能在这样的家庭感受到足够的爱和温暖；我也说起了我很享受在纽约居住，但是经常会思念我的家人。我们还聊到了最喜欢的旅游之地，我们彼此喜欢的书籍，还有录了什么电视节目。我们的聊天简直就是……毫不费力。

劳伦斯是那种会全神贯注听你说话的人，现在这种人已经极为稀少了，因此我感觉好像我说的每一句都超级幽默。而他本人也十分幽默有趣——他说的话能让我大笑不止，我已经很久没有大笑不止了。那种大笑能真正让人肚子和脸颊都笑得肌肉酸痛。我有点眩晕了，绝对不是因为酒精的缘故。我把虐待成瘾的合伙人、毫无人道可言的工作时间、不要脸的导师，都统统抛诸脑后了。这几年来，我第一次完完全全把 F&D 的事情忘却了，这种忘却如此令人愉悦，我感觉棒极了。

劳伦斯正要讲到他两个姐姐是如何把他当成化妆品模特的故事时，他的电话响了起来。他低头看了看来电人的名字，脸色变得严肃起来。“不好意思，这个电话我必须得接。”他一边说一边站了起来。

“哦，是的……你确实应该去完成你本来的晚上安排了。”我试图掩饰着自己的失望之情。我们聊得太开心了，我都忽略了一个事实：我们原本并未安排晚上的见面——我挟持了他的晚上时光。“我也该走了。”我又加了一句，不想告诉他我晚上都没有其他安排了。其实我并没打算要走，现在看起来，我被艾利克斯抛弃了。

“这个，”他指着桌子说，“就是我今天晚上的安排。”他笑得很好看，眼睛持久地注视着我，我感觉今天晚上的酒吧有什么东西正在滋生。“你再叫上一轮酒，我一分钟以后就回来。”

“好的，当然好了。”我点点头，感觉到幸福正在飞速增加。

“喂？”他穿过人群的时候，我听见他对着电话很生气地低声吼道。

我揽过我的挎包，在里面摸索着黑莓手机，我自己都不相信已经那么久没有看手机了。手机的提示灯闪烁着，我很欣慰地发现是艾利克斯发来的邮件，他说罗斯的“一小时项目”将要耗掉他整个晚上。我很开心地笑了，把手机放回包里。这一次，我对罗斯无谓的、不分时间的项目，心存满满的感激。

我和劳伦斯喝到第三轮酒的时候，我终于忍不住说了杰森和莎拉的事情。我本来没有打算聊到这个话题，但是劳伦斯身上有某种特性让我倍感防松，愿意敞开心扉交流。我觉得在他面前完全不需要做任何掩饰。两个月前，要将他们的丑事的话，我肯定还会泪水涟涟。今天晚上，我聊起这个话题，却仿佛感觉已经是几百年的老故事了，老早就丧失了对我的影响力。

“哇哦——那真是难堪。我是说，在办公室里做爱？还在桌子上？”

我点点头，这才意识到这个场景确实太滑稽了。“完全是套路，对不对？”

“真实生活中真的会有人这样做吗？我的意思是……又不是演《广告狂人》。”

“女主角不是抽烟的红头发妖娆女人而已，换成了神经质、半厌食症的强迫症女人。”

我们一起笑了起来，我觉得这是我长久以来已经忘记的感受了——轻松而开心。我们太沉醉于聊天当中，直到酒吧打烊才结束谈话。

劳伦斯建议我们再找一家开着的餐厅吃点甜点，但是我的疲劳感涌了上来。我确实不想就这样结束愉快的夜晚，但是我觉得我要是把头搁在桌上的话，恐怕得好多天才能睡醒过来。其实就那样睡过去也不是什么难堪的事，因为眼前这个男人已经见我睡过一次了。虽然我特别想继续和他度过夜晚的时光，但是理智告诉我甜点的事情只能改期了。

“完全理解——那就改天好了。”

他坚持要把我送上出租车，我欣然接受了。事实上，这几年老是在很晚的时间下班，我晚上走在人行道上并不会觉得害怕，但是他的男士风度依然让我觉得很舒服。晚上特别冷，我们从酒吧走出来的时候，他用手轻轻护在我背上。我们站在猪哨酒吧外面的角落里，双方都等着对方说话。他率先打破了沉默。

“我真的很希望能够再次见到你，你周五晚上能从你那个监狱里逃出来吗？”

我内心有个小人儿激动而眩晕地跳起了舞。淡定，麦肯茜。“周五应该在工作……”我回答道，我在想，高地酒店的案子结束以后，又将面对什么新的挑战。“当然了，工作成瘾症。”我很蹩脚地又加了一句。

我很希望做一个立马回答“当然，周五我可以”的小女生，但是肯定会有哪个不顾别人的合伙人会要求我们周五工作。劳伦斯能否理解我工作上的不确定性呢？

“等等，”我说道，我忽然意识到我都不知道他的工作时间是怎样安排的。“你还没告诉我你是做什么的呢”。

“我猜你只有下次见面的时候来发现这个问题的答案咯。”他狡猾地笑道，伸出手来，“把你的刑具交出来。”我伸手进包里，掏出黑莓手机，递给了他。他用拇指在键盘上按了几下，说：“我给我自己发了个邮件，我知道你的邮箱了。”

亮着编号的出租车从第三大道横冲直撞开了过来，劳伦斯伸手拦下了出租车。“你的战车。”他一边说，一边转身面对着我。他自信地把我拉到身边，直直地看着我的眼睛，靠过来吻了我。我感觉到无比的快乐在浑身激荡开来，似乎整个身体都漂浮在了空中。他的吻十分轻柔和甜蜜，还带着完美的激情。我经历过最棒的吻。

他为我打开了出租车的门，做出手势请我上车。他把黑莓手机还给我，说："我会给你发邮件，我知道你一刻也离不开手机，总会检查邮件的。"他露齿而笑，替我关上了出租车的车门。

我从座位上给他挥了挥手，他还站在刚才的角落里。"九十一街，三号。"我告诉司机。我脸上的笑容此刻仍然无法褪去。刚才发生的一切是真的吗？我发现手机的提示灯在闪烁，不由得咯咯笑了出来，邮件是劳伦斯发来的：别再看手机的邮件了，赶紧睡会儿吧！劳伦斯。

脸上依然挂着笑容，我靠在座椅上，凝视着窗外的景色。即使是在这样的深夜，这个城市依旧充满了活力。

星期二的下午，我在乇斯蒂快餐店排队买沙拉的时候，高高兴兴地编了一封邮件发给劳伦斯。我们整个上午一直在发邮件给对方，我都快等不及想见他了。连续几个月以来，我的身体第一次感觉到轻松畅快、活力无限，而且居然好像休息得特别充分的样子。昨天晚上见了劳伦斯以后，我回到家睡得特别沉，那种睡眠就让人觉得可以增加好几年的寿命一样：黑眼圈都睡没了，还有一种难以名

状的力量充盈全身，似乎绕着中央公园的水库来个冲刺跑都不成问题。我在给劳伦斯发送打情骂俏的邮件之前，先给金发了一封快速邮件。

收件人：金·鲍沃斯卡

发件人：麦肯茜·科贝特

你不会相信我昨天晚上的经历的！周六有时间吗？等不及和你分享啦。爱你。

我相信我在回忆和劳伦斯度过那个晚上的情景时，一直在哼着歌。我从来没和谁这样子一拍即合过。还有那个吻……真是难以置信的甜蜜。

“女士，你要什么样的生菜？女士。”一个不耐烦的声音打断了我的回忆。

“哦，”我赶紧回到现实中来，“混合绿色生菜，谢谢。”我移动到队伍前面，服务生正在为我制作沙拉，一个大碗里面充满了生菜，他嘴里念着：“鸡肉、胡萝卜、面包丁、洋葱。”

我四下环顾，想找个空位。没有空位。我从收银处旁边的篮子里抓了一个塑料包装纸包好的酸味调料包，收银员把沙拉和叉子装进纸袋扔给我。“10.42 美元。”他哼哼地报着价格，把纸袋向我面前推了推。十美元的沙拉——只有纽约才那么贵。我付了超级贵的沙拉钱，再次看了看有没有空位，还是没有……我只好走出了餐厅。

我回办公室的路上，阳光特别明媚。我打算在外面随便找个地方坐下来吃午饭，但是死亡之星大楼在露天场所的死角处，而我穿着“德里克·林”牌[1]的A型连衣裙，坐在露天场所实在太困难了，因此我只好放弃了这个念头。走进旋转门的时候，我掏出了黑莓手机查看，急切想知道劳伦斯是否回复了我。但是，邮箱里的新邮件却完全不是我所期待的。

收件人：莎拉·克拉克，麦肯茜·科贝特

发件人：索尔·西维尔

请速到27C会议室。

我立即感到呼吸困难。我随着旋转门走了一整圈，发现自己退回到了大厦外面去。有那么一会，我停在那里不知所措。与索尔还有莎拉一起工作的经历依旧历历在目，想到做他的囚徒，我脑子就“嗡——”地响个不停。我把黑莓手机塞回包里，不知道我应该去哪里，蹒跚着离开办公室。这是一种原始的是否抗争的反应，而我的身体选择了抗争。

我茫然地穿过挂着“禁止通行”标牌的街道，根本没注意到上面写的什么。我走过一个男人摆地摊的街道，他摆了一地的假Gucci包，我差点踩在一个印着

〔1〕 德里克·林（DerekLam）：美国时尚新兴品牌。

LV 的箱子上。人群从我身边模糊地穿行着，城市里充满着各式各样的声音——嘈杂的喇叭叫、手持式挖掘机的冲击声、路人大声的谈话声——全部在我脑海中交织成更加响亮的“嗡嗡”声。空气中一股街边小摊的油炸肉饼的味儿。

再次和索尔以及莎拉合作项目——这不可能是真的吧。我疾步行走着，耳边响起艾利克斯的声音：你不要想着和他讨价还价，不要想着和他讲道理，他没有同情心、悔恨心，或者是害怕的东西。他永远不会停下来的，你死了他都还在工作。艾利克斯是对的，《终结者 2》里面的台词来形容索尔再合适不过了。忽然，阿诺德·施瓦辛格也做出了回答：“你的养父母已经死了。”我停在路边，《终结者 2》的电影场景像卷轴一样在脑海里自动播放起来，我感觉到自己心跳在加速。

终结者告诉约翰·康纳[1]，T1000 是从未来派去杀他的。为了警告自己的养父母，约翰在付费电话亭给养母打了电话。“事情有点奇怪，她以前说话从来没有这么客气过。”约翰对终结者说。这个反常的说话态度使终结者意识到事有蹊跷，约翰已经处在了危险之中，因此终结者斩钉截铁地挂断了电话，恳切地看着约翰的眼睛告诉他：“你的养父母已经死了。”

---

〔1〕 约翰·康纳（John Connor）：电影系列《终结者》的主要角色，人类反抗军的首领，在审判日之后，领导人类对抗天网，发现了时空机器并好几次派出终结者，去改变未来。

我用颤抖的手将黑莓手机再次拿了出来。邮件里，大写着“请”。索尔以前从来不这样说话。我吞下口水，我知道，这次一定和新的交易没有什么关系。

25

电梯间挤着一大群暑期实习生，我推开他们，按照丽塔的指示，朝27C会议室走去，准备面对命运的审判。我的脑海里好多问题在打转，他们发现了斯图尔特那个签名是假的吗？我是不是要被炒鱿鱼了？

“麦肯茜，”莎拉从走廊另一头低声呵斥道，之前那一丝不苟的装扮已然不见踪影，她神色紧张，头发凌乱。我不禁好奇到底是谁取走了她的发夹，让她这样披头散发。“大家都在等你！”她气冲冲地指了指会议室，然后转身进去了。

你可以的。

踏进会议室大门的那一刻，我呆住了。眼前一名秃头男子起身自我介绍，他的头就跟台球桌上那颗主球一样光滑发亮，灰色西装外套勾勒出粗壮的手臂，左耳垂上挂着一个金灿灿的环形耳环。我的心开始狂跳不止。正如丽塔所说，他跟朗白先生长得惊人的相似。

“科贝特小姐，我是证券交易监管部门的塔克·沙利文。”他伸出动物爪子一般的手，用力跟我握了握。“我们发现一些不正常交易情况，需要跟你聊一聊。咱们坐下来谈好吗？”他轻快地走到我身后，关上了会议室的门。

我拉出一把皮转椅，偷偷瞥了一眼索尔，发现汗水已浸出他的衬衫。

“科贝特小姐，我先给你讲讲事情的大概情况吧。”

“叫我麦肯茜就好。”我沙哑地回答，双手紧握在前，手心冒汗。

“麦肯茜。”他点点头，草草在纸上写了几笔。“在过去一年里，我们发现五个不同收购目标的股票在正式宣布交易数天前，均出现了反常的交易量。这类事件是危险信号，意味着当中存在内幕交易。我们处理此类情况时，往往要寻找贯穿这一系列交易的一条线，一旦找到这条线，我们就会把它拉出来。”他模拟着从西装外套中拉出一条不存在的线。“我们发现，这些问题都是证券欺诈。贯穿这五项可疑交易的一条线就是，均有此律所参与。这五项交易都是由 F&D 所交涉。”他扬起眉毛，预示着糟糕的下文。“我们现在就来好好拉一下这条线，怎么样？”他从文件夹里抽出一页纸滑到我面前，脸上露出满意的表情。

“你是否接触过上边所列公司的机密信息？”

“是。”我答道，浏览着手中的名单。“我参与了这五个公司的交易。”我尽量让自己听起来很淡定，生怕颤抖的声音会显得我更可疑。

“你是否与西维尔先生及克拉克女士共同参与过法空移动公司那次失败的交易呢？”

莎拉和索尔一下子僵住了。我太紧张以至都忘了他们也在这里。一般情况下，索尔可不是会在暗处默默无闻的类型，但这次会议上，很明显，他并不想成为焦点。

我点点头："还有很多其他专家。"

他在记事本上又记了几笔。我注意到他已经写完了几页，应该是询问索尔和莎拉的记录吧。

"我们来说说那场交易吧，因为那一次为我们打开了潘多拉魔盒。在法空公司宣布交易失败前，我们发现了很反常的大量做空买跌行为。你知道那是什么意思吗？"

"我知道，如果你做空股票的话，你的预期是未来行情下跌。"我终于可以回答一个完整的句子而非寥寥几词了，我的声音听上去也自信了一些。

"那我猜你也知道做空是怎么操作的吧？"

"是的。"

他继续在本上记录着，头也不抬，做了个手势示意我接着讲下去。

"你借入股票，然后在公开市场上按当时价格卖出，待行情下跌后，再买进归还，获取差价利润。在整个过程中，你实际不会拥有股票。"我在裤子上擦了擦汗湿的手掌。

"所以做空的目的是待未来股票下跌后，再以低价买进，以此获利。"他的语调听上去不像是陈述句，更像是在问我，于是我点点头表示同意。

他从文件夹里拿出另外一张纸，低头看了一会儿，然后递给我。"这是做空法空移动公司股票的个人和公司名单，上面有你认识的吗？”

我低头仔细查看名单，会议室笼罩在一片沉默中。“没有。”我摇摇头。

我眼角的余光看到莎拉和索尔迅速交换了一个意味深长的眼神。

“所以你从来没有故意或无意地给名单上的任何个人或实体泄露机密信息？”

“当然没有！”我慌乱起来，“你是在指控我……我……我需要找律师吗？”我焦灼地看向莎拉和索尔，他俩坐在那里，面无表情地看向别处，躲开了我的视线。

“所有五项交易的机密信息都能接触到的人，只有你一个。因此，麦肯茜，我是这样认为的，”朗白先生的表情就好像他即将享用一份甜品，“我认为某人知道，媒体报道你们的客户想要收购法空公司后，使法空股票走高。而后法空告知你们客户他们只是想寻求贷款而非收购，最终谈判无疾而终，这人也对此知情，同时明白这预示着法空股票即将大跌。随后，此人将该信息透露给了这名单上的某人，于是他在交易失败的消息公之于众前，做空了股票”。

我就像坐进游乐园的大摆锤一样，顿觉天旋地转，恶心想吐，但我无法下来，在座几位的面孔也在我面前旋转——索尔，莎拉，朗白先生。

“是的科贝特小姐，”他继续道，“你可能需要找个律师，因为列车已经启程，而你似乎站在了轨道上”。

26

他欢快地打开门，但是看着我满头大汗、脏兮兮的外套和蓬乱的头发，他的笑容又吃惊地消失了。我从火车站出来就一路小跑，现在已经喘不过来气了，我费力地挤出一句话："奈吉尔舅舅，我需要你的帮助！"

奈吉尔舅舅的手搭在我肩膀上，把我领进家门，他的手非常温暖，坚定有力，我知道，我来到了正确的地方。当年玛格丽特告诉妈妈，她受伤了，奖学金可能拿不到了，当时妈妈的脸色和舅舅现在的脸色如出一辙——那种毫不动摇的冷静，坚定务实的表情。从办公室出来以后，我第一次觉得心跳没有那么快了。

"我们在里面聊吧。"他指了指书房。

我重重地坐在沙发上，用手掌捂住眼睛。我脑海里并没有提前想好怎样去解释我目前的处境。要理解我为什么走到这一步都充满了艰辛和屈辱，更不要提怎么去解释了。

"听着，"奈吉尔舅舅率先开口了，"现在经济不景气，最好的律师都有可能遭到裁员。律所总是超量雇佣员工，高素质的律师有时候也得离开。这样律所才能在金字塔尖处于不败之地，这没什么好羞耻的”。

我使劲摇着头。“我没有被炒鱿鱼，奈吉尔舅舅，”我抬起眼睛，看着他的眼睛，“比那还要糟。”接着我不受控制地一股脑把事情全部告诉了他。我告诉了他我是怎样从丽塔那里第一次听说 SEC 调查的事情，告诉了他艾利克斯看见了五个交易名单里都有我的名字的事情。我把和朗白先生、莎拉以及索尔的可怕会谈向他描述了一番，还告诉了他我现在需要一个律师。“所以，”我深吸了一口气，“我过来找您了”。

奈吉尔舅舅搓着他的脸，不停地点头。他脸上的表情很安静，深不可测，完全看不出他在想什么。“那么，律所什么立场？他们有没有让你先休假？”

“没，倒没有正式那么说。朗白先生说他周四的时候还要再和我们开会。SEC 还在做内部调查，收集信息，到时候肯定还有很多问题。所以，人力资源部告诉我和莎拉，最好是开会之前都不要到办公室。”我一直以来都想要两天休假，现在，我可以休息两天了。小心你所期待的事情成为现实啊！

现在，他很小心地看着我，说：“你有没有不经意间给任何人透露过保密信息？比如，带有代号名称的册子，或者是在公共场合谈论过这个交易？”

“绝对没有，”我坚决地摇了摇头，“我十分的小心，我周围的人对我谨慎的态度还觉得过了呢，他们还拿我的小心翼翼开玩笑呢”。

“另外有谁有你的电脑使用密码吗？”

“我的秘书，但是我信任她，”我耸耸肩，“我不知道还有谁了。电脑维修人员？”房间里安静得出奇，我大脑飞速运转着。我忽然想起来，那个早上，我进办公室的时候发现莎拉在我桌前站着。“说不定是莎拉。”我轻轻地说。

他抬起了眉毛，问道：“她知道你的密码吗？”

“不知道，但是有一天我早上到办公室的时候看见她正在我办公室里面。而且有很多奇奇怪怪的事情在我身边发生了，我只注意到工作，从来没去考虑过那些事情。”我不由得咬起了指甲盖，“但是那些事情好像并不能说明什么问题。莎拉是很疯狂，但是她真的是个有条不紊的白领犯罪分子吗？我现在都不确定了，我只知道我不是。”

“我目前的处境是不是特别糟糕？”我小声地问奈吉尔舅舅，小声到我自己都很难听见我提问的声音。

“这样说吧，你不会进监狱的，”他长长地叹出一口气，“他们没有足够的证据把这件事定为刑事案件”。

我捂住胸口，终于舒了一口气。

“当然，也没有那么简单。”他停顿了一下，我能感觉他接下来说的话有点难以表达了。“我必须诚实地告诉你，小麦。像这样的情况，如果你没办法自己证明自己的清白，你很有可能就会被开除，而且你知道法律圈子就那么大，你被开除的话，其他的律所也不敢雇用你。最坏的情况就是你有可能被剥夺律师资格。”

我感到迎面一击。我一直以来辛勤维护的事业如今摇摇欲坠，而我却不知道如何去挽救。这绝不可能是终点。我胃疼得好厉害。

“但是我应该怎么去做？去证明我的清白？”

奈吉尔舅舅的表情变得十分凝重：“很不幸，你唯一能做的证明自己清白的方法就是找到真正做这件事情的人。”

我从奈吉尔舅舅家走出来的时候，感觉浑身仍旧在战栗，但是有一种坚定的解脱感。我之前没有被打败，现在也不能开始做输家。

我按着电话的按键，一串我再熟悉不过的电话号码。我周四以前不能回办公室，但是没人说我不能给办公室打电话。电话铃只响了一声，那边就接起来了。

“丽塔，我是麦肯茜。”

“哦，天‘啦’！你打‘定’话过来，我太开心了！你怎么样？”

“我还好。”我感觉自己回答得比我想象中更加坚定。

“我都不知道你是不是被朗白先生锁在什么地方了。”

“听着，丽塔，我现在真的需要你的帮助。我要你找个法律助理去走一遍标准程序查一下几个公司。你们能查到的一切信息都要——银行破产记录、出庭情况、公司注册情况。所有的资料。”如果说 F&D 在过去三年教会了我什么，那么就是如何对一个公司进行尽职调查。幸运的是，朗白先生给我们展示的名单里，短期持有法空股份并抛售的那几家公司名称，都深深地印在了我脑海里。

“那得花费很长的时间，麦肯茜。你什么时候需要？”

“明天。而且，我给你说，不要让其他任何人知道这个事情。你一定不要让别人发现了。”我紧紧闭上眼睛，祈祷这样可以奏效。丽塔说话之前，沉默了一下。

“明天中午在五十九街的星巴克等我，我到时候把资料全部给‘妮’。”

“你明天见朗白先生之前怎么能把这么多资料理出头绪？”一个小时前，金指着我从星巴克抱回的塞得满满的银行那种箱子。丽塔走进星巴克的时候，带着奥黛丽·赫本那种宽沿的大墨镜，整个人散发着线人的气质。她发现我坐在角落里，走过来放下箱子，用唇语说了句“好运”，转身就出门了。我对她勇敢忠诚的行为感动了，我起码花了一分钟时间才缓过神来走出咖啡店，到对面的街头开始翻阅文件检索。

直到我看见金，才意识到我是多么渴望此刻见到一张友善的面孔。我回家的时候，金在我公寓的大堂等我，我的手部肌肉因为太久抬着装满文件的箱子而酸痛不已。“我打电话到你办公室想和你聊聊你的邮件，就是说最棒的夜晚那封邮件。接线员告诉我你休假了。我就知道肯定有什么问题了。"她解释道。她什么都没问，伸手和我一起抬着箱子回到家里。我回去以后立马就把发生的事情全部告诉了她。

"我现在已经成了短时间审阅文件的高手了，尤其是时间紧迫的关头。"我一边回答她，一边从箱子的最上面抽出一个文件夹开始阅读。"我也没办法。"我颓然倒在沙发上，仔细审查着每个公司的信息。

"好的，那我们就开始吧。"她拉开了我的窗帘，下午的阳光倾洒进来。我都记不起来上一次白天在公寓里是什么时候了，我忽然很希望她此刻能拉上窗帘，不要让我再去回想了。我眼角的余光看见她的手指正在我的咖啡桌上拂过，她看着灰尘的印迹显得若有所思。"我把我们工作场所清洁一下吧。"她说完就跑到厨房去，拿出一张湿抹布，开始擦拭着我周围的家具。我从来不觉得金是个挑剔的洁癖狂，这使我意识到我的公寓是有多脏。

"那么，"过了一会，她轻声说道，"你希望在文件中找到什么信息呢?"

"说实话吗？我希望找到那种铁证，能证明我的清白，并且证明就是莎拉那个贱货干的这些勾当。"我头也不抬地回答道。

我感觉到她转身对着我了："你看起来不好，小麦。"

"谢谢啊，金。"我不屑地哼哼道。"我这会确实感觉不好呢。"

"不，我是说真的。我很担心你。你脸色非常非常惨白。你最后一次晒太阳是什么时候？而且我觉得你看起像好多天没有睡觉的样子了。而且你是不是也很久没洗澡了？”

我想了想她的问题，反问道：“身体清洗剂算不算洗澡？”

她坐下来，挨着我，慢慢地、很清楚地吸了一口气，我忽然想起来我好久也没有去练瑜伽了，没有试过深呼吸了。“我知道你压力很大，小麦。”她很轻柔地对我说，这种语气她肯定也用来对付那些她班上被吓到的小朋友。“但是说不定这些是某种信号。也许你应该尝试换个方向。”

“不。”我摇摇头，不想去谈任何不相关的话题。我此时只想专注于眼前的事情。“这不是信号，这是个圈套，金。我知道我现在说话像个疯子，我就差那么一小点儿就接近事实的真相了，如果我不能弄清真相，那么……”突如其来的泪水模糊了我的视线，“我都不敢去想后果会是什么”。

“好吧，”她沉默了一会，说，“好吧，”她再次重复了这句话，显得极为果断，“那我们就来想办法证明冰雪女王干了这事。你现在这个样子让我想起了凯特·莫斯，[1] 这可不是什么好事，我们要先处理食物的问题，”她起身站起来，“你厨房里有什么吃的吗？”

我瞪了她一眼，仿佛在说：你到底了解我不？

“知道了，”她点点头，“那我们就吃寿司，你赶紧继

[1] 国际名模（Kate Moss）：以骨感美著称，非常消瘦。

续干活，我打电话叫外卖”。

寿司送来的时候，金已经在我的咖啡桌上摆好了餐盘、餐巾，还有两杯红酒。“不许拒绝，”金递给我一杯酒，“你需要喝一点。如果你不暂停五分钟来吃东西，我就要强制给你喂食了”。

“谢谢你，保瓦斯卡博士[1]。”我笑了，接过酒杯，“不过我已经掌握了边吃边看的艺术了”。我继续埋头在文件堆里，翻看公司信息。

“随便你。”她从文件箱里拿出一个牛皮纸文件袋，坐在沙发上开始看了起来。“天哪，这些东西看起来好无聊。你会不会有时候把自己眼睛直接抠出来，这样就不用看这些东西了。”

“有时候还真这么想呢。”我心不在焉地回答道，咬着我的笔。

“公司注册号、税务登记号、增值税号……”金用单调的声音读着，“这本文件没什么意思。”她把文件扔到桌子上，又翻开了下一本。“嘿，这本里面有黄色标注。”

“真的吗？”我感觉忽然有种希望被点燃了，“我们来看看。”

她递给我文件，好奇地眯着眼睛看我。“是关于朗白先生的。”

我看到了丽塔卷起的字条，心跳不由地加速了：麦肯茜，这是我悄悄从文森特那里复印的，是朗白先生给

---

〔1〕 保瓦斯卡博士（Dr. Bawolska）：食人恶魔剧《汉尼拔》里的暴力角色。

他的文件。我不知道是否有用，你别说是我给你的。——丽塔。

“哦，丽塔，我太爱你了，”我轻声说道，“还有你，太爱你了，金”。我拉起她的手说。

“这里面有没有你要找的东西？”

“希望有。”我弯着腰，看着咖啡桌上展开的材料，文件夹的内容包括了联营审理名单、交易扩展名单，还有一些公司名称。我的眼睛发直了。

“有没有？”金终于忍不住又开口问我了，她从我肩膀上着急地看着文件。

我摇摇头，感觉到重重的挫败感。这简直就是浪费时间。这些堆如小山的文件什么也没有，我不可能找到莎拉犯事儿的铁证了。我完蛋了。经历了那么多守在电脑屏幕前的加班夜，周末不得不面对的怒吼邮件，那么多我错过的电影和未能出行的旅程，这就是我的终结了。我不可能成功地去星空公司借调了。我不可能成为 F&D 的合伙人了。我最后还是登不上山的顶端。我甚至连工作都快没有了。

金一定是从我的表情看出了我的想法，她走近我，将手搭在我的肩膀上。“你干脆休息一会儿吧？睡到明天醒来，就有新的视角了，说不定能发现问题。”

“我知道就是她，金，”我用手捂着脸，无助地说，“但是没人会相信我”。

“我相信你啊。”她毫不犹豫地说。

我靠着她：“谢谢你，金。你这么支持我，我再怎么谢你都不够。”

她摆了摆手，说：“你也会为我这样做的。”

我们谁都没说话，我在想，她遇到一样的问题时，我是否能真的做到她现在为我做的一切。上帝啊，我希望我有能力这样做。

“我来收拾吧，”她打破了沉默，把我们吃了一半的油腻的餐盘都收拾了起来，“你现在最不需要的就是明天早上醒来就闻到一股子酸掉的寿司味儿”。

我靠在沙发上，闭上眼睛。沉重的疲惫感传达到了每一根骨头上。我的身体极度困乏，但是我却极度的担忧、焦虑，我的脑子不允许我现在就去睡觉，这无异于一种睡眠剥夺的炼狱。过去一年的事情从我意识里好像飞了出来，忽然之间就像微小的颗粒一样飘浮在空气中，构成了鲜活的画面。我脑子慢慢抓住了其中几帧画面。我们的周年纪念晚餐。我们灾难一般的周年纪念晚餐。我眼睛骤然睁开。“等等！”我喘着气，俯身到咖啡桌前，疯狂地翻阅文件，我把每一个交易扩展名单的交易时间都仔细地审视着。

找到了！

27

我躲在办公室，手里抓着刚打印出来尚还温热的那页纸。办公室门外，熙熙攘攘的清晨仍是那么熟悉，但我只能听见自己的呼吸声。我几乎一夜没睡，不断在脑海里设想可能出现的各种情景，以确保能够在恰当的时机拿出证据，有备无患。肾上腺素和咖啡因在我体内流淌，我就像准备全力出击的拳击手，只需教练用毛巾擦擦我额头的汗珠，然后一声令下“拿下他们，冠军！”

“他们在会议室等‘妮’了。”丽塔的声音从对讲机传来。

“告诉他们我在路上了。”我把那页纸放进文件夹，站起身，最后深吸一口气，走了出门。经过丽塔时，我不出声地朝她做出“谢谢”的嘴型，然后向走廊尽头走去。到达铺着大理石的电梯间，按了下行按钮。这次会面被安排在了最大的会议室23A，不过我并没有被吓倒。我按下二十三层的按钮，倚靠在墙上，好奇这次朗白先生带了多少人过来。

“等一下，”一个刺耳的声音响起，一只鲁布托[1]红底鞋及时卡进门缝，阻止了即将关上的电梯门。正如恐怖片的一个场景，电梯门缓缓打开，渐渐浮现出莎拉的脸，神情紧张，衣冠整洁。即使当我快要击垮她时，她仍会以某种方式令我难堪。“我猜我们是要去同一个地方。”她说着，踏进电梯站到我旁边。

“我猜也是。”我对她嘲讽的语气予以回击。

我俩一言不发地站着，看着楼层的数字逐渐变小，突然一阵不安的感觉朝我袭来。我手里握的那张纸会摧毁面前这位施虐者。“甜蜜、美妙的报复。”金如是说。可现在与她并肩站在一起，我意识到自己并不会乐于看到即将发生在她身上的事情。我甚至还对她抱有一丝同情。

电梯门开了，莎拉示意让我先出去。她要么是想表现得宽宏大量，要么是想第一个送我走上断头台。

我暂且就认为是前者吧，于是迈步走了出去。

“死囚上路咯，”她咕哝道。看来显然是后者。

我猛地转身。“你说什么？”

她走出电梯，死死盯着我的双眼：“就因为你，我两天没能进办公室。”

“因为我？你真会妄想，莎拉。”

她交叉双臂抱在胸前：“你不会真以为你能逃脱这一切吧？你认为呢？”

---

〔1〕 克里斯提·鲁布托（Christian Louboutin）：著名高跟鞋品牌，红底鞋是该品牌的招牌标识。

我面朝她向前一步，所有的不安都从体内消失殆尽，取而代之的是愤怒，火冒三丈的暴怒。“这真有趣，莎拉，因为我正好要问你同样的问题。但我会给你留点时间，想想答案，然后再告诉你一个小秘密。”我同样死死地盯着她，知道自己这次绝不会先眨眼。“你不会逃脱这一切。而且将会由我，眼前受尽你折磨的这位，由我来确保你无法逃脱。”

她眼里闪过震惊，甚至可能还有恐惧，但她的神色迅速恢复到了正常状态——冷漠、骄傲。“我们走着瞧。”她丢下这句话。

“是的，我们走着瞧。”

剩下的那段路我俩再也没说话，整个走廊只听见我俩鞋子与地板的撞击声。

我改变主意了，这事儿会很有趣。

我们到达会议室时，朗白先生已在门口等着。“女士们。”他指了指房间中央巨大的橡木桌，索尔坐在那里，旁边是三位我不认识的黑西装男子。“请进来就座，我们开始吧。”

我拉出椅子，手心已微微出汗。有那么一刻我希望自己接受了奈吉尔舅舅的好意，让他陪我一起过来。毕竟如果朗白先生带来三位西装革履的男士，我认为我这边至少也要有一位吧。不过我手上握有证据，这显然更好。我只需要非常小心地处理，不要暴露丽塔就行了。

西装男们交头接耳说了点什么，随后朗白先生开口了：“科贝特小姐，我们从你开始吧。”

我点点头，双手紧握，放在我带来的文件夹上。

他翻开拍纸本，拿出笔来准备记录。“上次我们谈话时，我给你看了做空法空公司股票的个人和实体名单。你说你一个都不认识。”

我点头同意。

“现在你的答案仍然不会变，对吗？科贝特小姐？”

“不会。”我摇摇头。从朗白先生的举止行为来看，他确实是在自导自演的法律惊悚大片里入戏很深。我还有点期望他用手指着我大叫：“你无法承受真相！”[1]

“我想问你一个有关克里斯戴尔公司的问题，你是否熟悉这家公司？”

我深吸一口气。丽荅从司法常务那里帮我收集的文件里出现过克里斯戴尔公司，它是彭波顿公司唯一的股东，而彭波顿公司是做空法空股票的七个公司之一。然而我没有在网上查到任何有关克里斯戴尔的信息，同时也没时间让丽塔帮我再从司法常务那里获取更多资料。

“科贝特小姐？”朗白先生严厉地重复了一遍问题，“你是否熟悉这家公司？”

房间里所有人都满怀期待地盯向我，一小滴汗珠从我颈后流下来。我清了清嗓子，“不，我不熟。”

朗白先生在记录本上草草记了几笔。

“我现在递给你的是克里斯戴尔公司的董事和领导名

---

〔1〕 你无法承受真相！（You can' t handle the truth!）：电影《义海雄风》里的经典台词。

单，”他从红木桌对面滑过来一页纸，“你能否告诉我，名单上有没有你认识的人？”

西装男们又交头接耳了一番，我低头看着名单，目光停留在页面中间的一个名字上。突然，周围一切都安静了，我只能听见自己微弱的耳鸣声。我指着那个名字，手指轻微颤抖，试图弄清为什么名单上会有他。我使劲咽了咽唾沫：“我认识艾迪·埃斯波西托。他是我家那栋楼的门卫。噢不，他曾是我家的门卫。”我纠正道，想起住在八楼H户的老婆婆曾讲过：“很明显，他有一天突然就不来上班了，”她在邮箱边对我悄声说，“甚至连最后的薪水都没拿。我老早就知道他这人鬼鬼祟祟的。”之后她眯着眼睛仔细打量了我，大概是想辨认清楚我是否跟她站在同一边吧。

西装男们交换了一个敏锐的眼神。

“好吧，科贝特小姐，那我们就遇到问题了。”朗白先生一把摘下他的老花镜丢到桌上，“实际上，你遇到问题了，因为艾迪·埃斯波西托和克里斯戴尔公司的其他董事全都已潜逃出境。你能否告诉我你与艾迪·埃斯波西托是什么关系？”

“我与他没有关系。”我有点语无伦次。

“好吧，那么我换个问法。你是否曾经故意或无意给埃斯波西托先生泄露过机密信息？”

“没有！”我顿觉自己像是坐在法庭的证人席上，望向旁边的陪审团，他们都严肃地摇着头，似乎很确定我有罪。昨晚我并没有预计到会出现这种情景。不知为何，此次会议简直大错特错，糟糕透了。“等一下，”我低声说道，混乱的大脑终于逐渐明晰起来：证据，是时候出示证据了。“彭波顿公司是什么时候借入法空股票将其卖出的？”

“十一月二十日，周五。”

“那他们又是什么时候从股市买回法空股票，再将其归还的呢？”

“十一月二十三日，周一，公开发布通告之后。从中赚取二十七万三千美元。”

“那就不可能是我了。周五那天我根本不知道法空的交易已经失败，周六我还仍在为此交易继续加班呢，”我的语速加快，“我记得这个时间，因为那个周六是我的周年纪念日，而我不得不回去继续工作。周日我还因此又加班了一天”。我转向莎拉，她面色变得苍白。“莎拉知道这事。周六晚上是她分配的任务让我加班。”我从文件夹里抽出那页纸，由于刚刚我把文件夹抓得太用力，手指关节都变白了。“这是莎拉给我发的邮件，时间为十一月二十一日，周六，邮件内容是让我回办公室加班，完成法空公司交易案的相关调查。”

朗白先生的表情好像是比赛最后一分钟失守而让对方进球的守门员。而索尔呢，像是刚刚赛马输了一大笔钱，现在火冒三丈想要报复。“莎拉，她这话什么意思？”他愤怒而低沉的嗓音响起。

“麦肯茜，”莎拉气急败坏地说，如困兽一般在房间里四处张望，“你不要把这事嫁祸于我。我周六让你来加班只是因为——”索尔怒目而视，她支支吾吾没有说完，随即轻蔑地挥挥手："我都不记得是为什么了。那是笔大交易，有太多事情要处理。"她用力吞了吞唾液，"而且，没人关心那天是不是你的周年纪念日，我认为那根本毫无关系。不管怎样，他也不想待在你身边。你在……你在……我知道你是在干什么了。你想把罪名都推到我头上，我知道原因，但你不会得逞的。"

现在朗白先生和西装男们一脸不解地盯着莎拉。她现在的样子让我想起被冲到码头的鱼——猛烈地拍打着身躯，挣扎着，想尽一切办法想要回到水里。

"麦肯茜，我不知道你在这里想要证明什么，但我非常确定我根本不知道艾迪·埃斯波西托是谁。"她耀武扬威地把双臂抱在胸前。

我坚定地看着她，现在真相已浮出水面："但杰森认识。"

28

从23A会议室出来的时候，我的双腿仍在打颤。我觉得我刚才就像悬吊在阳台外面的高空，随时可能掉下去，就在即将掉下去的时候，终于被拉了回来，捡回一条命。我幸存下来了。很艰难。

“小麦，有……有人在里面。”经过丽塔的小隔间时，她结结巴巴地对我说，但是我昏昏沉沉的大脑根本没反应过来她说的什么，直到我推开办公室的门，看见他就那样站在那里，靠着我的书架，好像这个地方是属于他的一样。

“你来做什么？”我有点畏缩地问道。

“小麦，”杰森一脸痛苦地望着我。

“你来做什么？”我更大声地问道，下意识要让自己的声音听起来更加有力，这大声的诘问把我们两个人都吓了一跳。其实我一直都知道，这见面的一刻始终会到来。自从发生了莎拉的办公室事件，我一直努力避免着和杰森见面。要在一栋大楼里不打照面，行动起来十分困难，我基本上都待在了作战室，我到达和离开办公室的时间，大部分人都在睡觉。他要是换了工作我都不知道。遗憾的是，他，并没有换工作。

“你这边还好吗？小麦。”丽塔从门外向里面张望。

我点点头。我刚刚才和朗白先生正面对峙了。现在这个情况——我完全没问题。

“我得和你谈谈。”杰森小声说道，走到我身边，关上了办公室的门。

我双臂戒备地交叉在胸前，盯着他，整个房间充斥着紧张而凝重的沉默。他不可能知道刚才我和朗白先生的会面谈了什么，因此对于他出现在我办公室里，我不由得感到略微狐疑。对于他到底想说什么，实际上我还是有些好奇的。“有话就说。”我毫无感情色彩地说。

“是这样的，我听说 SEC 正在询问你关于内幕交易的事情。尤其是你跟着索尔做的案子。我知道不是你，小麦。我知道，是因为——”他迟疑了，用手梳理了一下头发，脸上痛苦的表情不由得加深了。

我惊住了。他现在这个样子，就像是一个背上背负着巨大杠铃的状态，似乎正准备要卸下自己的重担。他是马上要承认了吗，SEC 应该调查的人是他？

“因为……”我提示道。虽然我已经把千头万绪的线索拼了出来，正是他勾结了艾迪，进行了内幕交易，但是我觉得我应该听他亲自承认，当面亲自承认。

“因为我知道你不是那种人，小麦。这份工作对你来说就是一切，我真的很想帮助你。”他把手插在裤兜里，绕着我的办公室踱步，避免和我眼神接触。“你工作那么努力，我不能看着你陷入这种危机。”他开始东拉西扯，说一些什么“很多人都可能接触这些信息”，“会不会是清洁女工”之类的话。有那么一会，我有奇怪的感觉：我似乎并未在自己办公室里，而是在电影院的观众席，冷眼看着这一幕在上演着。我真想把手上的爆米花扔到屏幕上，吼道：“当然不是她！是你！你他妈混账东西！”我把思想从电影院拉回来，他正在说：“我真的想帮助你。你有没有什么能证实自己清白的不在场证据什么的呢？说真的，你不可能是进行内幕交易的人，你是我最守规矩的人。”

“我不是你什么人，”我厉声阻止他，看他欲言又止的样子让我隐约感到有点乐子了。真可惜，我现在手上没有爆米花，不然可以直接砸在他头上了。

他擂了几次鼻子，我们以前在一起的时候，我对他紧张的小动作总是很着迷，觉得超级可爱，不过现在看起来，还真是……恶心。“我知道，我们在一起的时候有些分歧……”

我举起一只手阻止他继续说下去。“分歧？”我呛出一声笑声，但并不是因为他有幽默感。“如果你所谓的‘分歧’是指你在我背后乱搞其他人，那对吧，我们是有‘分歧’。”

他泪眼汪汪地看着我，声音小到像是耳语：“我用生命起誓，我真的没有想过要伤害你。”

我内心的愤怒蓦然被点燃，我紧紧闭住眼睛，抑制住自己想要对他尖叫的念头。过了一会，我睁开眼睛，直视杰森，一点不退缩地直视着他。第一次，我发现我曾经那么爱的男人从来都没有存在过。我爱的是我幻想着的他的样子。我甚至根本就不认识现在站在我面前这个男人。但是我没有把我的想法说出来。此刻我最不想谈的就是我们以前的恋爱关系。已经过去了。他即将得到他应有的惩罚。我走到门边，打开门，手一直扶在门把手上，清楚地表示："我们的谈话结束了。"

"好吧，我走。"他小声说道，低着头，看起来就像一只刚刚接受了惩罚的小狗。

"杰森？"我叫住他，我听见自己声音微微有点颤抖。

他抬起头，我们注视着对方。

我清了清嗓子，喉咙忽然的堵塞让我自己也感到惊讶。"你说得对。我永远不可能进行内幕交易。但是你回自己办公室的时候最好给你的律师打个电话，因为，很显然，你会。"

他的脸上蓦地浮现出惊恐的表情，但是很快，他又表现得无所谓了，似乎已经放弃了。他轻轻点了点头，好像是对我说的话进行回应，然后转身离去了。

看着他走出门的样子，我眼角感到一阵酸楚，我感觉使劲咬了咬自己嘴唇内颊。杰森不值得我再挥霍一滴泪水了。

第二天，莎拉就被F&D开除了。既然她从事内幕交易已经是铁板钉钉的事实，她也就没什么好隐藏的了。她坦白了在向公众披露消息之前，自己向杰森透露了法空交易即将失败的关键信息。由于她能够证明自己并没有其他的非法交易情况，朗白先生认为她对杰森的信息透露不是故意为之，因此就免除了对她的刑事指控。F&D则没有那么宽容。莎拉违反了客户的保密协议，将客户信息透露给了未参与该项目的其他人。他们倒是同意不将这个事情上报给律师协会，但是前提则是要求她签署了自愿离职的协议。这样，她才不会被律师协会除名，以后失去继续执业的资格。

相反，杰森被F&D开除则不是由于律所自己的谨慎态度。《大律所的律师被控内幕交易》成了《华尔街日报的》头版头条。《纽约邮报》的标题则更有创造性：《GPS巨头之子或将入狱》。从媒体的报道来看，杰森在F&D期间至少涉及了八宗内幕交易，他利用尚未公布的重要信息来进行上市公司股票交易，从中获利。他会找出即将发生的交易，把信息告诉艾迪和克里斯戴尔公司的其他股东。彭波顿公司和克里斯戴尔公司会通过线上经纪公司大量收购上市的公司的股票，等待那些公司公开宣布并购信息。一旦公司宣布了并购成功的新闻，股价将大量上涨，他们先前收购的股票就立刻被抛售，赚得盆满钵满。克里斯戴尔公司和杰森则将收益平分。大多数情况下，杰森和财团会通过并购成功的消息靠股票涨价来赚钱，但是在法空公司的这宗交易里，他们的做法正好相反，他们凭借并购失败的坏消息赚钱，他们在没有并购前景的情况下，通过买跌做空的方式赚钱。这个计划简单得令人惊诧。

我一直在想，杰森和艾迪到底是什么时候形成合作关系的。也许就在我搬去公寓的第一天，艾迪帮杰森把我的梳妆台推进电梯去的时候。我在想，杰森是不是给了艾迪一张五十美元，还给他说："这钱还可以更多一些。"或者可能是艾迪故意接近杰森，告诉杰森还有更容易的方式让他自己赚钱。我已经开始放弃看报纸的念头，转而被脑海中的各种幻想的细节折磨得不能自已了。我应该去想更重要更美好的事情！

即便是SEC那令人战栗的会议，也没能粉碎掉我的雄心。如果硬说有什么值得害怕的事情，那就是F&D，我害怕它把我踢开，我对着自己的终极目标还是笃定地充满信心。周五一大早的时候，我开始往办公室里赶，我想要做出证明：我，坚定不移地忠实于F&D；我，可以在是非面前幸存下来；我，可以为前面的战争披荆斩棘。

周五中午的时候，丽塔走进了我的办公室，她看上去喜气洋洋的："本·吉拉尔迪的秘书刚刚打来电话。本要你马上去他'板公室'见他。他说很重要。"

"谢谢你，丽塔。告诉他我马上就过去。"

"好好想一想，小麦。这些狗屁事情完事以后你应该让他等你一会呢。"她朝我眨了眨眼睛，走出办公室，顺带关上了门。

离星空公司的借调安排的宣布还有两个星期，但是如果丽塔看起来这么开心，那她一定知道一些我还不清楚的消息。秘书们总是什么都第一个知道。

真相大揭秘的时刻马上到来了。我把转椅停在书架的方向，那里陈列着我参加的交易纪念品——每次大宗交易成功以后，我们都会得到一个有机玻璃做的纪念品。这是我们的战利品，没人比律师们更热衷于奖励了。架子中间最显眼的位置是一个汽车制造商的并购交易成功纪念品，那是 F&D 完成的第一宗交易。我拿到那个汽车形状的纪念品时非常高兴，它看起来就像是有机玻璃做成的法拉利一样。我把转椅转了一下，面对着书架对面的墙，那里精致地悬挂着毕业证书。我记得法学院毕业的那天，妈妈无比欢欣雀跃，她大声欢呼道：“优秀毕业生！”毕业证书周围，我挂了很多照片。爸爸带我们去吃庆功宴，他骄傲地告诉餐厅里每一个人，我马上就会成为律师了。要是我告诉他们，我会成为律所合伙人，不知道他们会高兴成什么样子。

我用手梳理了一下头发，将自己的椅子推回桌前，踩着过道里的地毯向本的办公室走去。这条路我走了那么多次，每次都是睡眼惺忪和焦虑满怀。而今天，我感觉自己仿佛走在了红地毯上。琼·里佛斯似乎在耳边大喊：“麦肯西·科贝特，你今天穿着谁？”[1] 是时候去领取我的奖

〔1〕 琼·里佛斯（Joan Rivers）：美国老牌喜剧女演员，经常主持大型开幕仪式的红地毯节目，她的标志性问题就是问走红地毯的明星们：“你今天穿着谁？”

励了。

“吉拉尔迪先生正在等你，麦肯茜。进去吧。”本的秘书一边对我说着，一边做了一个“请——”的手势。

“谢谢你。”我的眼睛落在了她电脑旁的励志日历上。落日的余晖下，一个体态健美的女人站在山顶上，双手抱膝，静静地望着她眼前的美景。那上面写着：不入虎穴，焉得虎子。那些最后一刻修改计划、取消计划，令家人和金无比失望的时刻；那些我一次又一次被索尔羞辱，却极度疲惫无言辩解的时刻。此时都将值回票价，我入了虎穴，现在回报的时刻来了。

我挺起胸口，深吸一口气，走进了本的办公室。

“上午好，麦肯茜。”他笑着，露出好看的小酒窝。我之前怎么没发现他有酒窝？我忽然意识到也许这是第一次，本第一次在我面前由衷地笑出来了。“坐吧。”他指了指他桌子前面的扶手沙发。

“麦肯茜，”他开始说道，“员工的忠诚是最为重要的。如果说最近的不幸事件有什么好处的话，那就是我们已经剔除了一些肥肉，只剩下多汁鲜嫩的肉了”。

我不太确定地点了点头。这样来说，我是剩下来的多汁鲜嫩的肉？

“你为我们所做了不少很优秀的工作。”

“谢谢您。”我喃喃道，心里庆幸，总算不用再用肉来做类比了。

“我们一般到纪念日的时候才会做好决定。但是鉴于目前的情况，我想要打破这个陈规，也算是对你的忠诚有所回报。”本低下头，双手合十。

我的心脏怦怦直跳。好像本此刻站在了舞台上，穿着燕尾服，享受着打开信封的时刻，慢吞吞地说“奥斯卡获奖者是……”

“麦肯茜，我们希望奖励你去星空公司进行借调工作。”

太棒了！太棒了！太棒了！我马上把先前排练好的谦逊而惊讶的表情用上了。我仿佛正在走向舞台，停下来和艾伦来一张自拍。[1]

我不需要任何笔记，我的获奖感言早就想好了：“我真诚地感谢对我的信任。我期待着去星空公司继续拓展自己的技能。我相信学习的过程将无比珍贵，而我一定会成为更好的律师！”

他站起来，绕过桌子来到我身边，拍了拍我的肩膀：“我相信你的能力能让星空公司的人叹为观止，你回来的时候肯定也会继续努力工作的。”

我张开嘴想要做出回应，但是我的声音似乎并不愿意配合我。我瞬间感觉好像有一架三角钢琴压在我的胸前。所有的血液都流到了脑子里。我期待本的办公室不要再转了，我马上就会吐出来了。我此前只有一次有类似的感觉，但是我知道原因何在——我的焦虑症发作了。

---

〔1〕 2014年奥斯卡颁奖礼上，最佳女主角詹妮弗·劳伦斯在领奖途中停下来与艾伦（Ellen）及其他明星一起拍了一张自拍，该图片立即火遍全球。而詹妮弗·劳伦斯正是之前麦肯茜在排练时，照着模仿的对象。

本还在对我微笑，丝毫没有注意到我的内心早已掀起了狂风暴雨。

我好不容易让自己稳定了一下，勉强挤出一句话："谢谢您。"

我机械地摆动双腿，移出了死亡之星大厦。"你要出去吃个庆功宴吗？小麦。"丽塔在我从本办公室出来以后问道。我抓起包就向电梯跑去。我对她点点头，完全不清楚自己往什么方向在跑。唯一明确的是，我真的很需要新鲜空气。

我最近一次焦虑症发作是在两年前，我和杰森一起看了一场洋基队的季后赛。洋基队的命运在第九局的时候以失败悲惨封印，大规模的观众开始涌出体育馆。洋基体育馆外面的地铁站人挤人，我被挤得肩膀都变形了，挎包根本挎不上，我只得把包抱在胸前。我站在站台靠外面的位置，地铁来的时候，人潮忽然之前向前翻滚，我背后的人都想挤上车厢。我自己的行动完全不受控制，我被人潮向前推着，推进了我根本没打算上的那一列车。还好杰森也被人潮挤进了同一节车厢。我们下车以后，在回曼哈顿的整个途中，他都试图帮我平静下来，我当时的脉搏像是在赛车一样激烈。

今天这个场景我怎么也会遭遇焦虑症呢？我一直以来都以此为目标啊，所以我才那么玩命地工作，对吗？我应该激动地随便走进最近的酒吧，大声向顾客们宣布：“今天我请大家喝酒！”可是，我这会为什么感觉肩上如有千斤？把握机会，麦肯茜。我告诫自己。事情明明是朝着你希望的方向在发展啊，闪闪发光的奖励最后还是你拿到了。

我朝着上城的地区走去，一路上迈过了好几个被人随意丢弃的咖啡杯。我在思索着脑海里挥之不去的问题——在F&D的工作真的会变得顺利吗？我能不能在索尔的下一轮暴虐中坚持下来？本要求我自己想办法自证清白真的就只是“不幸的事件”吗？我如果继续留在F&D，我会不会变成另一个本，或者更糟，另一个索尔？我希望的人生轨迹，似乎和他们的一切轨迹都背道而驰啊。

我用手攘了攘头发，试图让自己思索明晰一点。我第一次对我的人生感到如此不确信。我以前总是知道自己想要什么，知道自己应该朝着哪个方向努力。现在，就连附近的电钻声都如此刺耳，它像是部落里的击鼓声，我好像随时都有可能被击败，城市的喧闹声，声声刺耳，它们追问着我：“这就是你期待的生活？这就是你期待的生活？”

我仔细回顾了一下最近几年的生活状态：数不清的工作时间，毫不人道的工作安排，无数顿油腻的晚餐——不是在办公桌前将就吃几口，就是在没有窗户的会议室里随便糊弄糊弄。而最令我感触的，是我到底改变了多少。

我真的用空气压缩罐去喷另一个律师，就想要他从睡眠中醒过来吗？我真的在文森特说丽塔是“公交车”的时候默默地坐着吗？我真的就几个月不见金一面吗？我竟然没有想过要给奈吉尔舅舅回邮件？我浑身被羞愧的热潮烫得通红。我停下来等红灯。我感到万分紧张和不安，我心跳超乎正常地砰砰作响，我感觉呼吸都很困难了。其实我内心深处也明白为什么自己没有早日离开 F&D——我早就被他们收买了。这家律所让我相信，只有留在大律所工作才是成功的象征，大律所外面，任何工作都是失败。我喝下了他们的“迷魂汤”，一大坛水晶罐子装着的迷魂汤，上面还画着微笑的脸庞。大律所就是那样对你做的。它不断使你疲惫不堪，直到你了解了它的套路。

我用颤抖的手在包里翻找我的手机，但是拿着手机，我却不知道该给谁打电话。

“对不起，”一个声音对我喊道，“你包里掉下了这个”。一个看起来很和善的老爷爷走了过来，他递给我一张塑料卡片。“对于一张用得旧成这样的门禁卡而言，你看起来也太年轻了吧。”他看着我，笑道。

“哦，谢谢，”我伸手接过卡片，“哦，那不是……其实不是我的。”他看着我，很疑惑的样子。“我是说，是的，是我的，谢谢您。”我给了他一个温暖的笑容，没有做进一步的不必要的解释。他离开了。我紧紧盯着手里的卡片，那是奈吉尔舅舅的世贸中心的工作证。我的心跳再一次加速了。

我忽然感知到了什么应当是确定的。我不想要这一切。我不想把生命消耗在作战室里。我不想再错过了。

29

我办公室里所有的私人物品只需要一个纸箱子——学位证书、三张裱好的照片，以及各种洗漱用品。书架上还摆满了 Seamless 的干粮，我打包好，送给了亨德森的小杂货店——二十四条燕麦能量棒、十八听健怡可乐、十一瓶水、九袋 M&M 巧克力豆，还有三盒燕麦片。不久后的某个夜晚，将会有一位疲惫的律师需要咖啡因和糖分来保持清醒，这些食物就留给他吧。我内心默默希望这堆东西里能翻出一张中头奖的彩票呢。剩下的东西全都丢进了办公室门口一个巨大的垃圾桶。我才从本的办公室出来几分钟而已，这个垃圾桶就神乎其技地出现了。

本听到我礼貌地拒绝了星空公司的借调令，颇感惊讶。在得知我还要辞职后，他的惊讶随即转为愤怒。我没有演出“手机还你，老子不干了”这般戏剧化的场景，只是简单感谢了他给我借调的机会，同时提前告知我会处理好交接，两周后离职。

“你犯的这个错误将无法挽回，”本咆哮道，“如果你临时退出比赛，就永远无法到达终点”。

我想告诉他，他根本无法在这场赛跑中取胜。大律所的工作就像一场永久的马拉松比赛，场外的人时不时用纸杯递来一杯水，你一饮而尽，把纸杯揉成一团，立刻丢回去。你能维持生命，但永远无法实现梦想。“我觉得那无所谓。”我自信满满地回答。

本拒绝了我两周后再离职的提议，让我今天就走，可能是担心我会拿上扩音器，带领律师们引发暴乱吧。“那样是最好的。你就给我列个清单，写好你手头正在处理的所有工作，这样我们方便安排给其他律师。”他命令道，随后草草点了下头。

“没问题。”我立即回复。所有我念念不忘沉迷其中的那些工作，重要到好像会决定人类未来的那些工作，将会被重新安排给某位雄心勃勃的青年律师了。没有了我，大律所仍在正常运作。只是死亡之星里少了一名冲锋战士而已。

我走出本的办公室，拉上门，发现双手颤抖不已，不是因为恐惧忧虑，而是因为如释重负。

“小麦，我刚收到你的邮件！”艾利克斯神色慌张地冲进了我的办公室，看到里头一片杂乱，他瞪大了双眼，“天啊，一切都要在今天做个了断吗？”

我点点头，自己都觉得有些震惊。幸运的是，我并不需要再工作两周就为多拿那点工资。由于之前的生命几乎都耗在了工作上，我已有了一定积蓄，足够支撑大约三个月的生活。当掉杰森送我的耳环，还能再维持两个月的开销。然后……然后我就必须搞清楚自己以后到底想要干什么。我紧张不安，但感到了前所未有的轻松。我才二十八岁，可以做一切想做的事情。正如金对我说的，我生活的这座城市就是专门为了人们重塑自我而建的啊。

“我想趁萨帝尔广而告之前，亲自告诉你。”我对艾利克斯说，同时稍微考虑了一下要不要把那个汽车形状的交易纪念品放进纸箱，随即放弃了那个想法，把它丢进了垃圾堆。

“我很惊讶他没有躲在这个垃圾桶里偷听详细的八卦爆料。”

我窃笑着说：“我可不会惊讶。”

突然手机响了，我的肺部条件反射般一下子紧张起来。谢天谢地，这封邮件跟工作毫无关系。

收件人：麦肯茜·科贝特

发件人：劳伦斯·布罗根

今晚还有空吧？等不及要见你了呢——劳伦斯

还有空。八点见。我迅速回复过去，开心不已。我终于可以保证自己准时赴约了，这种感觉真是太美妙。

“哇。”艾利克斯长吁一口气，难以置信地摇摇头。“我简直不敢相信周一你就不来上班了。到时我跟谁去买咖啡啊？”

“哦，听说你不会太孤单哟……”我假装不怀好意地打趣道。

艾利克斯先是一脸茫然，然后恍然大悟：“噢，你说的是简吗？”他两眼放光。

“是啊，简。”我咧开嘴笑了。在我离开之前，萨帝尔的“最新报道”中终于出现了一则有意思的花边新闻。艾利克斯跟这位女孩已经私下约会一个半月了，这对他来说是历史最长纪录。“我听说她是一位艺——术家。”我故意拉长语调，逗了逗他。

“对啊，她是艺术家。你敢信吗？我居然会跟从事创造性工作的人约会？”

我点头表示同意：“我能理解。”

他安静了一会儿，似乎在考虑要不要说出口。“看来我不是唯一一个约会创作型对象的哟。”他露齿一笑。

现在轮到我一脸茫然了。

他扬起一边眉毛：“周一晚上在猪哨酒吧，跟你一起的那个男的——劳伦斯·布罗根。他写了有关吸血鬼题材的那些书，后来都被拍成了电影啊。你不知道？”

我摇摇头。劳伦斯是作家？还很出名？我甚至还没来得及去网上搜一搜他的信息呢。

“我以为你知道，不过我猜你最近也没什么时间看书。知道自己错过多少了吧？”

我笑了，细细回想：“我还真想不起来上次阅读消遣是什么时候了。现在我终于有空读本书了。”

“说不定你还能发掘出一些隐藏的天赋呢，像他们电影里那样。嘿，对了，你还完全可以写一本书，讲讲这个疯狂的世界。”艾利克斯隆重地做了个手势，指了指门外忙乱的办公室。“这儿有一大堆有趣的素材迫不及待等着曝光呢。我一直都觉得你很有创造力，只是被这个地方抑制了。也许跟创作型对象约会能激发你这方面的潜能哟。”

“那可说不准哦。”我耸了耸肩，略微有点脸红。

“只是得保证不要把我跟这些白痴混为一谈，确定要把我写成一个好人啊。”

“如果我真的要写书，我向你保证，你一定会跟他们不一样，独一无二的。”我笑着说，想到过去六个月如果没有他，我肯定无法独自撑过来。“等等，你怎么知道那天晚上我跟劳伦斯在一起？”毕竟，连萨帝尔都不可能这么快知道那件事呢。我渐渐反应过来了：“你……你那晚其实来了猪哨酒吧？”

他点点头，面带一丝内疚。

“可是你为什么不……”我声音颤抖了。

“我知道你最近经历了太多。当我看到你的时候，发现你好久以来都没有那样开心过了，我心想就不要来打扰了吧。”他耸耸肩。

我盯着他的眼睛，曾经有那么短暂的一瞬间，我俩之间突然产生了火花。如果我俩在另一个时机相遇，那么事情可能会朝不同的方向发展吧。而我们，都错过了可能走向不同结局的时机。

“谢谢你，”我声音有点哽咽了，“为所有的一切”。

“随时恭候啦，小麦。”他伸出双臂，等待拥抱。我毫不迟疑地走向他，给了他一个大大的拥抱。

在离开第三大道九一九号的最后时刻，我有点怀旧地看了看我办公室最后一眼，这里曾经给了我恐惧和焦虑，也像避难所一样安抚过我。桌子已经空空如也，架子也被清空，只剩下一瓶空气压缩罐孤独地站立着。我笑着把它扔进了垃圾桶。我扔掉了证物，也扔掉了下一位可能被尽职调查折磨的律师的凶器。我的旧办公室，现在开怀等待着它的新主人了。我深深地吸了一口气，关上了门。

天下

图书在版编目(CIP)数据

大律所/(美)林赛·卡梅伦著；孙林，段静译
.—北京：法律出版社，2017
书名原文：Big Law
ISBN 978-7-5197-0647-0

Ⅰ.①大… Ⅱ.①林…②孙…③段… Ⅲ.①长篇小说—美国—现代 Ⅳ.①I712.45

中国版本图书馆CIP数据核字(2017)第040490号

大律所
DA LÜSUO
[美]林赛·卡梅伦 著
孙林 段静 译
著作权合同登记号
图字：01-2016-7461

策划编辑 高 山
责任编辑 汤子君
装帧设计 贾丹丹

开本 A5
版本 2017年7月第1版
出版 法律出版社
总发行 中国法律图书有限公司
印刷 中煤(北京)印务有限公司

印张 11.25 **字数** 222千
印次 2017年7月第1次印刷
编辑统筹 学术·对外出版分社
经销 新华书店
责任印制 陶松

法律出版社/北京市丰台区莲花池西里7号(100073)
网址/www.lawpress.com.cn
投稿邮箱/info@lawpress.com.cn 销售热线/010-63939792
举报维权邮箱/jbwq@lawpress.com.cn 咨询电话/010-63939796

中国法律图书有限公司/北京市丰台区莲花池西里7号(100073)
全国各地中法图分、子公司销售电话：
统一销售客服/400-660-6393
第一法律书店/010-63939781/9782 西安分公司/029-85330678 重庆分公司/023-67453036
上海分公司/021-62071639/1636 深圳分公司/0755-83072995

书号： ISBN 978-7-5197-0647-0 **定价：** 42.00元
(如有缺页或倒装，中国法律图书有限公司负责退换)